读者丛书

DUZHE CONGSHU

百年辉煌读本

鸿蒙初开踏青时

读者丛书编辑组 / 编

读者出版传媒股份有限公司
甘 肃 人 民 出 版 社

图书在版编目（CIP）数据

鸿蒙初开踏青时 / 读者丛书编辑组编. -- 兰州：甘肃人民出版社，2021.4
（读者丛书. 百年辉煌读本）
ISBN 978-7-226-05666-0

Ⅰ. ①鸿… Ⅱ. ①读… Ⅲ. ①散文集－中国－当代 Ⅳ. ①I267

中国版本图书馆CIP数据核字(2021)第047713号

出 版 人：刘永升
总 策 划：刘永升　马永强　李树军
项目统筹：宁　恢　高茂林
策划编辑：高茂林
责任编辑：马海亮
封面设计：裴媛媛

鸿蒙初开踏青时

读者丛书编辑组　编

甘肃人民出版社出版发行
（730030　兰州市读者大道 568 号）

北京温林源印刷有限公司印刷

开本 710毫米×1000毫米　1/16　印张 15.5　插页 2　字数 229 千
2021年4月第1版　　2021年4月第1次印刷
印数：1~10 000

ISBN 978-7-226-05666-0　　　定价：32.80元

目　录
CONTENTS

剪窗花过年

肖复兴

过春节，一般年前最忙。到大年初一，人们就可以尽享清福，阖家欢乐了。年前，男主人、女主人都要外出忙着采购年货，一些妇女和孩子留在家里，洒扫庭除之后，围坐在炕头和桌前，开始剪窗花了。

这样的风俗，有两方面原因。

一方面是，剪出的窗花贴到窗上，和大门两旁贴的春联、大门中央贴的门神、屋子墙上贴的福字，和房檐门楣上挂的吊钱，一定都要在大年三十之前完成，才算是过年的样子。清末竹枝词里说："扫室糊棚旧换新，家家户户贴宜春。"其中的"贴"字说的就是准备过年这样必需的程式。

另一方面，和过年的时候家里人不许动刀剪的民俗有关（还有不许扫地倒脏土等，都是防止不吉利的说法）。清时诗人查慎行有诗："巧裁幡胜试新罗，画彩描金作闹蛾。从此刀剪闲一月，闺中针线岁前多。"这里说的巧裁新罗，画彩描金，就包含有剪窗花，从此刀剪闲一月，后来改成到正月十五；再后来到破五；现在，已经彻底没有这个风俗了。

春联、门神、福字、窗花和吊钱，这五项过年之前之必备，我称之为过年五件套。和后来结婚时候一度流行的手表、自行车和大衣柜这三件套的说法相类似。只是，结婚三件套，早已被时代的发展所淘汰，而过年这五件套，几百年过去了，至今依然风俗变化不大，除了吊钱如今在北京见到的少了，其余四种，仍然在过年前看许多人家在忙乎张罗。因为这是过年必备的庆祝仪式的硬件标准。可见，民俗的力量，在潜移默化中，代代传承。

到正月十五灯节之前，再加上各家大门前挂上一盏红灯笼，就是过年必备的六件套。这六件套，全部都是红颜色，过年前后这一段时间里，全国各地，无论乡间，还是城市，到处是这样一片中国红，那才叫过年，是过年的色彩。如果说过年到处是这样红彤彤一片的海洋翻滚，那么，窗花是其中夺目的浪花簇拥。

过去的岁月里，年前要准备的这五件套，除了门神尉迟恭秦叔宝的形象复杂，要到外面买那种木刻现成的之外，其余四件，普通百姓人家，都是要自己动手做的。这和年三十晚上的那顿饺子必须得全家动手包一样，参与在过年的程式之中，才像是过年的样子。普通人家剪窗花，是和贴春联、挂吊钱，包括做门神、写福字一样，都只用普通的大红纸。各家都须到纸店里买大红纸。大红纸畅销得很。

那时候，家附近有两家老字号的纸店，一家是南纸店，叫公兴号，在大栅栏东口路南；一家是京纸店，叫敬庄号，在兴隆街，我们大院后身。家里人一般都将这项任务交给我们小孩子，我们都愿意舍近求远去公兴号，一是那里店大，纸的品种多；二来路过前门大街，到处是卖各种小吃的店铺和摊子，我们可以将买纸剩下的钱买点儿吃的解馋。家里人都嘱咐我们买那种便宜的大红纸。其实，不用嘱咐，我们都会买最便宜的，这样剩下的钱会多点儿，买的吃食也会多点儿呢。

有一阵子，公兴号流行卖一种电光纸，我们又叫它玻璃纸，因为它像玻璃一样反光，一闪一闪。我们都喜欢，便买回家。家里大人不乐意，看着就撇嘴，让我们立马儿拿回去换纸，一准觉得还是传统的那种大红纸好。

过去年月里普通人家房子的纸窗，贴的都是高粱纸，很薄，透光性好。传统的大红纸也很薄，做成窗花，贴在这样的花格纸窗上，很是四衬适合。清末《燕都杂咏》有一首说："油花窗纸换，扫舍又新年。户写宜春字，囊分压岁钱。"诗后有注："纸绘人物，油之，剪贴窗上，名'窗花'。"诗中所说的油花窗纸，指的应该就是这种高粱纸，红红的窗花贴在上面，红白相映，屋里屋外，看着都透亮，红艳艳的，显得很喜兴。电光纸厚，贴在这样的花格纸窗上，不仅不透亮，还反光，没有那种里外通透的感觉。确实是什么衣配什么人，什么鞍配什么马，传统的窗花用纸，和老式的纸窗两两相宜。老祖宗传下来的玩意儿，有它的道理。

后来，经济条件好些了，各家的窗子换成玻璃的，还是觉得贴这种传统大红纸剪成的窗花好看。那种电光纸，到底没能剪成窗花，亮相在我们的窗户上。

窗花，是老祖宗传下来的，既是手艺，也是民俗；既可以是结婚时的装点，更形成了过年必不可少的一项内容。窗花的历史悠久，有人说自汉代发明了纸张之后就有了窗花，这我不大相信，纸张刚刚出现的时候，应该很贵，不可能普遍用于窗花。有人说南北朝时对马团花和对猴团花中就有了锯齿法和月牙法等古老的剪纸法；有人说唐朝就有，有李商隐的诗为证："镂金作胜传荆俗，剪彩为人起晋风"；也有人说窗花流行于宋元之后……总之，窗花的历史悠久。

我私下猜想，窗花最初是用刀刻，然后转化为剪裁。刀刻出的图案，应该受到过更早时的石刻或青铜器的雕刻影响，艺术总是相通的，相互影响和借鉴是存在的。从石刻到剪纸，从刀到剪，只是工具和材料的变化而已。剪和刻的区别，还在于剪是要把纸先折成几叠，是在石头上无法做到的。别看只是这样看似简单的几叠，却像变魔术一样，让剪纸变成了独特的艺术。窗花，应该是剪纸的前身。窗花也好，剪纸也好，不像石刻或青铜器雕刻，多在王公贵族那边，而是更多在民间，其民间的元素更多更浓。

窗花，又是农耕时代的产物，所以，它的内容更多的是花草鱼虫、飞禽走兽、农事稼穑、民间传说、神话人物，以至后来还有八仙过海、五福捧寿等很多戏剧内容，可以说是花样繁多，应有尽有。只有正月十五灯节时的彩灯上描绘的内容，可以和窗花有一拼。灯上的图案，在窗花上大多可以一一找到对应，只不过，在窗花上删繁就简，都变成大红纸一色的红。这便是窗花独到之处，一色的红，配窗子一色的白，如果过年期间赶上一场大雪，红白对比得格外强烈，就更漂亮了。

民间藏龙卧虎，窗花有简有繁。有的很丰富，我从来没有见过。前面所引的《燕都杂咏》诗后还有一注，说有这样的窗花，是“或以阳起石揭薄片，绘花为之”。这种类似拓印式的窗花，我没见过。《帝京风物略》中说：“门窗贴红纸葫芦，曰收瘟鬼。”这风俗和年三十之夜踩松柏枝谓之驱鬼的意思是一样的。大年三十的夜晚，踩松柏枝，我没有踩过，那时我们院子里有人买来秫秸秆，让我们小孩子踩，意思是一样的。但是，这种贴红纸葫芦的窗花，我也没见过。《燕京杂记》中说：“剪纸不断，供于祖前，谓之‘阡张’。”过年期间，如此夸张的剪纸，是窗花的变异，我更是没见过。

小时候，我看邻家的小姐姐或阿姨剪窗花，顺便要几朵，拿回家贴在窗上。我有了儿子之后，孩子小时候磨我教他剪窗花，我不会，便把他推给我母亲，告诉他：奶奶会，你找奶奶去！其实，奶奶只剪过鞋样子，哪里会剪窗花？但被孩子磨得没法子了，只好从针线笸箩里拿出剪子，把大红纸一折好几叠，便开始随便乱剪一通。谁想到，儿子把红纸抖搂开一看，尽管不知道剪的是什么图案，但那样像抽象派的图案，还挺新鲜，挺好看呢！这样剪窗花，一点儿都不难嘛，儿子抄起剪刀，也开始学奶奶的样子，剪出一床窗花来。我家那年春节的窗户上，贴的全是奶奶和她的小孙子剪的窗花。

流年似水，一晃又到春节。儿子的两个孩子，一个八岁，一个十岁了。

他们跟爸爸新学会了剪纸，年前剪了一堆的窗花，比他们的爸爸当年剪得有章法多了。虽然人在国外，但两人准备春节前送给每个同学一个窗花，让他们那些外国同学也知道中国人过年贴的窗花是什么样子。视频通话的时候，我让他们两人先别忙着把窗花送同学，一人选出自己最得意的一个窗花，先送给我。今年贴在我家的窗上，他们和他们的窗花，陪我们老两口一起过年。

（摘自《人民日报》2020 年 1 月 27 日）

九千声“起立”

毕淑敏

我七岁时，就读于北京海淀区建设小学。一年级第二学期某天放学回家，我对父亲说，爸，我当上了主席。

爸吓了一大跳，说，什么……主席?

我说，班主席。

说起来，“主席”这个词，是中国土特产。古时没桌椅，老祖宗席地而坐历史悠久，大约到了唐代，才出现了真正的椅子。

席地有讲究，不是没章法的胡乱坐。先在房间里铺上和地面等大的席子，这片席子叫“筵”。再给每个入座的人，摆上小垫子，称为“席”。古人进屋，先脱鞋，再走过筵，最后坐在席上。席垫有很多张，并非你想坐哪儿就能随意坐。客人在客座，主人中的长辈独自坐在主家专有席位上，称为“主席”。

“主席”是国粹，由中国人发明并流传至世界各地，清末又由留学生引回中国。

西方人似没有席地而坐的习俗（私下觉得他们的地理位置多寒凉，坐地上易受寒邪导致腹痛），逢宴请或开会，主持人坐高背大椅，客人屈居长凳。

我的班主任名为白玉琴。一年级第一学期，我操行评定为“优”，当选三好学生，白老师随即宣布我为班主席。班主席是干什么用的？我很恍惚。在这之前，班上并无这个职务。估计白老师在第一个学期中，暗中观察学生，未曾轻易委任。

我很茫然地说，我不会当班主席，不知道该干什么。

白老师说，不用你干什么，每天上课时，铃声响，老师走进教室，你喊“起立”。再有，你必得要学习好，最好是全班第一。其他还有一些小事儿……

学习，对我来讲不算太难，其他小事儿也不是问题。最难是班主席要天天喊“起立”。白老师没教我怎样才能发出“起立”的指令，真真难煞人。

“起立”就是每堂课开启时，老师走进教室，班主席发出“起立”号令，全班同学站起身来，向老师行注目礼。

最喜欢准时踩着铃声进教室的老师。铃声起，老师脚尖正好迈进教室门槛（教室其实没门槛。我指的是敞开的教室门和门框中假想的那条线），我不失时机地大喊“起立”！全班同学噼里啪啦地站起来，齐声喊道，老师好！老师颔首，回复：同学们好！请坐下……大家又噼里啪啦坐下去，任务完成。

之所以反复用“噼里啪啦”这个象声词，概因那个年代的课桌椅都是实木，年久失修，动辄呻吟不止。

有时候，老师会提前到教室，成人臀挤在孩童的小座椅上和大伙儿聊天……上课铃响，老师并不马上起身走向讲台，而是平易近人不慌不忙继续拉家常，非要把半截话吐尽，才动身走向讲台。这时我就很吃瘪，分寸感难以把握。喊早了“起立”，老师意犹未尽，话才说一半儿，被迫起身，悻悻然剜我一眼；喊晚了，老师已一个箭步冲上讲台，大家还懒散呆坐。老师感觉同学们不够尊崇，也易迁怒于我。

所以，每逢课间，同学们利用点滴时间拼命玩耍，我却轻快不起来。上厕所都惦记着下一堂课的“起立”指令，如何适时发出，小小心灵体验到人生最初的焦虑。

最可怕的局面是——本堂老师原已把脚尖踢到了门框内，我也当机立断喊出“起立”，同学们也噼里啪啦站起来……老师忽又想起某事，比如忘带授课笔记，没把教具备齐，或想起私事要托付给不当班的老师帮忙照应……总之，理由多多，表现则相同的——他或她悬崖勒马，身体急转弯，撤了。

可以想见尴尬，同学们立着，鸦雀无声。小小班主席，有喊“起立”的职责，却无说“请坐下”的权力。一不知老师干什么去了，二不知他何时回，一干人等傻乎乎地站着，很快就不耐烦了。同学们不敢埋怨老师，只能把怨气撒在我头上。哎，班主席，怎么回事啊，你看清楚了吗？老师根本就没来呢，瞎指挥，乱发命令，害得腿都酸了……我百口莫辩呆呆站着，四周包裹着粘腻的凝滞。我只好开导自己：老师不进来，我有什么法子？若有谁忍不住扑通坐下，我假装没看见。反正只要不是天塌地陷，老师总会像暴风雨后的云霞一般冉冉升起……

幸好这种糟心时刻并不太多，一年中的频率不超过五次。

从一年级到六年级，我共当过十一个学期的班主席。按每天六堂课计算，一年会喊近两千次起立。刨去假期和自习课体育课，整个小学期间加起来，累计发出超过九千次“起立”的口令。

我至今不知老师选拔我做班主席的标准是什么。

终于找到了机会问问她。白玉琴老师年过八十，我也六十多岁了，和同学们到她家做客。老人家忙着煎炒烹炸一道道布菜，好像我们还是当年的孩童，而她正值风华正茂的壮年。我嘴里一边嚼着红烧鱼块，一边思忖着在某个合适空档，插嘴问，白老师，您当年为什么在全班孩子里选我做了班主席？

那鱼刺多，生怕被卡住，在老师面前出丑，终于没能问出口。心底里也怕白老师说，为什么啊？我已经忘了这件事儿啦！

（摘自《文汇报》2021 年 1 月 22 日）

秋天的语言

鲍尔吉·原野

“忙”已不是秋天的语言

初秋看不到卷成一根针一样的青草心，看不到树叶像抹了一层油似的新绿。初秋是老天用很大的力量转变一件事，它让草叶由深绿变得微黄，叶子的水分流失了，最后薄得如一张纸。天的动作让天的色泽都变了，深蓝褪为浅蓝，宁静辽远。老天所做的这件事叫“秋”，或者叫“自夏而秋”，这是何等盛大的典礼，让所有的植物加入秋的合唱。

云彩只剩下原来的十分之一，变薄了，仿佛不够絮一床新被子。

那些娇嫩、浅色的花朵已经敛迹藏形，只剩下鲜艳的花朵成片开放，如菊花、鸡冠花和串红。土地不再松软，不似春雨之后的酥透。当土地进入初秋，犹如人到中年，他们从容了，也放慢了步伐。所谓争先恐后，说的是春天，每一个时辰都冒出一个花骨朵，河水急匆匆流过，浪花四溅。春天怎么能不争？每一朵花都报春信，以为是自己招来了春天。夏天的茂盛用“争”已经不确切，是无边的生长，每一个有生命的植物在夏天都有了一席之地。花草比房地产商对土地的态度更贪婪，长满了天涯海角。

秋天，还有什么大事要忙吗？没有了。你看一眼枝上的果实，就知道“忙”已经不是秋天的语言。不必说水果，连卑微的小草都结满了草籽。鼓鼓囊囊的草籽穗头是明年几十株青草的娘胎。

秋天慢下来，地球转到秋天也慢了一些。地球舍不得把藤上晶莹的葡萄甩下来。

初秋并不是丰收的时候，丰收是在晚秋。初秋所做的事情是定型，让一切可以称为果实的东西由浆变成粉，由稚嫩变得成熟。

初秋明净，阳光照在树枝和马路上、河面上。秋天的水比夏天更透明。早晨，秋天弥漫着来自远方的气味，这味道是庄稼、果树、河水和草地的混合气味。初秋只是短暂的过渡，叫作“立秋”和“白露”，而后中秋登场，所有的喜庆锣鼓都会敲响，丰厚盛大。

怀里揣着接生婆的剪刀

秋叶在枝头俯视大地，风使它摇摇欲坠，叶子早就想下地走一走了。

秋风吹过来，怀里揣着一把接生婆的剪刀，去掉叶子的羁绊，让它们在大地上打滚奔跑。人看秋叶飘落，心境生凉。错了，人心哪懂天意？落叶高兴，在地上与众多兄弟姐妹相逢，千千万万的叶子相互拥抱，牵拉着彼此的手腕翩翩起舞。它们说：“走啊，咱们浪迹天涯吧！”

脚下的大地松软、平坦，释放着迷人的香气。青草的外衣在秋天换成浅黄的披风，围在膝下。说土地只生草木是短见，它还是蚂蚁、蛐蛐儿的大本营。大地有多大？落叶以为在风中奔跑三天三夜就到了尽头，不可能。落叶们，尔等明白啥叫天涯海角不？不明白就慢慢跑吧！

风不光是接生婆，还是导游。它带着无边的落叶，参观躺在小区里的白菜和大葱，参观马路上的斑马线，看白云飘过大楼上的玻璃幕墙。

秋天，落叶尽享游荡的快乐。看山是山，看水是水，看人成群结队不知去了什么地方。它们劝枝上的留守者：“下来吧，大地宽阔。”

大地像一只空了的大筐

秋天的大地仿佛沉浸在往事中。早晨的白雾八九点钟才散尽，枯黄的荒草被雨浇过，贴在泥土上。褐色的大地延伸到地平线的雾霭里，好像在想一件事。大地如果想一件事，四周便变得静悄悄，像在帮它想。夏日的牛群和野花去了哪里？雨水去了哪里？野鸭子和蓑羽鹤都无影无踪。大地失去了这么多的东西，势必要闭上眼睛想一想。

乌鸦第一个闯入草原的早晨，即使没有人，它们也“呱呱”叫着，听取从远处传过来的回声。仔细辨析，乌鸦叫得短促，是半句话，等待别的鸟来接续。“咕——呱。”像说相声，有捧有逗。

乌鸦在岑寂的大地上行走，感到秋天的荒凉，大地像一只空了的大筐，里面的好东西都被拿走了。草原上没有粮食，乌鸦三三两两站着，抬颈看，似乎对不长庄稼的土地感到气愤。

大地在秋天没有伴儿了，喜鹊到村里杀羊的人家报喜，麻雀飞到收割粮食的地方，草已经休眠，只有乌鸦来这里散步。乌鸦赤着脚，一抬一放，在大地身边走来走去。

（摘自《读者·乡土人文版》2015 年第 9 期）

红艳艳辣椒挂起来

池　莉

久雨初晴，情绪振作，觉得许多事情要做。人有许多事要做吗？我相信这是一个错觉。房价究竟跌不跌？股市究竟涨不涨？数字货币究竟是趋势还是圈套？这个会议是否要参加？那个活动是否要出席？突然又有任务让你加班你加不加？每天你百度不百度？网购不网购？大到房子交易，小到叫个外卖，统统都是非常严肃的问题。只因你有子孙，你就得房奴一辈子。只因你饿了又没时间，就不得不叫个外卖。只因要叫外卖，你就不得不百度一下，否则你怎么知道现在哪家餐馆不错？尽管不错与网红往往不成正比，难道如今你还有什么别的办法甄别？社会流行文化，架子越搭越豪华虚浮，现场越来越高分贝、强激光、红地毯，越来越都是知名主持人和大师辈出的嘉宾，或许你正在参加活动或许你只是闲步公园大街，都无可躲闪地被侵入和被灌漫。

如今新形式辈出，每一种新形式都有新套路。每一种新套路都有一种新拳脚。一天到晚，拳打脚踢，俗务简直忙不完。我也曾白纸黑字，发誓“一生只做一件事”，修身养性的雄心壮志总是有的，然而仰望星空过后，还是烦恼人生一地鸡毛。其实呢，最后结果总归是白忙：人生还是譬如朝露。太阳底下还是无新事。任何新技术还是后浪推前浪，飞快陈旧与淘汰，浪浪如此，概莫能外，却最古老问题到底是先有鸡还是先有蛋，依然还是无法解释的生命奥秘。

人只有真正静下来，心才可以听到外界响动：脚下噼啪有声，是踩到了香樟树落籽，黑黑圆圆的小珠珠碎了，一缕樟香蹿动，沁人心脾。秋风拂面，带来清爽又冷峻的换季消息。几只早飞的大雁，结伴而行，坚定而明确地朝向南方。万物都单纯，真的是一生只做一件事。相形之下，对于自己的忙碌，就生发出了几分不屑几分羞惭。

在深秋遇上一个难得好晴天，我拍了拍脑袋拍掉其他所有事，无思无想，布衣球鞋，穿过秋色中的花草树木，去农贸集市买了两斤新上市的红尖椒。回家手机静音丢一边，取出针线盒，一只小板凳，坐进露台的金色阳光里，选择了颜色匹配的红线线，一只一只穿起来，穿着穿着，就把一种慢节奏穿进了自己肉体与灵魂：你一旦专注无他，一个人的地久天长就悄悄地过来了，心平气和的滋味，也就真真切切体会到了。还有什么比心平气和更怡人的呢？活在宏大叙事的世道里，一个人得学会自己宠自己。现在好吃好喝已经算不得宠，能够颐养出一份好心态才算宠。辣椒穿好了，结成一串，天然的辣椒红，天然的辣椒香，咱就把这红艳艳的辣椒，挂在了露台上。退一步，望一望，果然钢筋水泥灰色清冷的公寓，就被点染出几分喜气几分生机，心里舒服得就像喝了汤。

我已经连续好几年，在深秋季节挂上一串红艳艳的尖辣椒。这串渐渐晒干的辣椒，同时还高度具备实用价值。我不吃辣，但偶尔想要炝个锅。清炒油麦菜吃多了，谁不想尝一次重口味？还有回锅牛肉？还有干锅鸡？偶尔，辣一辣，鼻头冒冒汗，刺激一刺激，也是生命小高潮。那么，只需走到露台，摘一只干红椒，剪成丝丝，炝炝锅，你要的，就有了。

更微妙的是，在许多时候，你只需要半只辣椒或三分之一呢，放心，一切都在自己掌握之中。“一切都在自己掌握之中”——这种感觉真好！像我这种比较孱弱的人，平时几乎都是万事不由己的，所以即便仅仅只是掌握一串红辣椒，那也意味深长。

（摘自《新民晚报》2020 年 11 月 1 日）

造得花香

王跃文

我的老家溆浦，自古重茶酒二事。乡间的堂屋，不叫客厅或起居室，喊作茶堂屋。吃饭、待客、小憩，冬天烤火、熏腊肉，都在茶堂屋。坐在这间屋子，自然是要喝茶的。有客登门，一面喊坐，一面倒茶。人随贫富，或由丰俭，有茶无茶并不要紧，新鲜井水也要舀来献上。

倘若说茶是居家日常，酒则是关乎大事的。任何宴事，都说是做酒。生日做酒，结婚做酒；红事做酒，白事也做酒。人问："你明年大寿，做酒吗？"答曰："做酒做酒，请您吃酒啊！"哪怕乡下打赌，也常会说："我要是输了，请你吃酒！"

溆浦善饮者多，或许同出产有关。那方山水盛产水稻，亦出红薯、苞谷、高粱、荞麦等五谷杂粮，还产甘蔗，山里更生长各色杂果，都是可以拿来酿酒的。乡间多有能人，善酿各种各样的酒。自小记得有种"阿板籽酒"，很受男子汉们喜爱。一种荆藤，开大朵大朵白花，叫作打烂碗花。说的是人若摘了这种花，吃饭易打烂饭碗。小孩子不信，偏要去摘这种花。碗未见得打烂，倒是先把手刺伤了。碰巧那天吃饭就打烂碗了，娘便用筷子敲孩子的脑袋，说："又到山上疯去了！"孩子惊疑娘的神算，心想："娘哪里就知道我摘了打烂碗花呢?"这种荆藤结的果子叫"阿板籽"，就是书上说的金樱子。"阿板籽酒"醇香，且有回甘，男人劳作一天，喝上几杯很松筋骨。不过，"阿板籽酒"是很珍贵的，节俭而又重礼的人家，定要藏着招待客人。

男人们平日常喝的是甘蔗酒。溆水两岸开阔的沙地，从夏到冬都长满了甘蔗。小孩子都喜欢在甘蔗地里玩，想象那里是烽烟四起的青纱帐，还可以躲在里面偷甘蔗吃。初冬开始，甘蔗地每隔三五里，便有一处糖坊。十几根杉木搭起三角尖顶的架子，盖上稻草便是糖坊了。甘蔗糖熬完就拆掉糖坊，来年再去搭建。我们队上的糖坊却是瓦屋，很是让人羡慕。那糖坊只有冬天派上用场，平时都是闲着的。男孩子打仗，女孩子踢房子，都喜欢去糖坊。扯猪草的孩子，背篓往糖坊一放，就只顾着玩去了。眼看着时候晏了，才匆匆忙忙钻进棉花地或柑橘园去扯猪草。遍地都是可作猪草的野菜野草，可小孩子们总是很难扯满一背篓的猪草。回去时越到家门口，背篓里的猪草就显得越少。小孩子们总是在进屋前放下背篓，将只有大半篓的猪草扒得松松的垒起来。娘接过背篓，忍不住笑骂："你这猪草是弹匠师傅弹过的啊！"那时候，乡间常可看见弹棉花的弹匠师傅，肩上扛着长长的弓。

熬糖的季节，小男孩放了学就往糖坊跑。拿一节甘蔗藏在衣袖里，趁熬糖师傅背过身去，飞快地把甘蔗往糖锅里一伸。听得师傅一声大吼，偷糖的男孩已跑出三丈远。男孩举着甘蔗在寒风里飞奔，糖汁很快就结成脆脆的壳。这是甘蔗糖的一种浪漫吃法，叫吃糖竿杵。

甘蔗渣堆得高高的，男孩们在上面玩打仗。我那会儿最爱学《英雄儿女》里的王成，蹲在用甘蔗渣垒成的战壕里高喊："长江长江，我是黄河！为了胜利，向我开炮！"最后，拿起一根长长的甘蔗当爆破筒，做一个慷慨赴死的王成造型，从一丈多高甘蔗渣堆上往下跳。每次跳下去，都感觉自己跟敌人同归于尽了。

甘蔗糖还没熬完，就开始蒸甘蔗酒。堆放些时日的甘蔗渣开始发酵，成了蒸酒的材料。高大的木蒸桶日夜冒着白汽，酒香和糖香飘去好远，村里的人都闻得见。这时候，学校放了寒假，男孩子们天天守在糖坊。热气腾腾的糖坊比家里暖和。小男孩们时刻都像偷儿，想着偷糖吃，偷甘蔗吃，偷甘蔗酒喝。蒸酒的师傅看出我们的心思，用酒提子舀出酒来，笑道："来啊，醉得你摸门不着！"小孩子们一哄而散，就像晒谷坪边被赶飞的小鸡，想再回去偷谷子吃，又害怕主人手里的竹竿。过一会儿，孩子们又围到蒸酒师傅跟前去了。

蒸完最后一锅甘蔗酒，雪就下来了，过年也近了。酒是队上的，谁家想要就打几斤。甘蔗酒不贵，家家都吃得起。过年有几斤甘蔗酒，年夜饭就更显热闹团圆。男人们的甘蔗酒喝得脸红了，来年的好日子就全拥到眼前来了。"明年要新添两封屋！明年儿子要把媳妇收了！"平日男人喝了酒吹牛，婆娘会讲他喝了马尿话就大了，吃年饭时婆娘会笑眯眯地任他讲去，还会陪说许多吉祥的话。

正月里，亲戚间要相互请吃酒。我家的规矩，除了请亲戚，父母还请他们的朋友。晚上坐在茶堂屋烤火，娘会说明天请哪几位客人来屋里坐坐。亲戚是不用说的，说到每一位朋友，爹或娘便会说，这人如何的好，又是在哪桩事上如何的仗义。第二天，我和姐姐、弟弟，都被打发出去请客人。"叔啊，我爹喊你坐一下。"我说。"我不去，我不去！"叔或许正在忙着，或许坐在茶堂屋烤火。我就开始拉人，先拉叔的手，大人的手小孩是捉不住的，又开始拉叔的衣角。叔忙捉住我的手，笑了起来，讲："好了好了，莫拉了莫拉了，衣要扯破了。等我换换衣服。"叔进里屋去，很快又出来了，边走边低头拍衣襟、拍衣袖。衣服并没有换过，只是做做样子。讲究的叔叔或姑姑，一路上不停地拍衣襟、拍衣袖。进我家门前，一边讲"莫客气啊"，一边还在拍着衣襟衣袖。妈妈早迎了出来，也拍着衣襟袖子，笑道："哪里客气！又没有什么好菜，只请你来坐坐。"

有一年正月请吃酒，爹拿出两瓶竹叶青。乡下人没有喝瓶子酒的，从队上打的甘蔗酒喝完了，就去大队代销点打别的散酒。竹叶青是外地酒，客人们看得极稀罕。隔壁屋的礼叔讲：“哦！这么好的酒！哥你本来就不是喝散酒的命！你要是不背时，天天喝瓶子酒！”

爹原本是个读书人，因言获罪回乡当了农民。礼叔这话爹是不能接腔的，只是笑道：“这两瓶酒我藏了好几年了，喝吧，喝吧。”

“哦，药酒，药酒，肯定很补！”

“这么好的酒，舍不得大口大口喝！”

客人讲酒好，娘自是欢喜，不停地往火塘里加青炭，茶堂屋热烘烘的。

礼叔问：“竹叶青是哪里的酒？”

爹说：“山西杏花村出的，上千年的老牌子。那时我还在工作上，去山西看过杏花村。那是个大酒厂，老远就闻得酒香。”

“山西好远啊！我们王家都是从山西三槐堂出来的。”礼叔也读过几句书，他是看过家谱的。

爹喝酒话多，见礼叔也爱听，就又讲竹叶青：“刚清朝的时候，山西有个读书人不肯在清朝做官，也不愿意织辫子。他就当了道士，又学了郎中。这个读书人把竹叶青古方重新调过，又好喝又养生。这个人叫傅山。我在杏花村见过他为酒厂写的四个字。”爹说着，拿手指蘸了茶水在桌上写道：造得花香。

礼叔歪着脑袋看了半天，问：“怎么解？”

爹说：“竹叶青造得像花一样香嘛！”

大半夜，客人们走了，茶堂屋冷清下来。爹酡红着脸，望着两个空酒瓶，跟娘说：“竹叶青，你也该喝一杯的。”

娘没喝酒，脸也是红扑扑的，笑眯眯地说：“我喝一杯，客人就少一杯了。”

（摘自“湖南散文”的微信公众号）

理想的一天

闫 红

想过理想的一生

小时候老师让写《我的理想》，我跟大家一样写要当老师，春蚕到死丝方尽；要当科学家，为祖国的“四个现代化”添砖加瓦……心思却常常会旁逸斜出，去狂想理想的一生。

我跟表姐描述，我长大了要做什么样的工作，住什么样的房子，去哪些地方，和什么人在一起。我眼睛发亮地说了半天，表姐看着我说：“你理想的生活就是两个字——有钱，三个字也可以——很有钱。”

不得不说，表姐真的是击中要害。遥想物质匮乏的当年，我们热爱港台文学作品，多少有一部分原因是里面描述的生活相当优裕。

我看的第一部琼瑶小说，开头就是女主和父亲闹了别扭在街上走，因为父亲从欧洲回来，带回一箱衣服，全是给继母的。

欧洲！一箱衣服！简直无法想象，毕竟我当时去批发市场买一条 20 块的灯笼裤都要攒很久的零花钱。

让人羡慕的还有三毛，她跟我一样厌学，退学后她爸把她送到欧洲了。虽然她说她在德国时非常节省和拮据，连双合脚的鞋子都没有，但她同时不也还是能穿越柏林墙去旅游，邂逅英俊又有爱的德国军官吗?

审美也是和经济有关的。

反正编织理想的一生是我 20 岁之前最爱的游戏。20 岁之后，始知理想的一生来不得半点一厢情愿，需要风云际会、风调雨顺、天时地利人和，相对于如此宏大的系统工程，倒是先把自己可以掌控的那部分做好更现实。

可以修正一下当初的梦想了。一个成年人的理想生活，不是去欧洲、买衣服、被英俊且握有权力的男人当众示爱，能做到不崩溃、不懈怠就已经很好。

其实也不容易。有时候晚上雄心勃勃，第二天要干啥干啥，一不小心失了眠，整个第二天就泡了汤；有时早晨雄心勃勃，计划这一天要干啥，但稿子开头写得不顺，便开始求援式暴饮暴食，最后捧着一肚子都不知道怎么吃下去的零食，觉得这一天就像一页开头就写坏了的稿纸，只能作废。明天再开始吧，明天又是一张新的白纸。

年轻时如此这般地作废掉许多日子，不着急，觉得手里的日子有的是，一天没过好，不妨碍搭建理想的一生。人到中年，开始发现日子不像盛夏的树叶那么稠密了，真的经不起浪费了。

王健林说："我们应该先定个小目标，比如先挣一个亿。"很多人的重点是"一个亿"，我则把目光久久地落在"小目标"上，觉得老王说得很对。

比如说，为什么老是嚷嚷着要过理想的一生呢？我们能不能分解一下，先定个小目标——过好理想的一天，甚至理想的一小时?

理想的一天的基本款

分解之后就变得简单了，容易着手，也容易纠错，船小好调头，累积起来又能成为美好大人生的有机部分。那么，不妨先规划一下，理想的一天的基本款长啥样。

理想的一天首先是有序的。最容易浪费时间的，是一件件事情的衔接处。万事开头难，劝自己开始一件事需要做太多心理建设，通常我会自暴自弃地刷很久的手机。

手账也许是解决这个问题的办法，我以前觉得就算写下来，也不一定能劝得动自己，但有个小朋友说，她完成一行划掉一行，凡是写下来的都做到了。手账是时间的指示牌，也是自己跟自己签订的一日游合同。

理想的一天还应该是整洁的。去过一些人家，发现不管装修陈设是简朴还是奢华，只要够整洁，就显得高级，令人敬重。而自身的整洁也会让生活纹理清晰，在这上面花点儿时间非常值得。

理想的一天是要有吸收的，要看书或者看电影、听音乐，以及与人交谈。尤其是阅读，它是对内心的归拢，不管内心有多少浮云和神马，看上几页书，心思就不再像野马。

理想的一天还应该是有所创造的，对于我而言就是写作。最近尝试着清晨4：30起床，那个时刻最安静，像还没有营业的菜市，最新鲜的蔬菜、水果和肉类源源不断地运进来。晚上我精力就不行了，涣散杂沓得像晚上的菜市，一地的烂菜叶子。

假若因为各种原因不能写得很好，也不必着急作废掉，耐下心来继续写，为了创造而写，就比为了写出雄文而写放松多了，只要偶有闪光，身心愉悦，就是理想的一天。

理想的一天，最关键的就是不留下“债务”给明天。一年365天，那些拖拉放纵、无所事事的日子是欠债的。

升级版的一天

不过，在这样的基础上，也还可以锦上添花。比如说，要有应季的漫游。

去年秋天在日本，有一次赴宴，不知道吃的是不是传说中的怀石料理，小小的碗碟里盛着小而美的柿子，点缀着枫叶，还有其他的东西，我忘了，反正一顿饭吃得像看画展似的，吃完觉得自己浏览了一个秋天。

季节是浪漫的，季节轮转，简直像是上天送给人类的礼物，把日子变得参差多态。我们应该对季节轮换保持敏感，去合适的地方，查看那些标志性的细节。

在这个城市里，春天的每个早晨，都应该去天鹅湖边，看望那几棵默默酝酿中的桃树，每年就这几棵桃树开花最积极；夏天就算了，我最不喜欢夏天，除了不用穿许多层衣服，没什么好处；秋天去大蜀山下的蜀峰湾吧，那里有一片枫树林，被风雨一打，就会在你面前壮观地落一地，从脚下一直到远方，我每每看得心惊、发怔，世界变成一场美丽的幻觉，我也不再是这样一个疲惫的中年人。

在位于淮河以南的合肥，冬天才是花季，天鹅湖北边，市政府大楼南边有片蜡梅林，10 月开始打骨朵，到 1 月开成一片蜡质的金黄，精致得不像真的，轻轻触摸似有油润之感。还好有馨香飘进鼻子里，让你确认，它们都是真的花朵呢。

天鹅湖和匡河边的红梅林、海棠林，也是随随便便就开得漫山遍野。我有段时间酷爱步行，想练出走上几公里不带喘气的神功，那样我就可以在周边 5 公里之内疾步如飞。对于我而言，方圆这 5 公里，足够“盘”一生。

当然，也可以随机地逛进某个商场，看看橱窗里的衣服，挑一块漂亮的小蛋糕，考察下新开的拉面馆，这都是这理想的一天必要的点缀。

若有余力，就去菜市，认真地挑选食材，像日本人那样，做一餐提示季节的晚饭。人到中年，越来越享受和他人的良好关系，和家人的良好关系尤其重要，美好的晚餐，是对这种良好关系的必要建设。

还有一些事情镶嵌或是填充在这一项项中，比如去练个瑜伽，试用新买的铸铁锅或是蓝牙耳机，坐在窗下边看书边等待一场雪……总之，在自律的前提下，我们有太多的方式营建理想的一天，它们是你人生这个玻璃樽里的千纸鹤，能攒上一大瓶真是太满足了。

就像此刻，早晨6：30，天光欲擒故纵，还未完全亮起，我写完这篇稿子，感觉给理想的一天开了个不错的头。

（摘自《读者·原创版》2019年第7期）

百合花开

宓　月

小时候，跟父亲去山谷，一朵白色的花吸引了我。

在草丛里，它独自开着。它几乎和我一样高，花朵像喇叭一样大，却一点也不张扬。白色的花瓣微卷着，露出嫩黄的蕊。擎起它的根茎好像不胜重力地自然弯曲，让它看上去那么高贵，却又那么孤寂。

我被这朵花迷住了，久久不肯挪步。

父亲说，这是野百合。因为我喜欢，父亲决定把它带回家。我本以为他只是掐了花就走。没想到，父亲小心地拨开草丛，先清除了周围的一大片杂草，很快地，一株亭亭玉立的野百合就出现在我面前。一瞬间，我觉得这世界上所有美好的词汇都应该给它。它像童话中迷路的小仙子，突兀地出现在这片山谷里。它纯洁的白，让周围的一切都黯然失色。可它又是那么无助而脆弱。我担心它那瘦长的根茎，风一吹就会被折断。父亲用随身携带的一把小锄头从四周开始挖土，他掏得很深。我全神贯注地守在一旁，用手扶着花朵。很快，一个乒乓球大小的球茎，完整地连土一起悬空出来。

父亲小心翼翼地用双手托着球茎，把花朵搁在肩膀上。我欢天喜地地跟在父亲的身后。那朵百合花在父亲的肩头一颤一颤的，正冲我笑嘞。

父亲把它种在屋旁的菜地里，用一根小木棒将它固定好。经过一番腾挪，野百合似乎也累了，有些萎靡不振。我疑惑地问父亲，它还能活么？父亲笑笑，说，你明早来看它。第二天一起床，我就跑到菜地里。只过了一夜，野百合似乎已经完全适应了新环境，叶片舒展着，不用借助小木棒，就能精神抖擞地立起来。硕大的花瓣上，还有几颗露珠在晨光中闪烁。我的整个暑假，因为它，多了许多憧憬和幻想。每天，我像探望老朋友，看它在风中摇曳，看蜜蜂在它的花蕊里沾满嫩黄嫩黄的花粉……

到了九月，天气逐渐转凉，我又开始上学了，野百合也在一阵又一阵的凉风中逐渐枯萎、凋零。看着那一片片凋落的花瓣，生命的短暂、美的易逝，让我第一次感到了忧伤。父亲说，我们可以把球茎分瓣，来年会变成几棵，这个球茎还可以吃。我舍不得吃掉球茎，我要父亲给我变出更多的百合花来。父亲依了我，将百合花的球茎挖出来，分成七八瓣，在菜地的一角重新栽下去，并做了记号。父亲说，来年春天它们又能长出嫩芽。

那一年，我八岁。在我的记忆中，那个冬天特别漫长，我每天都要去看看，但是，野百合的嫩芽迟迟没有冒出来，我等得失去了耐心。美丽的雪花，春节的喜庆，使我几乎忘了野百合的事。春天来了。太阳的温暖改变了这个世界。有一天，我突然发现，屋旁的菜地里齐刷刷地站着一溜茁壮的青苗，大概七八棵的样子，像一支小队伍。我即刻兴奋地跑去告诉父亲，我的百合花长出来了！父亲笑了笑，牵着我出了门。

在我家的房前屋后，有许多不知什么时候冒出来的花草果树，樱桃、枇杷、梨、桃树、枣树、梅树、桂花树……蜡梅是开得最早的，春寒料峭时节，最早带来春天的气息。然后是樱花、梨花、桃花……夏天来时，是我们在家待的时间最长的季节，也是万物最丰盛的时节。菜地里，豆角、丝瓜、南瓜，我们一边采摘，它们一边开花结果。妈妈每次做饭时让我去菜地里摘瓜果，我总是拖延得太久，非要等妈妈再三催促才肯从菜地里钻出来。屋角的牵牛花，常趁我们夜晚纳凉、休息的当儿，悄悄地往上爬着，有时一早醒来，就发现它已经到二楼的窗口了，还殷勤地伸出盛满了阳光的花盏。

父亲就像一个魔术师，他让我在每一个不同的季节，都有不一样的期待和惊喜。有一次，父亲做了几个纸袋子，套在几个即将成熟的梨子上。他说，不套纸袋，它们就会变成蜂蝶的美餐。这几个梨，是留到秋后给我吃的。

天逐渐转凉，梨叶也落光了，几个孤零零的纸袋子，就像悬在树梢的谜底，总是让人猜想。终于有一天，父亲摘下它们，黄澄澄的，咬一口，都是流着蜜的香甜。那是我至今吃过的最好吃的梨。

父亲让我知道了一朵花是怎么长成的，也教会了我认识这个世界、热爱这个世界。在父亲身边，我就是那个天真烂漫、无忧无虑的女孩儿。也许，是他给予我的欢乐太多，让我二十年都不愿走出他给我的幸福时光。可他又是多么的残酷，二十年前就丢下我不管不顾地独自远去。让我经常在这一刻谈笑风生，下一刻便愁云密布。

世间美好的事物总是太过匆促、短暂。仿佛流星在心空留下的刹那光芒，要我们用尽一生去寻找、捡拾。我常常会突然忘却自己身在何处，满眼满心都是父亲的影子，伸出手却总也触摸不到他。那倏然间的惊悚，似一个无底的深渊，无论我怎么努力，世界的一角已无可挽回地沦陷……

直到今天，每次路过花店，看到百合花，我都会伤感和怅惘，因为我知道它们中永远不可能有陪伴我成长的那朵野百合。就像我把爱无限地放大，最爱我的父亲也不会再回来。可我仍固执地相信，还有许多野百合在某个荒野一年年寂寞地盛开。它是我孤寂中的念想，迷茫时的希望，是当我的人生沉入谷底时，亮着的最后一束光芒……

（摘自《文苑·经典美文》2016 年第 1 期）

庄稼在说话

余继聪

庄稼在说话，路边的庄稼，满山坡、满田坝的庄稼都在说话。一离开城市，回到乡下，接近庄稼地、庄稼林，就能听见庄稼们在说话，就会感到很亲切。庄稼也是我的亲人啊！

骄阳似火，久旱不雨，庄稼们口渴难当，蔫蔫的，无精打采，精神萎靡，她们的话细若游丝，若有若无，上气不接下气，断断续续，好像都在叹息，都在哼唧：唉！口渴死了，晒死了！太阳怎么这么残忍啊……她们交头接耳，相互问候，也显得有气无力，有一句没一句。此时，平时听来那么和谐悦耳的虫声鸟声是那么聒耳，那么叫庄稼们讨厌。还好，虫鸟们也口渴难当，只是偶尔有一两只虫鸟叫一两声，同样显得有气无力。整个庄稼地、村庄里外似乎一片死寂、悲观、绝望。

久旱逢甘雨，庄稼们欣喜若狂，舒展开枝叶，你拍拍我，我拍拍你，你招招我，我招招你，你抖抖身子，我扬扬手臂，开开心心地大声说话：多好啊……老天爷真是太好了，终于给我们甘雨，看来他还是仁慈善良的，还是关心我们的……世界真是太可爱了……雨声真是太好听了……于是整个庄稼地、整个乡村大世界都沸腾了。虫子们也在歌唱，鸟雀们也在欢歌，虫子在细雨中舒展腿脚，鸟儿在细雨中梳理羽毛。大雨来时，它们都纷纷躲在避雨处开心说笑呢。庄稼们窸窸窣窣、淅淅沥沥开始唱歌，唧唧哝哝开始交谈，卿卿我我开始缠绵悱恻……等到雨脚一停，她们也有话说，好像是跟太阳公公开玩笑：太阳公公也真是太小气了，才下了一会儿雨，就把他可爱的雨云收回去了……

爹是一个盘了几十年庄稼的庄稼汉，他能听懂庄稼们说话，喜欢跟庄稼说话。蹲在庄稼旁边，他就像蹲在亲人、老朋友旁边，他常常一边吸烟，一边听庄稼们说话，或者跟庄稼们说话，累了就躺在庄稼旁边的地埂上，眼里除了蓝天白云，就净是庄稼的身影。庄稼的身影，在爹的眼睛里是很迷人的，很婀娜，很窈窕，很妩媚。庄稼的话是很动听的，爹很爱听。她们觉得口渴觉得热，爹就心疼她们。我不知道，在爹眼里，娘的影子是否也像庄稼一般迷人，或者在爹眼里，娘就是一棵高产庄稼，或者是一片肥沃的庄稼地。我不知道，在爹心里，娘的嗓音是不是也像庄稼那么动听。

爹告诉我，庄稼在说话、庄稼会说话的时候，我着实很吃惊，以为爹是在跟我开玩笑。怎么我在村庄里生活了那么多年从来没有听见过她们说话呢？爹显出一副看不起我而又自得的样子，说：你要用心听，用情看……我盘了几十年庄稼，就是用心听她们的喜怒哀乐，用情看她们的一举一动一模一样，我才知道她们会说话，知道她们的心思，如此，我盘的庄稼才与别人家不一样……其实，她们和我们一样，也是可爱的生命，也有痛苦忧愁，也有开心快乐，也有直率真诚，也有清纯美丽……

爹在庄稼地里地边走，总是一边走，一边听庄稼说话，或者一边和庄稼说话：……哦——哦……你们又口渴了……好吧，好吧，是该给你们喝水的时候了……唉——唉——这老天，怎么这么不长眼睛呢，都快把你们晒死了……看看，看看，你们缺乏营养了，黄皮寡瘦的，是得添点油水了……凉快了吧？这雨下得及时啊……这老天，要晒死人，要热死人，可把你们和我焦急死了……

从此，我学着爹听庄稼说话。

苞谷个子高挑，身材高大，照样亭亭玉立，修长的手臂和飘飘衣袖在风中招展，在空中呈花朵绽开的发型独特，她们唇红齿白，经常吐出她们迷人的长舌头，高高噘起嘟嘟小嘴巴，引得无数蜂蝶心旌摇荡，争风吃醋地忙着去亲吻，给她们传花授粉。在庄稼中，她们是大家闺秀，所以她们说话唱歌都很大气，嗓门很大，随意，毫无顾忌，风声呼啸中，整个山坡田坝乡村里就充满她们哗啦啦哗啦啦说话唱歌的声音，随意地左右着、控制着乡村世界庄稼世界的发言权。

稻谷属于禾本科庄稼里的小家碧玉，小个子小腿，小衣服小手臂，虽然也小巧玲珑，十分秀美，不过，她们觉得自己很平凡，很自卑，总是素面朝天，根本不像大家闺秀苞谷那样极力向外张扬，她们是越成熟越不事张扬，越满足、自卑、谦虚，总是低着头，小声小气地窃窃私语，生怕引起别人注意。其实，她们开花，张开小嘴巴也很羞涩，只开那么小小的一点点花，张开小小的嘴巴，也害怕引起别人注意，招人忌妒，给自己引来麻烦似的。虽然，她们极度隐忍，不过她们的说话声倒很清脆动听，微风吹过，叮叮咚咚，似清泉滴落或者流过。她们的芳香，很馥郁诱人。大片的稻谷林立，吐穗扬花，乡村里就洋溢着浓浓芳香，流出村庄来了。稻谷们不事张扬，不多讲话，反倒成就了她们内秀、羞涩、女性味突出的美。她们多在雨水和骄阳中说话，是一种热情水灵的庄稼。

麦苗与稻谷近似，体态娇小玲珑，开花细小素淡，素面朝天，不很张扬。不过，她们在干燥的春天开花，不像稻谷，不是水性的花。由于是在干燥的春天张开她们水汪汪的小嘴巴，所以她们本身却给人一种水灵灵的感觉，滋润了干燥的春季各种生命的心田。

蚕豆是豆科庄稼，平时是呼啦啦呼啦啦含含糊糊说话，一旦成熟起来，在毒日头下说话也是“嘣”一句“嘣”一句响彻天地，毫不含糊。如果她们不想说话的时候，嘣嘣地用连枷捶打，她们也难以蹦出一句话。

油菜也有贵族小姐的派头和气质，她们长得高大，花朵较大，鲜艳迷人，招人注意，不过她们不骄傲，不做作，不搔首弄姿，即便在风大雨急时也照样轻声细语，即便在阳光明媚欣喜若狂时也隐忍心情，仍然抿口而笑，小声小气，不事张扬。

很多人以为庄稼不会说话，就像栽种她们的庄稼人，没有多少思想，没有多少感情，都是些卑微甚至低贱的生命，所以轻视她们，忽视她们，于是听不见她们说话，那么多声音，那么多鲜活的思想感情，都听不见了。

其实，村庄里生活着的这些庄稼，这些卑微的生命，就像栽种她们的庄稼人一样，很可爱，很纯真，很直率，也有她们的语言，也有她们的心思和感情，只有用心听，用情去看，才能听懂她们的语言，听出她们说些什么话，看出她们的迷人可爱。

我和我爹就是这样去听，才听出了庄稼们强烈的、丰富的感情，才知道了她们的迷人可爱！

眼里有庄稼，庄稼才可爱；心里有庄稼，庄稼才会说话。

（摘自《民族文学》2007年第4期）

大地深处的温暖

任林举

长春的雪，从来都不是寻常的飘落，而是弥漫——无边无际的弥漫。

洁白的雪花飞满苍穹，天地之间就没有了界限。苍茫里，是谁在飞针走线？一针紧似一针，反复牵引着人的目光，一时竟分不清雪花是从天上落下，还是从地上飞起。街道、河流、田野、房屋等等，地上一应事物之间的边界和轮廓，都在雪中变得模糊。

四十多年前，1978 年 10 月，我还未满十六岁，拿着一张大学录取通知书，第一次走在长春的大街上。那时候，年少懵懂，刚从一个偏远的小村庄出来，不知道要怎样应对这样一个高楼林立的城市和城市里熙熙攘攘的人群。好在，这座城市已经给我预备好了可以埋头阅读的书桌，还有可以倒上去酣睡的床铺。

仿佛一夜之间，一睁眼，我就遇到了那场雪。寒风退避，雪落无声，有几分暖意，有几分温柔，温柔得让人心软。过去，我是经常站在乡村的雪中向往城市的；如今，我开始站在城市的雪中幻想未来。

天已经断续下了两日的雪，仍无意停止。我和相识不久的同学们，手拉手走在雪中。积雪在我们的脚下吱吱呀呀，传达出时缓时急快乐的声音。

我们从学校的东门出发，穿过平阳街，穿过解放大路，一直向春城电影院进发。那天晚上要上演的电影我至今记得清清楚楚，名字叫《吉鸿昌》，当时各大中专院校和企事业单位竞相包场，一票难求，长春市仅有的几家电影院需要不间断播映。因为我所在的学校在院校里排位并不靠前，所以场次就排到了半夜。

时值午夜，市内的公交车已经全部停运。而那个年代，出租车等交通工具还没有出现，几公里的路程，只能靠双脚一步步丈量。从开放的儿童公园东门进入，西门穿出，进入最负盛名的人民大街，右行八百米就到了大名鼎鼎的人民广场。广场上的纪念碑巍峨、高大，我们从纪念碑前走过，夜晚宁静异常，只有我们一行人脚下发出的沙沙踏雪声。那天，回来的路上，大家毫无睡意，每个人都很兴奋，情不自禁地唱起了另一部电影的主题曲："红岩上红梅开，千里冰霜脚下踩，三九严寒何所惧，一片丹心向阳开……"

转眼几十年过去了，中间相隔多少坎坷与周折，又相隔多少场风霜与雨雪，已经无法准确统计。当我再一次走在一场纷飞的雪中，长春这个让我一度成为过客的城市，慷慨地许给我一个可以躲避风雨的居所，我在长春住了下来，而且一住就是经年。我不再青春年少，但却如一棵把根扎得很深的树，感受到了这片土地深处的温暖。也是午夜，也是在人民大街，大街两侧高楼林立，夜晚的街道灯火通明，五光十色，大街上的车流拖着一条光的尾巴往来穿梭，将整条街道描述成一条色彩的河流。

那个晚上，我和曲有源老师在他的家中秉烛长谈。也许是因为我的新书《玉米大地》终于出版；也许是因为曲老师的新诗集即将付梓；也许是因为多年来的彼此相互关注、关心，以及那份与文学并无关联的情同父子的情谊……我静静地聆听着他对我的叮嘱，从生活到修身，从工作到文学，从现在到未来，从理想到信念……他让我清楚地看到了自己的局限和优长；懂得了放弃与坚守；学会了敬畏和勇敢。

我深深地知道，此夜不同寻常，但却不知道窗外正无声地下着一场大雪。当我深夜离去时，曲老师执意要出门送我，并执意要站在大雪中陪我候车。雪花大朵大朵地落在他已经不再浓密的头发上，落在他已经微驼的背上和他表情凝重的脸上。那情景，让我感觉我可能正面对一次隆重的远行。但我心里想得更多的，是多年之后，当我回想起那晚雪中的情景，我的心会涌起怎样的波澜。

转眼又是十年，城市仍然像一张没有画完的图画，在扩展，在丰富，虽然还没有最后完成，但却比以往更加丰满、绚丽。而我却单单因为它的雪，因为它纯净的白色，就心怀依恋。从最初的雪，到后来许多场雪，种种的情景、种种的经历、种种的故事，已经让我深深认定，长春的雪就是一种无法回避的美好机缘。

冬天再来的时候，我突然发现，一棵树如果在一座城市把根系扎得太深，就已经不再是一棵树，而是城市固有的一个部分。它在岁月中汲取的一切，如今都要反哺给岁月；它在城市中所得的一切馈赠，如今也将回馈给城市。那天，突然接到老友的电话，不为别事，就是一份来自好友的关切。我们畅叙交流，一抬眼，又是一场纷飞的大雪，从天空飘向大地，又从窗外飘到窗里，在我的身前、身后、头顶以及生命深处——弥漫。

（摘自《人民日报》2020 年 7 月 22 日）

丰年留客

羊　毛

老家地处苏北平原，苏北平原位于淮河以北，属于暖温带半湿润季风气候，水热资源充沛，四季分明，为南北过渡地区。本区农业优势明显，盛产小麦、水稻、花生、棉花、玉米等多种农作物。尽管历史上黄河南徙夺淮，曾经造成连年洪涝、水系紊乱、经济萧条，但中华人民共和国成立以来，苏北平原迅速变成江苏乃至国家的粮仓，成为全国重要商品粮基地。

二十世纪八十年代，农村土地实行“大包干”后，庄稼开始连年丰收，农家的“小幸福”越来越多，好似“芝麻开花节节高”，村民的日子过得一天比一天好。人逢喜事精神爽，对于侍弄土地的农民而言，能够超越丰收的喜事应该说不多，丰收的季节里真是让人无比高兴。

父亲其实并不是传统意义上种庄稼的好手。他从前是地方造纸厂不脱产的厂长，造纸厂污染问题严重，因条件所限又找不到良方治污，工厂被迫关闭转型，父亲由此主动“打道回府”，重新与田地打交道。父亲种田虽然

“半路出家”，但好在他有文化，又有母亲这样一位好帮手。父亲不仅虚心向母亲和乡亲们请教，还喜欢订阅《科学种田》一类农家杂志，好政策好年景加上忠诚的种田人，家里每年都能获得大丰收。

在农村税费改革前，那时农民承担的主要费用项目简称“提留”、“统筹”。“三提留”是指由村一级组织收取的公积金、公益金和集体管理费；“五统筹”是指由乡一级政府收取的计划生育、优抚、民兵训练、乡村道路建设和民办教育方面的费用。农民上缴费用主要是用“交公粮”形式完成。责任田里收取的粮食，“保证国家的，留足集体的，剩下都是自己的”。交完公粮，父亲看着家里粮足仓满，脸上时常露出开心的笑容。

父亲感恩田地给家里带来丰收，会更加卖力侍候田地，他辛勤地给庄稼地里喂养肥料，把土壤打理得更加匀细。当然，父亲最开心的事，莫过于让别人和他一起分享丰收的喜悦。父亲与他人一起分享丰收的喜悦，对他来说最好的形式，当是“丰年留客”。

为了庆贺庄稼大丰收，父亲隔三岔五会到乡里赶集，除了不断帮家里增添购置新农具，他还时常买些鱼肉回家改善我们的生活。当然，父亲在赶集回家的路上，遇到好朋友总少不了相邀他们到家中做客。“故人具鸡黍，邀我至田家。绿树村边合，青山郭外斜。开轩面场圃，把酒话桑麻。”“老朋友准备丰盛的饭菜，邀请我到他的田舍做客。翠绿的树林围绕着村落，一脉青山在城郭外隐隐横斜。推开窗户面对谷场菜园，共饮美酒闲谈农务。”父亲待客，和古诗中这样的场景十分相似，如果要说有什么缺少的，就是门前没有菊花开放。

家中来了客人，又是丰收之年，父亲和母亲总会倾家中所有，置办好酒好菜款待。客人临走时，父亲还会奉送上红豆、芝麻一类作物。因为他在与客人聊天时，早已弄明白客人家中短缺什么，至于什么东西能拿出手送客，他早已在心中考虑成熟。客人感激推辞，“怎么能又吃又拿！”父亲笑道：“这不都是自家田地里长出来的嘛，也不要我拿钱去买，你不带上可就外气了！”

父亲一生好朋好友，与人为善，过去家中困难时尚且热情好客，等到丰收之年，他更是乐于待客。一次，他在村东岔路口相遇“老莫叔叔”，“老莫叔叔”是父亲在造纸厂工作时的同事兼好友。好友相逢，父亲自然热情相邀他到家中做客。“老莫叔叔”家住邻村，当天他上街赶集，自行车把上还挂着一块肉。“你看，家里还等着这肉下锅呢！”“老莫叔叔”对父亲的邀请虽然动心，但他还是有些犹豫。父亲笑道：“请人捎回家好了！”他们站在路口等了一会，没有等到“老莫叔叔”村里的人过路。父亲还要坚持，“老莫叔叔”笑道：“好东西谁吃不是吃？还分什么你家我家，今天就用它下酒。”父亲当然不会动用“老莫叔叔”买回的肉。为了陪客人喝酒，父亲又喊来几位邻居。“老莫叔叔”酒喝高了，酒桌上答应留下来晚上继续连着喝。“那这肉怎么办？时间长了会坏掉，再说，酒喝高了恐将肉弄丢了。”母亲嘀咕说。父亲自有高招，他吩咐我上学时将肉带到小学校，把东西转交给“老莫叔叔”村里的同学，放晚学后捎回。

父亲待客，多有客人临时偶遇，让他招待起来没有准备措手不及。一天，父亲在村里碰到一位外村熟人老梁，老梁是慕名来村里买稻种。因为我们村里的水稻产量高品质好，外村人买稻种怕买假了，就追到村里来买。老梁早已忘记了父亲，父亲却很快认出老梁是早些年他在河工上结识的朋友。当年出河工时，父亲的扁担断掉了，外村人老梁曾借扁担给他使用过。父亲热情拉着老梁的手回家做客。没有大鱼大肉不要紧，父亲打听清楚村里谁家当天赶集，就从别人家中借来鱼肉。为了招待好老梁，偿还多年前“借扁担”之恩，父亲动手宰杀一只公鸡。有趣的是，傍晚邻居到处找鸡，父亲才知道杀错了鸡。尽管邻居大方地说他家的公鸡不要了，可父亲还是执意要用家里相似的那只鸡交换，无奈用来交换的鸡老是跑回家，父亲后来索性高价赔了鸡钱。

父亲喜于留客，但有客不来，父亲甚是惦念。秋天到了，经过阳光雨露的滋润，田地里的花生成熟。父亲让母亲带信给她娘家我的表哥他们，请表哥带人过来帮忙收花生。父亲还特地交代，千万别忘让表哥将家中的平板车也拉过来，说是收花生得用上。

按照父亲母亲他们的力量，收花生根本用不上请帮手。但请帮手只是托词。表哥他们来了，少不了盛情款待，临走时，父亲还会在他们的平板车里放上好多刚收获的庄稼。表哥家住在河边，分到户的田地少，他们平时以捕鱼捉虾为生，有时还要到市场买粮食吃。父亲在造纸厂工作时，家中缺少劳力，表哥他们经常过来帮忙干农活。等到田地获得丰收，父亲这是在设法回报。

莫笑农家腊酒浑，丰年留客足鸡豚。“丰年留客”，应该是父辈的丰收节最隆重的庆贺方式。

（摘自中国作家网·羊毛的作品集）

高海拔修行

毛晓琼

2016 年 6 月，33 岁的肿瘤外科医生龙子雯，离开上海前往西藏日喀则进行为期 3 年的医疗援助。他是复旦大学附属肿瘤医院胃外科主任医师，到日喀则市人民医院先后担任院长助理、副院长和医务科主任等职务。

记者采访了刚结束援藏回来不久的龙子雯。为更真实地展现被访者的经历和感受，本文以第一人称叙述。

一

2016 年 4 月的一个周五下午，我接到援藏任务。医院要选派一名医生去援建日喀则市人民医院，为期 3 年。

3 天前我女儿刚出生，领导知道我家里的情况，给我 3 天时间考虑。我说不用，打两个电话就行，一个给我父亲，一个给我太太。

出乎意料地，他们都表示支持。尤其是我太太，她也是医生，知道医疗援建的重要性，她说："你是党员，组织需要你，你就应该去，孩子我能照顾。"

2016 年 6 月 18 日，我登上了飞往日喀则的飞机，同行的还有 22 位兄弟。我们 23 人组成了上海第二批组团式援藏医疗队。

日喀则平均海拔在 4000 米以上。刚走下飞机的时候，脚就像踩在棉花上，没力气。同时感觉胸闷，不自觉地大口呼吸，连行李都要接机的人帮我们拎。

缺氧引发的连锁反应很多，比如头痛、失眠等。我最明显的反应是腹泻，缺氧会导致肠道痉挛，吸收能力下降。

缺氧还会带来一个很难避免的损伤——记忆力下降。有一次，我从西藏回上海处理公务，在单位走廊上碰到很熟悉的同事，竟然一下子叫不出名字，只能傻乎乎地冲人家笑。

为了应对缺氧，我们 23 个人做了一个"对比试验"。以我为代表的一派觉得，应该加强锻炼，增强抵抗力，所以我们开始跑步、骑车，也尽可能少吸氧。另一派认为，应该采用"龟息疗法"，能不动就不动。

3 个月后，我们做了一次体检。结果，身体各项指标最好的，是一个跟我很要好的队员。他是怎么做的呢？他在房子里摆了 50 盆绿植，氧气管布到各个角落，平时在医院，也尽可能吸氧。

那次之后，我认怂了，我这一派全体采用"龟息疗法"。我们甚至还制订了内部小守则，比如禁止跑步，以慢走为主；晚上睡觉要吸氧；心跳一旦高于 160，要马上报告；出现感冒症状，马上吃药……所有人都配了至少七八种药，每天早起第一件事，就是吃一大把药。

二

每年都有援藏干部和在藏干部因高原反应而殉职，我们一方面为所有人做好医疗保障，一方面也要保护好自己。

生存环境恶劣，医疗救治能力就显得尤为重要。

我们刚去西藏的时候，感觉那里的医疗技术比上海落后很多。举个例子，西藏的小孩得了尿路结石，有的孩子送过来时，整个肾脏都被石头填满了。

这个病在上海非常好治，做一个微创手术激光碎石就行。但在西藏，他们采用的是开大刀，划一个 15 厘米的口子，把石头一次性取出来，再进行缝合。手术后没有十天半个月，很难恢复。

我们从医院的仓库里翻出一台全新的弹道碎石机，是内地援建捐赠的，但他们不知道怎么用。弹道碎石相当于腹腔镜手术的前一代，但比开刀好太多了。划一个 2 厘米的口子，弹道打进去，通过气压把石头震碎，小便的时候排出来。手术做完当天，小孩就能下床，家长高兴坏了。

医疗管理水平则是落后的另一面。我们建了一个胸痛中心，专门应对心梗急救，这在上海已经很普遍了，从患者进医院到打通血管，放好支架，基本可以做到及时有效地完成。

而 2017 年年底，医院胸痛中心接到第一例急救患者，从患者送到医院，再到送进手术室打通血管，放好支架，竟然花了 5 个小时。而急性心梗救治中有“120 分钟黄金救治时间”的说法：如果在 120 分钟内手术，绝大部分心肌可免于坏死；如果救治时间拖得太久，即便暂时活下来，生命质量也会大大降低。

为什么？流程有问题。医护配合和技术配合还不到位，病人进来了，所有的医生护士一拥而上，血样没有及时送到心内科医生手上，放射科的机器没有提前开启，手术室的器械没有人准备，等等。

我们用了大半年打磨这些流程细节，把抢救时间从 5 小时缩短到 1 个多小时。目前他们从急诊室到手术室的时间已经能缩短到 40 分钟。

三

尽管西藏的医疗服务水平不如华东地区，病人却是出奇的友好。

我除了临床工作，还兼着医务科的管理。说白了，就是处理医患矛盾。到医院的头几天，我专门调看了过去几年的医患纠纷记录。结果大吃一惊，一年连 10 起都不到。

我想，这可能与当地人的信仰有关。他们天生就有一种与人为善的信仰，所以，来看病的时候很听医生的话，会全力配合医生。

大概 3 个月后，我亲身体会到了这种医患关系带来的感动。一天半夜，附近发生一起严重的车祸，医院里一下子送来了十几个伤者，都是大出血，情况很危急。

我们 23 个人都第一时间赶到医院，迅速开了 3 间手术室，开胸的开胸，开颅的开颅，伤情稍轻的先做止血处理。通宵忙下来，虽然尽了最大努力，还是有 3 个人没救回来。出了手术室，正想通知家属准备后事，突然，一大片人跪了下来，给我们磕头。

我当时以为他们是在求我们再努力救一救，旁边的藏族医生告诉我，他们是在感谢我们。我一下子怔住了，病人没有救回来，家属却下跪向医生表达感谢——这是我从医近 10 年来，从来没有碰到过的事情。

四

在日喀则 3 年，最能写在我们功劳簿上的，是成功帮助医院升级为三甲医院。

当时，中组部给上海布置的一个重要任务，就是用 3 年时间，帮助日喀则市人民医院通过三甲评审。

我们拿三甲医院的600多条标准逐一比对，得出的结论是，日喀则市人民医院最多只能算是二乙水平。但任务已经布置下来了，只能干！

一开始部分领导对于三甲医院其实有点误解，认为只要房子造起来，设备进去，人员进去，就创建起来了。我们反复沟通，强调这只是基础，最重要的是流程规范，管理水平、科研能力等都必须达到相应的标准。

2017年整整一年，我们的压力全在“创三甲”上。

首要任务是提高医疗水平。过去，这里的医生也会外出进修，一去就是一年，回来什么都会一点，但什么都不精。我们改变了这个模式，把进修期缩短到3个月，每个人出去的目的性都很明确。比如你出去是学腹腔镜手术的，那你就在对方医院跟着最好的医生学，3个月后回来，你就应该是腹腔镜手术方面的专家。

医生本来就少，能出去进修的更是少数。我们就想了另外一招——在日喀则办医学论坛。前后一共办了5届，每一届都由我们出面邀请两三百名专家，再办20多个分论坛，一办就是一个月。

新技术学到手了，还要检验成效。从2016年9月开始，我召集所有科室的主任，开月度医疗点评会，拿14张表格、100多项数据来考核他们。第一次开会的时候，我把所有科室批评了个遍，全场鸦雀无声。后来院长告诉我，这些科室主任都蒙了，他们不理解我为什么要这么干。

会开完以后，我们拿着数据一个个科室找过去，给他们提供解决方案。第二次开会的时候，等我讲完话，所有主任都在鼓掌，因为他们知道，指出问题是为他们好。现在他们都学会了这套流程，每个月自己开会，不需要我来牵头。

通过各种努力，这里的医疗服务水平明显提高，一年门诊量达到20万人次，而日喀则城区常住人口还不到15万。手术量从过去的3000多台增加到7000多台，患者平均住院时间从14天降到10天，这在整个西部地区都很少见。后来，拉萨的好多病人都跑到日喀则看病，拉萨发往日喀则的火车也从一天一班增加到了一天三班。

2017 年 11 月底，“大考”来临。由 15 名来自全国各地的权威专家组成的评审组，经过 3 天考察，打出了高分。尽管卫健委还没有正式宣布，但我们心里有数，“创三甲”这个不可能完成的任务，已经完成了。

知道分数后，我们的藏族医生齐刷刷地跑到医院前面的空地上，手拉手跳起了锅庄舞。护士长走过来，和我们挨个拥抱，最后自己跑去蹲在一个角落里抱头痛哭。也是从那一天开始，我们援藏的 23 个兄弟，有一半人病倒了，包括我在内，大家过了将近两周才慢慢恢复过来。

五

2019 年 7 月 21 日，我结束了 3 年的援藏任务。几个同行的兄弟都成了很好的朋友。

有一回，一个兄弟借着酒劲告诉我，家人和同事都以为他去西藏纯粹是援助别人，其实并不是，他自己获得的更多，不管是能力、心态，还是坚定的信仰。这句话，在座的所有人都感同身受。

与大家分享援藏感受的同时，也有一件很遗憾的事让我不能释怀。

医院有一个 18 岁的藏族小姑娘，家境很不好，兄弟姐妹多，父亲很早就去世了。她争取到一个扶贫岗位，在医院里做清洁工，补贴家用。

2018 年，她突然肝出血。一开始医生判断是包虫病，但手术时发现是肝癌。我们马上给她做了二期手术，切得很干净。小姑娘没休养多久，就想回来继续工作，因为家里实在是穷得揭不开锅。我们拗不过她，给她安排了比较清闲的电梯工岗位。同时，我们建议她做肝静脉化疗，并帮她联系了华西医院。

遗憾的是，因为经济条件不允许，她自己又缺乏认知，就一直拖着。2019 年 2 月，她的肝癌爆发性复发，肿瘤扩散，即便她表现出了很强的求生意志，也为时已晚，不到一个月，人就没了。

我反复回想这件事，觉得还有很多事情需要我们去做。我们一直说西藏的肿瘤发病率不高，其实不是，而是很多肿瘤患者被漏诊了，漏诊的原因是对肿瘤预防和治疗的普及度不高。所以，我向西藏大学提出申请，要开一门肿瘤学的课。另外，我还申请要带肿瘤学的研究生，着手去落实这件事情。

我很感谢我的太太，她非常支持我的决定。她说，援藏 3 年，眼睁睁看着我减掉了 30 多斤体重，简直是喜出望外，她觉得我还有减肥的空间。

（摘自《读者》2019 年第 24 期）

枕头遐思

高洪波

人类进入文明社会的标志性物件，枕头应是其中之一。猿人应该是不用枕头的，原始人好像也对枕头不那么依赖，没准那时的枕头，或者是一块圆滚滚的石头，或者是一截圆溜溜的木头，随手拿来，头下一垫，在温暖的篝火旁进入梦乡。原始人怎么做梦或梦见什么不敢揣测，但我想能够用枕头的原始人肯定脑容量够大，用现代人的话说是智商够高，比不用或不明白用枕头的部族有更广阔的发展空间。这只是我的个人判断，没有考古依据。

枕头与人的童年和记忆密不可分。我小时候印象深刻的是东北土炕上的荞麦皮枕头，圆滚滚油腻腻，黑色的布包裹着，两头却是亮丽绣品，这种枕头先天属于关东文化和东北土炕，荞麦皮遂成为一种遥远的记忆。

及至长大后入伍云南，枕头在军营里成为一种奢侈品，大多是用包袱皮儿裹上衬衣或军鞋，往头下一垫便可大睡，真正意义上的枕头是一种美丽的向往，极少有人享用。但云南有各种土特产供士兵选择，譬如木棉。木棉在云南很多，木棉花的枕头是云南当地人的首选，所以10年军旅生涯，我的离滇纪念品便是木棉枕头，云南管木棉叫攀枝花，形象，生动，广东海南的称呼有更多蕴意，叫英雄树。我觉得云南四川的称呼更接地气，特别是当了枕头的填充物之后，攀枝花更有趣一些。就好比客人进宅，突然发问：这是什么枕头？你可以说是木棉，或者攀枝花，但回答若是“英雄树”则有些尴尬，同一物件，名称不同，枕头也未能免俗。退伍回京，倏忽数十年，枕头与居室一样，不知不觉换了几次。印象深的是，有应对失眠的薰衣草枕头，有治疗颈椎病的特殊枕头，还有神秘莫测的七孔枕，凡此种种，其实都依托一个成语：高枕无忧。但也有反其意的医疗建议：低枕防病。防什么病？颈椎病呗。

今年和几个朋友走塞外张家口，去的地方是蔚县，蔚县有打铁花和剪纸的非物质文化遗产，我们去的地方叫涌泉庄，赶的是腊八节施粥，千人聚会，大锅熬粥，腊八那天是几号？估计人们都忘了，告诉你吧：2020年1月2号。我和一个朋友破例在元旦出门，这是罕见的行程，接我们的小伙子刘三虎麻利干脆，用两个半小时的工夫便把我们送到了首次造访的蔚县，于是开始了我的新年之旅，腊八之行，蔚县的历史与物产让我佩服敬仰，特别是王朴老人，他是我们朋友的太姥爷，蔚县传奇人物，抗日战争时期为杨成武部队提供过巨大物质支援的乡绅，涌泉庄是他的故里，千人腊八粥宴以王朴的名义举办，具有浓浓的历史与现实意蕴。

我们元旦走蔚县，三号驱车离开，送我们回京的仍然是义工刘三虎，归途中聊天，无意中说起枕头，三虎一乐，说我们蔚县特产多，但小米和荞麦皮最有名，您留下地址电话，我回去就把荞麦皮寄过来。

就这样，2020年第一次离京出行，除了吃一顿千人腊八粥，看一场壮观的打树花，居然意外获得了一个塞外荞麦皮枕头，现在这个来自蔚县的枕头伴我入眠，陪我入梦，也让我在漫长的宅家防疫期间，感受到刘三虎的诚信和友善。

愿每一个朋友都拥有酣畅的睡眠，也拥有一个舒适的枕头。睡眠很重要，对吧。

（摘自人民网2020年4月4日）

故乡滋味

凸 凹

这是 8 年前的旧事。那年，刚过完 40 岁的生日，突然生出一种莫名的思乡之情。这种感情很强烈，近乎一种烧燎，若不回故乡住上一段日子，心里难以平静下来。

于是我回了一趟老家。

到了母亲的老宅院，推开那一道柴门，母亲“哦”了一声，显出意外的喜悦，眼睛潮潮地红起来。走近母亲身边，觉得母亲很矮小，依旧是粗布衣裤，与那道柴门一个色调。多少年了，故乡仍带着那种逼人的质朴。我心里很温暖，觉得自己就是为这质朴而来。

母亲烧起柴草，煮了几穗青玉米。柴草很干，火烧得热烈。

“住几天吗？”母亲问。

我说：“当然要住几天，陪您唠一唠近 20 年来不曾细唠的家常。”

母亲笑一笑：“你已是老家雀了，只有老家雀才知道回窝哩。”在母亲的感觉里，我居然跟她一样老了。

青玉米煮熟了，剥了玉米的苞衣，米粒很黄。一粒一粒剥着吃，很绵软，香得和奶一样。

母亲同我一起剥玉米吃。炉膛的余火闪着黄黄的光。

我一下子找到了故乡的感觉，即黄色的温暖。

晚上，母亲问："你到哪儿睡呢？娘就这一条土炕。"

我说："除了娘的土炕，我哪儿都不去。"

躺在土炕上，感到这土炕就是久违了的母亲的胸怀。母亲就是在这土炕上生的我，揭开席子，肯定还能闻到老炕土上胎衣的味道。而今，母亲的儿子大了，自己也老了，却依然睡着这条土炕。土炕是故乡永恒的岁月、不变的情结吗？

这一夜，母亲睡不着，她的儿子也睡不着。母亲很想对儿子说些什么，儿子也想对母亲说些什么，却都不知道从何说起，只能清晰地听到对方的呼吸。

其实，岁月已使母子很"隔膜"了，却仍爱着，像呼吸，虽然有时感觉不到，却须臾不曾停止。

天亮了，我却酣然地睡沉了。睡醒来，小饭桌早已放在身边。"酒给你温好了，喝几盅吧。"母亲安然说道。

饭桌中央，果然就是那把几代人用过的黄泥酒壶。

说温酒，其实是把罐中的老酒舀到壶里去。母亲给祖父舀酒，给父亲舀酒，如今，又给她的儿子舀酒，那么，在她眼里，儿子是条有分量的汉子了。

在老家的日子，我彻底让自己放松了。每日起得很迟，睡到日上三竿。母亲从不叫醒我，开心地放任她的儿子。

"快把娘的儿子宠坏了。"我跟母亲开玩笑。

"还能宠几天呢？世道上，除了娘宠儿子，还有谁宠呢？"

听了娘的话，我心中竟生出一丝莫名的酸楚。媳妇好，爱情的后面是温柔的束缚；儿子好，伦常会把一副叫责任的担子不由分说地让你担下去；朋友好，友谊时时提醒你要保持一种无奈的却是必须的心灵对等……这一切，都美丽而忧伤，美得让人感到有些累。

吃过母亲的早酒，便是走走儿时的路，爬爬儿时的山……路依旧，山依旧，我的感觉却大不一样了。儿时高高的曾绊得我摔破了膝的石阶，已显得很矮很矮。儿时深深地看一眼都眩晕的水井，也显得很浅很浅。山路曲折悠长，我却走来走去，又走回原处。踅回母亲的柴门，看到柴门下的母亲，霜雪已浸染了大片发际。

我不禁低沉地吟了一声："哎，故乡。"

晚上，盘腿坐在母亲的土炕上，在小饭桌上摊了几页纸，想随便写些什么。笔落下去，却写出了这么几行字：故乡，就像母亲的手掌，虽温暖，却很小很窄。它遮不了风雨，挡不住光阴，给你的只是一些缠绵的回忆……

写到这里，我抬头看一眼熟睡的母亲，想到明天就要走了，泪水不禁热热地流下来。

（摘自《读者》2011 年第 1 期）

好树如诗

王剑冰

云蒸霞蔚的浮来山，有一棵大树。它托高了浮来山的天际线，冠荫近千平方米，人称四千岁“银杏之祖”。我的目光从日光初照的时刻开始，远远望见那片金黄的绚烂，如十万旌旗迎风。等到站立其下，又感觉它像是昂首的鲲鹏！你看它硕大无朋的翅膀，在快乐的晨阳下闪亮地舞动。它立于浮来三峰之间，根系深扎灰岩之地，一直伸向崖下的清泉峡与卧龙泉。凸露的根脉，虎踞龙盘，定力无限。

数万年前，海浪退却，山脉隆起。再后来，距今最近的一次冰期结束，大地回暖，新的生命随之诞生。仿佛身负历史使命的老银杏，人们称它是冰川时代留下的树种。因而，要以东方第一缕晨曦映照它，要以大海的波浪推涌它，要以钟鼓之声烘托它，还要以雄浑的史诗与思想陪伴它。

仰望这棵老银杏，它是沂蒙的映衬，是日照的地标。鸟儿们飞过蓝天，到这里会猛然惊讶，或停留，或绕过，或再努力一把，让翅膀越过它的辽阔。

伴随着金黄色的钟声，落叶像鸟儿一般纷飞。落下的一地，仿佛鲲鹏巨大羽翅的倒影。

许是气息相通，以《文心雕龙》名世的刘勰将住所安在近旁。刘勰在树下读书，在树下徜徉。他吸收了树的精髓，树也带有了他的气息。

老银杏树，只能看清楚下面一柱躯干，上面已分不出哪些是干哪些是枝。那些枝干互绕，横出旁逸，交错纵横，完全一座层峦叠嶂的奇峰。风吹过来，树浪推涌，叶片翻飞，其声萧萧，不禁让人想起那波涛起伏的大海。

老银杏树飘散的种子，落得哪里都是。在上面的庭院里，便有一棵自唐代长起，已经气势非凡。还有一些，在它的怀里长出，成为它的亲密的依偎。

仰头望着老银杏树的时候，甚至会生出某种错觉，似乎它已不是一棵树，而老成了一座仍在生长的文物。

老银杏树，不光是树的老祖，也是生命的启示。从一粒种子开始，它时时能听见自己体内崩裂的脆响。它怀抱着热情与自信，不断生发出葱绿的叶片。它活的是身体，长的是精神。没有所求，没有所取，风雨雷电，春华秋实。何时掉一枝就掉一枝，劈一块就劈一块，该长还长，该蔓还蔓，展现着无穷的力量，蓬勃的生机。

一股云气浮来，氤氲在老银杏的四周，远看，似是从它的身上腾起。

现在，走来一群孩子，有序地站在树下，高声朗诵：岁有其物，物有其容；情以物迁，辞以情发……这是从小就受到大树与文心熏陶的孩子。

钟声再次响起。金黄的叶片还在慢镜头一般地落着，像雨，也像羽，每一片都带着安详的光芒。地上的叶子越来越多，风吹过，翻涌着发出海浪一般的声响。

老银杏树，它还会存在多久？没有人知道，或许会到地老天荒。在它的不远处，有一堆老藤，老藤将一棵树缠住，又将另一棵树缠住，却没能缠住老银杏树，只是以自己的腾挪翻卷，衬托着它，仰视着它。

片片下落的叶子，闪亮在一级级下山的台阶上。再次回首，望向那蓬辉煌，我不能将它看完全。它那豪放如鹏的格局，像一首大气磅礴的诗篇，吟唱在我的心间。

（摘自《人民日报》2021年1月9日）

接力“妈妈”

何建明

“妈妈——” “哎!”

“妈妈——” “哎——!”

2 月 20 日，一缕温暖的阳光洒在小彤彤身上，她那张红润的小脸上，绽放着稚气未脱的笑颜。只见她一会儿张开双臂搂着护士长夏爱梅，一会儿又搂住医生曾玫，还对着一群穿着白大褂的年轻护士阿姨，奶声奶气地叫着一声声“妈妈”……这情景让前来欢送小彤彤出院的上海复旦大学附属儿科医院的医生护士们，好不暖心，许多人流下热泪。

“1 月 19 日晚，我们接下的第一例儿童新冠肺炎患者，竟是个小女婴，还不满一周岁，这一下让我们原来就绷得很紧的心更添几分忧虑：孩子这么小，不能出半点闪失！尤其是看到需要隔离的孩子母亲流着泪水向孩子告别的那一刻，我们的心都碎了……”护士长夏爱梅接到医院通知，从家里赶回医院，第一时间接待了这位小患儿。

“妈妈——妈妈——”小彤彤在一声声的哭声中被抱进隔离病房。

“喔，乖乖不哭，不哭了……”夏爱梅不知哄了多久，小彤彤才迷迷糊糊睡下。

“今晚是你值班呀?”夏爱梅放下小彤彤，想检查一下接班护士是谁，一看正在穿防护服的张洁，不由担忧起来：“你行吗？要不我留下吧!”二十四岁的张洁，根本没有照顾婴儿的经验。而如此幼小的新冠肺炎患者，既要二十四小时贴身护理，还要进行各种治疗。护士长的担心不是没有道理。

“请护士长放心，我一定做好!”张洁坚定地说道。夏爱梅沉默片刻。“一定要多加小心。”她再三叮嘱张洁。“明白。”张洁点点头。夜深了，隔离病房内异常安静。但生病的小彤彤似乎很不安宁，不一会儿就“哇哇”大哭起来。当张洁靠近时，小彤彤便哭得更厉害。张洁赶紧俯身哄着：“喔，小乖乖不哭……”

小家伙仿佛听懂了似的，一双忽闪忽闪的眼睛，直盯着穿着白色防护服的张洁，显得十分好奇。“小乖乖睡觉了啊……”张洁以为小家伙不哭了，哪料又“哇哇”大哭起来。张洁束手无策，只得再靠近过去。没想到，小家伙竟然对张洁伸出一双小手，示意“抱抱”。看着孩子那可怜又可爱的样子，一股抵挡不住的爱流涌至这位年轻女护士的心头……张洁走上前去抱起小彤彤。呵，小家伙不哭了！小脸蛋上竟然还露出笑容！张洁激动不已。

“好——我抱我抱!”这一夜值班，张洁抱了小彤彤不下四五回，每回都要抱几十分钟。接张洁班的，是比她还要小两岁的王锦。几个月前才毕业分配到感染科当护士的王锦，悄悄向张洁讨教“伺候”小患者的秘诀。张洁告诉她：当好她的“妈妈”就行。啊，我当她的“妈妈”？王锦惊讶得差点叫出声来。张洁笑了，又在她的耳边说了几句。嗯！王锦认真地点点头。

又一位护士像慈爱的母亲一样，勇敢地走进隔离病房……

“妈——妈!”小彤彤看到身穿白色防护服的王锦，以为“妈妈”回来了，兴奋地张开小手，迎接“妈妈”的怀抱。“好乖——”又一位“小妈妈”温柔地将小家伙抱起……之后，每天，每夜，都有一位同样温柔的“妈妈”，来到小彤彤病房，抱起她，逗她玩，给她喂奶、换尿布、抽血样……然而，毕竟孩子还小，小彤彤的母亲和家人还是有些担心。“放心吧，彤彤妈妈，你把她交给了我，我就是她的妈妈，我会像对待自己的孩子一样照顾好小彤彤的。”医生王相诗恰好有一个与小彤彤同样大的二胎宝宝，她便加了小彤彤妈妈的微信，每天通过视频把治疗的每一个环节和方案以及效果给对方看。在一位位“妈妈”的接力呵护下，小彤彤的病情很快趋于稳定，一天天好起来……那一声“妈妈”也变得越来越甜蜜，融化着每一个医护人员的心。复旦大学附属儿科医院，是上海市唯一收治新冠肺炎确诊患儿的医院。尤其是收治确诊患儿和疑似患儿的感染科，更成为疫时最紧张的地方。这里的战疫与其他地方又有所不同，孩子们太小，最大的十一岁，最小的还是婴儿。要确保这些幼小的生命平安无事，要让他们健康地生活和成长，相当不容易。

在收治小彤彤后不久，一岁的小丁丁也被确诊。小丁丁与小彤彤的病床挨着，但两个娃娃对医护人员却是截然相反的态度。小丁丁一见穿防护服的人走进病房，就以为有什么“怪物”来了，哭个不停，更不用说为其治疗。这下把主治大夫曾玫急坏了！ “看我的！”医生王相诗向曾玫“请战”。“噗！”曾玫看着王相诗的背影，心头暗笑：“一会儿我进去查房，倒要看看你的本事哩！”十来分钟后，曾玫带着几位专家查房，来到小彤彤和小丁丁的病房。刚走进病房，曾玫就被里面的场面逗乐了——穿着防护服的王相诗，正站在两个孩子的病床中间，扭动着臃肿的身子，跳着自编自导的“儿童舞”，那滑稽的情形逗得两个小家伙“咯咯”笑个不停，把害怕完全丢在九霄云外。

“好喽——！”曾玫和其他几位医生趁机为两个孩子打针、喂药……“妈妈”们的招数太特别。原本回荡着哭闹声的病房，变成丰富多彩的“儿童乐园”。患儿的家长通过视频看到这一切，无不赞叹和夸奖医护人员。

“我们的目标是全力保护和治愈每一位入院的孩子。因此我们既要有过硬的医疗能力，更要当好每个孩子的妈妈，因为妈妈是孩子幼小生命中最重要的支撑和依靠。”曾玫和夏爱梅对她们的团队如此说。八位大夫、二十位护士，每一天都在与病魔搏斗。这需要勇气，需要智慧，需要耐心……甚至还需要苦口婆心，百般劝哄。

“其实，在孩子那里，一个‘哄’字，既是育儿艺术，更是一种温暖和无私的爱。”夏爱梅说。十一岁的女孩娜娜，被确诊后就是不配合治疗，她的父亲提出种种理由要带孩子回家。当所有的“理由”都被驳回后，娜娜的父亲说出一句话：“她从来没有离开过妈妈，你们能做得到吗?”

“做得到!”夏爱梅坚定而又庄严地向娜娜的父亲承诺。

“好吧，那我要看孩子病房内的视频!”娜娜的父亲扔下这样一句话，离开医院。有点懂事又不是很懂事的娜娜，开始折腾起夏爱梅，不是说打针疼，就是嫌病房太闷，一会儿又说饭菜不好吃……那是一段对夏爱梅来说十分艰难的日子。或许是因为年龄大些，娜娜比其他患儿更容易焦躁，她把这些焦躁又不停地转嫁到医生护士身上。所有这些，夏爱梅默默地看在眼里，同时又百般地体贴娜娜，尽可能地满足她的需求。夏爱梅知道，“额外”的要求，正是娜娜这样大的患儿内心痛苦所致，而这些，是无法用药物医治的。“来，娜娜，我们一起唱首歌吧!”“娜娜真聪明！给阿姨讲一个你在学校里表现特别棒的故事好吗?”

夏爱梅就是如此不厌其烦地耐心启发。与此同时，曾玫大夫和专家团队不断根据娜娜的病情及身体情况，针对性地调整治疗方案……一番努力之后，娜娜的病情逐渐缓解。出院那天，娜娜突然变得异常温顺可爱。她搂住夏爱梅，脸贴着脸，悄悄在她的耳边说：“阿姨比我妈还疼我呢!”

那一刻，夏爱梅的眼眶有些湿润。正是这份慈母般的体贴与温馨的爱，让这里收治的新冠肺炎患儿无一转为重症，并于 3 月 13 日前全部康复出院。

“感染科注意了！马上有两例境外输入患儿需要我院收治。曾医生、夏老师，你们需要立即调整队伍，全力投入新的战斗！”

“是！请院长放心，我们全科严阵以待！”刚刚火线入党的曾玫和夏爱梅，再度披起“战袍”。

“妈妈，你到哪儿去呀？娇娇今晚想搂着妈妈睡，好吗？”接到新任务的王会莲刚想出家门，却被五岁的女儿抱住双腿，小宝贝的恳求让她鼻子一酸。

“娇娇听话。娇娇先去睡，妈妈回来就搂着你睡。”王会莲弯着身子，在女儿的小脸上亲了一下，然后走出家门……

“妈妈——”王会莲走进病房，见一个随父母从国外来到上海的小男孩，梦中喊着“妈妈”，那喊声让她仿佛看到自己的孩子在梦中呼唤她，于是她轻轻地走到孩子身边，给他盖上被子……“妈妈在，妈妈就在你身边……”王会莲蹲着身子，一遍又一遍在孩子的耳边深情地回应着……“谢谢妈妈！”

“妈妈再见！”又是一个阳光明媚的春日。又有两位入境患儿出院了，医院门口那一声声与“妈妈”惜别的话音，让这个春天里的上海，变得更加温暖与甜美……

（摘自人民网 2020 年 4 月 5 日）

荷韵里的时光

田　霞

一

真正认识荷了解荷，是读了关于荷的美文，有朱自清的《荷塘月色》、孙犁的《荷花淀》，还有宋代词人柳永的《望海潮·东南形胜》。

第一次见到荷，是在故乡保定古莲花池。古莲花池地处保定市内南市区，有着“摇红涤翠、虫儿带霞衣”的婀娜风姿。园内的碑林与莲花池相互辉映，使莲花池有着独特魅力。

小时候，姥姥常带我去莲花池，看那池中出淤泥而不染的繁盛的荷花。细数绿茸茸的莲子，端详池塘中莲荷掩映下游来游去的鱼儿，惊喜于它们迅捷溅起的涟漪。在荷花最美的季节，也会扎着两条羊角辫摇着姥姥的衣襟，要和姥姥照相留影，尽管那时还没有彩色胶片。

少年时，当我的阅读还需借助字典时，我读了《荷花淀》，爱不释手。《荷花淀》选自著名作家孙犁的小说、散文集《白洋淀纪事》，描写了抗日战争中，在民族生死存亡的关头，有一支活跃在白洋淀的水上游击队——雁翎队，他们利用有利地形，驾小舟出入芦苇荡，辗转于茫茫荷花淀上，沉重打击了日本侵略者，谱写出一曲曲白洋淀人民抗日救国的凯歌。

时光流转，岁月蹉跎。穿行在白洋淀翠绿茂密的芦苇荡中，使人产生一种别样的情怀。扑棱棱觅食的鸭群，远处传来孩子们的打闹和欢笑声，阳光下晒得黑黑的小男孩儿，个个脸上挂着鲜亮亮的水珠儿，光着身子在芦苇丛中嬉戏玩耍着，不时溅起一阵阵水雾似的浪花，童音回荡在大淀上……

记得，在保定读书时，我们班有一位来自雄安（当时为雄安县，白洋淀在雄安县境内）借读的同学，与我同桌。他每周回一次老家，带回一些生活用品，还有熏制的泥鳅、小白鱼，以及能储存的虾酱、小鱼咸菜、鸭蛋等等。每每送给同学们品尝时，便会讲起白洋淀的趣事。那时白洋淀的水远没有现在丰盈，曾一度几近干涸。我想，这些小鱼小虾也不知同学的父母花了多少工夫，才有了这一周的补给。那时物质生活还比较匮乏，交通也没有现在这样便利，多以自行车为主。我和其他同学总是找些理由，只是品尝一点点这来自白洋淀的新鲜新奇的美味。平时，我和同学们常常从家里带些好吃的与这位同学分享，也会尽力帮助外地来求学的同学。如今，当年的雄安县已划归为雄安新区，便利的交通四通八达，从保定到雄安开车不过数十分钟。

二

“走，去白洋淀看荷花，去吃淀里打上来的鱼，鲜嫩极了！”只要回到保定，年长我七岁的哥哥总是把全家人的情绪都调动起来，率领一大家子去白洋淀赏荷。

那远近高低的莲荷，在淀中铺满的翠绿里，成片地盛开着，又独立地绽放着。风吹过来，笔直纤细的荷的枝干岿然不动；雨打过去，荷叶上滚动着晶莹剔透的水珠，如水晶，点缀着白洋淀的美丽。

倏然被荷的品性打动，那一朵朵粉嘟嘟的荷花，你欣赏也罢，赞美也罢，离开也罢，风吹来雨打过，总是那么清雅地伫立着，亭亭玉立，如圣洁脱俗的美人。

傍晚，荡漾的小木船在余晖中靠岸，欢声笑语渐渐收拢，一望无垠的荷花摇曳着伸向远方，白洋淀渐渐进入梦乡。

每次分别都让人恋恋不舍。哥哥一定要买上些莲蓬、莲子，还有咸鸭蛋让我们带上。妹妹开玩笑地说："你在给白洋淀做宣传呢!"其实，这些东西并不稀有，尤其现在四通八达的交通物流，全国各地都可以买到吃到，可是当你看过白洋淀里的鸭群，抚摸过绽放的荷花，总会有很多情感寄寓在里面，再品尝时，味道就有了不一样的感觉，有一种回忆珍藏在心底。

每次带着愉悦的心情和向往去白洋淀时，我内心都有一份骄傲和自豪，因为那里是我的家乡。

三

有时想，缘在时不知，缘来时早已注定。

在中学时，读朱自清的散文《荷塘月色》，被作家笔下生动的文字深深地吸引："曲曲折折的荷塘上面，弥望的是田田的叶子。叶子出水很高，像亭亭的舞女的裙……叶子底下是脉脉的流水，遮住了，不能见一些颜色；而叶子却更见风致了。月光如流水一般，静静地泻在这一片叶子和花上。薄薄的青雾浮起在荷塘里……"

一天放学回家，我发现我们家院子里偌大的鱼缸里，种上了荷。很快，一株株小荷露出尖尖角，含苞欲放，散发出阵阵的荷香。每当看见盛开的荷花，我就会大声地朗读《荷塘月色》，偶尔抬头，发现爸爸妈妈一边忙碌着，一边也在欣赏地听着。还有满院子的枣树、香椿树，以及姹紫嫣红的桃花、月季花，它们也像是听着、欣赏着院子里的荷。

这温馨的场景，是父母给予儿女的爱，这爱，犹如幽静纯美的时光，种在儿女的心田上。感恩这爱的相遇和拥有。

铁马，秋风，冀北；细雨，桂花，江南。记得在江南一所军校读书时，课堂上老师讲到宋代词人柳永的《望海潮·东南形胜》，从历史年代、人文地理、自然风景，一直讲到词中的字妙句美，正当我全神贯注地听讲时，老师忽然点名让我来朗读这首词。于是，我带着深深的感情朗诵了起来："有三秋桂子，十里荷花。羌管弄晴，菱歌泛夜，嬉嬉钓叟莲娃。千骑拥高牙。乘醉听箫鼓，吟赏烟霞。"江南的荷花如精美的画卷一般展现在眼前，还有金黄的油菜花、梅花山以及小桥流水、鱼米飘香……九十七名学员的教室安静极了，然后是同学们热烈的掌声！

军校一别，大家奔向五湖四海，高山海岛、戈壁沙漠，大江南北，不觉已过去数年。

挽不住的是时光，留得住的只有美好的回忆。此刻，初夏的北方，绿意葱茏，繁花飘香，青青的荷叶已曼妙出水面，想必江南的小荷也露出尖尖角了吧？

（摘自《中国文化报》2019 年 7 月 18 日）

撕日历的日子

迟子建

又是年终的时候了，我写字台上的台历一侧高高隆起，而另一侧却薄如蝉翼，再轻轻翻几下，三百六十五天就在生活中沉沉谢幕了。

厚厚的那一侧是已逝的时光，由于有些日子上记着一些人的地址和电话，以及偶来的一些所思所感，所以它比原来的厚度还厚，仿佛说明着已去岁月的沉重。它有如一块沉甸甸的砖头，压在青春的心头，使青春慌张而疼痛。

发明台历的人大约是个年轻人，岁月于他来讲是漫长的，所以他让日子在长方形的铁托架上左右翻动，不吝惜时光的消逝，也不怕面对时光。当一年万事大吉时，他会轻轻松松地把那一摞用过的台历捆起，随便扔到什么地方让它蒙尘，因为日子还多得是呢。而对于中老年人来说，看着那一摞摞用过的台历，也许会有一种人生如梦的沧桑感。于是想到了撕日历。

小的时候，我家总是挂着一个日历牌，我妈妈叫它“阳历牌”，我们称它“月份牌”。那是个硬纸板裁成的长方形的彩牌，上面是嫦娥奔月的图画：深蓝的天空，一轮无与伦比的圆月，一些隐约的白云以及袅娜奔月的嫦娥飘飞的裙裾。下面是挂日历的地方，纸牌留着一双细眯的眼睛等着日历背后尖尖的铁片插进去，与它亲密的吻合。那时候我每天最喜欢做的事情就是撕日历。

早晨一睁开眼，便听得见灶房的柴火噼啪作响，有煮粥或贴玉米饼子的香味飘来。这基本上是善于早起的父亲弄好了一家人的早饭。我爬出被窝的第一件事不是穿衣服，而是赤脚踩着枕头去撕钉在炕头被架子一侧的月份牌，凡是黑体字的日子就随手丢在地上，因为这样的日子要去上学，而到了红色字体的日子基本上都是星期天，我便捏着它回到被窝，亲切地看着它，觉得上面的每一个字母都漂亮可爱，甚至觉得纸页泛出一股不同寻常的香气。于是就可以赖着被窝不起来，反正上课的钟在这一天成了哑巴，可以无所顾忌地放纵自己。有时候父亲就进来对炕上的人喊：“凉了凉了，起来了!”

“凉了”不是指他，是指他做的饭。反正灶坑里有火，凉了再热，于是仍然将头缩进被窝，那张星期日的日历也跟了进来。父亲是狡猾的，他这时恶作剧般地把院子中的狗放进睡房，狗冲着我的被窝就摇头摆尾地扑来，两只前爪搭着炕沿，温情十足地呜呜叫着，你只好起来了。有时候我起来后去撕日历，发现它已经被人先撕过了，于是就很生气，觉得这一天的日子都会没滋味，仿佛我不撕它就不能拥有它似的。

撕去的日子有风雨雷电，也有阳光雨露和频降的白雪。撕去的日子有欢欣愉悦，也有争吵和悲伤。虽然那是清贫的时光，但因为有一个团圆的家，它无时不散发出温馨气息。被我撕掉的日子有时飘到窗外，随风飞舞，落到鸡舍的就被鸡一轰而啄破，落到猪圈的就被猪给拱到粪里也成为粪。命运好的落在菜园里，被清新的空气滋润着，而最后也免不了被雨打湿，沤烂后成为泥土。有会过日子的人家不撕日历，用一根橡皮筋勒住月份牌，将逝去的日子一一塞进去，高高吊起来，年终时拿下来就能派上用场。

有时女人们用它给小孩子擦屁股，有时候老爷爷用它们来卷黄烟。可我们家因为有我那双不安分的手，日子一个也留不下来，统统飞走了。每当白雪把家院和园田装点得一派银光闪闪的时候，月份牌上的日子就薄了，一年就要过去了，心中想着明年会长高一些，辫子会更长一些，穿的鞋子的尺码又会大上一号，便有由衷的快乐。新日子被整整齐齐地装订上去后，嫦娥仍然在日复一日地奔月，那硬纸牌是轻易不舍得换的。

长大以后，家里仍然使用月份牌，只是我并不那么有兴趣去撕它了，可见长大也不是什么好事情。

待到上了师专，住在学生宿舍，根本没日历可看，可日子照样过得一个不错。也就是在那一时期，商店里有台历卖了，于是大多数人家就不用月份牌了。我自然而然地结束了撕日历的日子。我在哈尔滨生活的这几年才算像模像样过起了日子，每天早晨起来的第一件事就是翻台历，让它由一侧到另一侧。当两侧厚薄几乎相等时，哈尔滨会进入最热的一段日子。年终时我将用过的台历用线绳串起，然后放到抽屉里保存起来。

台历上有些字句也分外有趣，如一九九三年二月十四日记载着“不慎打碎一只花碗”；而二月二十八日则写着“一夜未睡好，梦见戒指断了，起床后发现下雪了”；八月二十八日是“天边出现双彩虹，苦瓜汤真好喝”！到了一九九四年的一月十九日，是腊月初八的日子，东北人喜欢这天煮“腊八粥”，我在这天的日历上记着：“煮八宝粥。材料：大米、小米、绿豆、葡萄干、核桃仁、大枣、花生。”而七月十一日是“德国队以 1:2 败给保加利亚队。保加利亚用火一样的激情焚烧了陈旧的德国战车”（好像引自一位体育评论记者之言）。台历有意无意成了我的简易日记本，当然就更加有收藏价值了。

不管多么不愿意面对逝去的日子，不管多么不愿意让青春成为往事，可我必须坦然面对它。当我串起一九九五年的台历、将一九九六年散发着墨香气的日子摆在铁皮架上时，我仍然会在上面简要抒写一些我的所作所为、所思所感的。如果能把幼时已撕去的日历一一拾回，也许已故的父亲就会复活，他又会放一条狗进我的睡房催我起床，也许我家的那个已经荒芜了的院落又会变得绿意盈门。但日子永远都是：过去了的就成为回忆。

可它毕竟深深地留在了心底。当我年事已高，将台历的日子看花了，翻台历的手哆嗦不已时，嫦娥肯定还在奔月。

（摘自浙江文艺出版社《我的世界下雪了》一书）

记忆里的月饼

王　溱

不管过什么节，吃肯定少不了。其实平时断不了吃，也不缺吃，但人们总还是要找个理由，有个托词再好好吃一顿，以区别千篇一律的“填饱肚子”。

中秋节吃月饼这是老传统。打记事时就知道，快要过中秋节时，大人们都会到商店买些月饼，给亲戚朋友送点，然后再留些自已吃。留也留不了多少，大都是按人头计算，一人一个，多也不会超过两个。那时的生活水平有限，家口又多，孩子最少三五个。我以前的邻居九个孩子，母亲没工作，就靠父亲一个人养活全家，中秋节分月饼一人一个就感到“头沉”，哪敢再多，日子不过了？那时商店月饼品种也有限，一般就两三种，顶多三四种，也不含什么添加剂，保质期很短，所以离中秋节一个月摆进柜台就不错了，哪像现在恨不得头半年就开始推销。

许多人喜欢吃月饼，但我始终不喜欢吃。原因说起来有些可笑：不喜欢里面的馅。当时在北方月饼基本就两种，什锦和酥皮。什锦就是所谓的老月饼，里面有冰糖、核桃仁、糖、橙皮，还有青红丝。后来有相当一段时间绝迹了，原因是各式品种的月饼出现后，人们要变化一下口味，尝尝鲜，“时髦”一番，于是“老土”什锦月饼被一夜之间打入了历史“冷库”。这些年随着人们的怀旧情结浓烈，什锦月饼也应运“平反”，重新出山，不过很少再叫原来的名字，大都以“老月饼”冠名。喜欢的人一听这名字，马上就知道是久违的什锦月饼。酥皮月饼的馅比什锦月饼更精细一些，显得档次更高。关键皮是酥的，咬一口会掉不少皮渣渣，有经验的要用手或小盘接着吃。价钱也比什锦月饼贵。所以一般百姓普选产品是什锦月饼，酥皮月饼要么买来送人，要么经济条件好的家庭才享用得起。

我虽然不喜欢月饼，但喜欢吃皮，特别是酥皮，非常香。常常是一个月饼的皮被剥得皮无完肤，只剩下一块薄薄的馅，母亲舍不得丢便自己吃掉。其实不光我不喜欢吃馅，我的兄长和小弟对馅也不“感冒”，也喜欢剥皮吃。母亲见状干脆“改革”，中秋节别人家吃月饼，我们家吃蛋糕。当时蛋糕的价格比月饼要高，所以后来说给朋友听时，朋友说我一点也不傻，也不吃亏。

犹记得那年节计划经济，商品流通环节比较差，南方的物品很难到北方，北方的也很难踏足南方。有交流，大都通过民间个人，量非常小，小到微不足道。所以那年月北方人除了认识什锦和酥皮月饼外，根本不知道在千里之外的广东，有什么豆沙月饼、蛋黄月饼、肉松月饼、椰蓉月饼，也不知道上海还有鲜肉月饼、五仁月饼、蛋酥月饼。直到有些人家的南方亲戚将这些从未见过的月饼带过来时，许多人才大饱眼福，大开眼界，大吃一惊：原来月饼的世界如此丰富多彩啊！等到改革开放后，商品市场放开，流通领域四通八达时，琳琅满目的各式月饼更让人眼花缭乱，目不暇接。除了传统的各式糖类、水果、肉类外，冰激凌、绿茶、椒盐、黑芝麻、玉米等也纷纷进入了月饼加工的行列。可以这样说，只要能入口，只要有人喜欢，都可以成为月饼的食材。甚至前些年还出现了“天价”月饼，虽是噱头，但足以表明月饼这个传统的美食，具有很强的可塑性，让人瞠目结舌。

虽然不少人买月饼，但真正消耗于肠胃的有多少？人的味蕾有一定的耐受度，味觉不可能总是处于一种“亢奋状态”，甜滋味太多了也会嫌腻。况且现在血糖高的人日趋增多，中秋节一过，那些剩余的月饼身价顿落，哪有出路?

其实节令食品只是一种象征。如果用祝福替代盲目的消费，会显得更文明更高雅也更有气氛。

（摘自“王溱”的微信号）

鸿蒙初开踏青时

邓康延

孩子未有四季心事，但能感知春暖花开。春游是人与大自然的一次破冰约会，万古山河，春心少年，一朝相逢，主客缱绻，不知丘壑，有耳得天籁，有目见芳华。那是年少的欢喜雀跃，也是自然的英姿勃发。

“逢春不游乐，但恐是痴人。”可见在古代，亲近原野，体味大地复苏，是普世的游览观。据说郑板桥有一年踏青，随口吟道：“春风、春暖、春日、春长，春山苍苍，春水漾漾。春荫荫，春浓浓，满园春花开放。门庭春柳碧翠，阶前春草芬芳，春鱼游遍春水，春鸟啼遍春堂……”一篇华章去了“春”字，还剩什么?

学堂乐歌《春游》，是李叔同 1913 年在浙江一师执教音美课程时创作的，后由丰子恺收入《中文名歌五十曲》，堪为中国第一首三部合唱经典。旋律属西方自然大调，音乐高低起伏，似有春日弹性；而歌词以东方传统诗词为根系，起承转合，诗中有画。这般中西合璧，自是经久传唱，可供今日音乐老师辅教。

春游是打破寒冬囹圄的首次放风，令人豁然开朗。无论大雁之高，小草之微，已知天地密码，蛰伏结束，各自探头，通达浩荡。可叹今朝中小学学子，已难得远足踏青。独生子女的安全，书包功课的沉重，出行路上的拥堵，还有郊外山水原体的不再，都造成少年远足的“行路难”。假如学子作画只能临摹，难得写生，这让李叔同、丰子恺师生徒唤奈何，徒唤奈何。

2017 年大年初一，我在大雁塔旁乐游巷旧书市场淘选已不多见的民国老书。黄昏时分，街头熙熙攘攘，雾霾迷迷蒙蒙，我突然想到这本是李商隐 1000 多年前作《登乐游原》的咏叹之地：“向晚意不适，驱车登古原。夕阳无限好，只是近黄昏。”

春游得趁早，莫到黄昏时。

（摘自《读者》2017 年第 8 期）

赶时间的人

郑可书

51 岁的外卖大叔王计兵，出生于一个极度贫困的苏北农村家庭，初中辍学，外出打工，生活辛劳零碎。当他骑着电瓶车，在车流中穿梭送单时，你很难看出，这是一位创作出近 4000 首诗歌、发表过许多作品的诗人。

赶时间的人

骑上电瓶车，诗就消失了。外卖员王计兵把车骑得飞快，脑海里只剩下地名。

系统规定的送达时间在催促他。

这段手握车把的路程，就是送餐途中王计兵能控制的全部了。一次，他同时接了 5 单，末尾一单的商家出餐慢，只给他留下 19 分钟。最后，他有 4 单超时。

超时意味着罚款，甚至是停单。王计兵经历过一次，起因是两单的地点之间隔着一条江，而系统显示的距离只有500米。他绕了12公里的路，超时38分钟。第二天，他被限制接单，还要去指定的学习点学习，内容是“迟到这么久是一种错误”，以及“这会给平台造成什么坏影响”。

挨骂是家常便饭。有的店出餐慢，老板被催急了还发火。最严重的一次，他被30来岁的男性顾客抓着衣领，从东墙拽到西墙，在屋里转了一圈。

外卖员没有投诉的权利，遇到这种事，他只能憋着。有一单，顾客说错楼栋号，王计兵白跑几回，可送到后顾客劈头盖脸就数落他：“你是怎么送外卖的?”

当晚，他写下《赶时间的人》，记录外卖员的生活常态：

从空气里赶出风/从风里赶出刀子/从骨头里赶出火/从火里赶出水/赶时间的人没有四季/只有一站和下一站/世界是一个地名/王庄村也是/每天我都能遇到/一个个飞奔的外卖员/用双脚锤击大地/在这个人间不断地淬火。

王计兵今年51岁，皮肤黝黑，眼袋下垂，笑起来时，眼角就爬上几条皱纹。已经是可以“享福”的年纪，同龄人用空闲时间跳广场舞、遛弯儿，而他为缓解家庭的经济压力，在兼职送外卖。

一家人已在江苏昆山生活了18年。6年前，得知积分入学制度后，他和妻子背上贷款，在昆山买房，头一回交了社保，但儿子还是没上成公立初中。别无他法，他把儿子送去一所国际学校。那里，绝大多数孩子来自富裕家庭，王计兵找儿子谈心：“我没人家那么大的本事，赚不来那么多钱。”

国际学校的学费和二女儿的高中学费、住宿费加起来，一年十几万的费用，让家里不堪重负。

一年多前，刚决定送外卖时，家里人都反对。大女儿已经嫁人，在电话里哭得惊天动地：“你要多少钱？我给你钱!”女儿家的日子也不宽裕，他安慰她，“我在家里闷，骑车出去玩”，还在路上拍花花草草的视频发过去。

刚开始，送外卖的确像旅游。看见风景好的地方，王计兵就停下车，花十几分钟转悠一圈，写写诗，一天下来只跑十多单，赚几十块钱。现在不一样了，送单是当前最紧要的事情。最多的一天，他送了 48 单。每单的配送费是 4 到 8 元，靠送外卖，他一个月能挣五六千元。

2020 年 6 月，王计兵和他的诗歌在网络上引发关注，“外卖小哥是作家协会成员”。网友评论《赶时间的人》，是“真正属于劳动者的诗歌”。

媒体蜂拥而至。最多时，他一天内接受了 3 家电视台的采访。

走红后的生活没什么变化。写诗不挣钱，每首诗的稿费一般也就三四十元。仅有的好处是，他的诗歌吸引来名家点评，还在一本国家级刊物上发表了。

现在，王计兵依然每天五点半起床。最近天亮得晚，五六点街灯还亮着，路上很安静，他一抬头，看见夜空上的一弯月牙和一粒星，由此写下一句诗：

月亮是人间的一处漏洞/所以夜从来都黑得不够彻底几个小时后，他就会骑上电瓶车，忘掉诗歌，送单直到夜晚。

这一辈子为什么要这样

王计兵的生活，在辗转打工中度过。第一份工作在沈阳，工钱一天 3.5 元，内容是用羊角锤起出旧方木里的钉子，再把钉子直直地取出。

那是 1988 年，他 19 岁，3 年前刚从初中辍学。工地上电锯声震耳欲聋，工友大都 30 岁出头，凑一块儿下象棋、打扑克，露骨地谈论女人。

他融不进去，阅读、写作成为他仅有的消遣。每天收了工，工友们去公园玩，王计兵就坐在附近的书摊旁，读杂志里的短篇小说。他读到三毛写她在沙漠里，把轮胎做成椅垫。他好奇坐在上面的感觉，后来每回看到修车摊，都会讨要废弃的轮胎。

1990 年，王计兵回到江苏老家，开始帮着父亲在村里的沙河捞沙。

父亲的捞沙船，简易得像块折起来的铁皮，不能坐人。一年到头，他都泡在水里。河里全是流动的沙子，人一走动，更多的沙翻腾起来。每天刚一下水，四肢就被打得发痛；捞完一船沙，身体就变麻木，没有任何感觉。一船能装一吨多沙，三船能装一车，他一天能捞三车，共卖 9 元。夜晚躺床上，手和脚都痛得像被火烧，往外渗血。

那是他一生中最迷茫的阶段。他想不通："这一辈子为什么要这样？"

情绪是食粮，阅读、写作就是储粮的仓库，防止他年轻的身体被撑爆。他把父亲给他买毛衣的钱拿来买书，又模仿书里的手法写作，记录身边的人和事。

干活时，他随身带支圆珠笔，但放在内袋，不好意思别在胸前。毕竟，"那是文化人身份的象征"。

捞沙休息的间隙，有了灵感，他就把句子写在纸上、手上，甚至是装午饭的袋子上。最"疯狂"的一次，他脱下身上的黑白条纹长袖衫，在白条上写，密密麻麻，写满了两只袖子。

写得多了，也会想被看见。1991 年，他尝试投稿，陆续发表十多篇微型小说。

这是一个很大的鼓舞。从那以后，白天他继续在河里捞沙，其余时候都窝在自家桃林的一间小屋里创作长篇小说，连续八九个月。桃树开了花，桃林又落了雪，一向支持他发展文学爱好的父亲开始担心了，怕他着魔，几次喊他回家，他不乐意。

11 月的一天，捞完沙，王计兵照例先回桃林，但小屋消失了，变成地上的一堆泥土和秸秆。他跑回家问父亲，父亲承认自己拆了屋，至于稿子，只说没看见。

王计兵蒙了，一点点翻查小屋的废墟。不远处的沙坑里有些新土，他用铁锹挑开，发现里面有一大堆灰烬。稿子被父亲烧了。他用手誊写的、摞起来几十厘米高的、20 万字的稿子。

父亲的一把火，烧掉了王计兵的稿子，也烧掉了他发表文章的念想。1993 年，王计兵再次外出打工，和妻子一道，去新疆砌过土坯，去山东开过翻斗车，又在 2002 年来到江苏昆山，居住至今。

初来昆山时，身上只有 500 元。夫妻俩摆地摊、捡废品，蹬着三轮车走街串巷地卖水果，终于开起一家租书的小店，一年多后，又因为无证经营失去一切。

没地方住了，他从工地上找来废弃的木桩，打到河床里，再钉上木板，在河面上建起一间小屋，作为家和店铺。他们在地上铺了褥子，一家五口睡在由废弃家具改造而成的货架下边。

之后几年，为了攒本钱，夫妻俩把从前的活计重做了一遍，直到 2005 年，终于开起一家小超市。

十来年间，王计兵坚持写作，稿纸是路边捡到的香烟壳、卖水果的纸箱。每有灵感，他就记录下来，有时是几个词，有时是几句话，但写完就丢。最长的作品是一首打油诗，他从自己出生写起，一直写到开翻斗车的当天。20 多页纸，最后都被扔进做饭的炉灶，烧了。

后来他接触到电脑，创作的诗歌才有了保存的地方。论坛给了他“说话的机会”，热心人给出指点，少数人提出批评，他一一回复，表示感谢。

吃着网上的“百家饭”，王计兵的诗歌慢慢“长大”了。

诗歌的悬崖

随着王计兵的走红，这些“长大”的诗歌渐渐被看见了。此时距他首次投稿，已经过去了近 30 年。

孕育了他写作念头的故乡邳州，早已改头换面。这座位于江苏北部的小城，如今以银杏闻名。

几十年过去了。从前捞沙的河，被规划为风景区，里面再没有沙；从前写作的桃树林，也变成大片的银杏。村里的人换了一茬又一茬，很多年轻的面孔，他都不再认识。

每次回家，王计兵都为故乡的改变而失落。他常独自信步至未被拆除的老房子前，或在曾经麦浪翻滚的田野上，安静地坐着发呆。

他还记得，小时候家里穷，没有吃的，在一个春天的夜晚，父母来到自家麦地，偷偷割下还没成熟的麦穗，磨成青糊糊，在锅里煮着吃。为了保全尊严，第二天，这对四十出头的父母又去地里晃荡，佯怒吆喝："麦穗头被谁割去了?!"

两年前，他的父亲去世了。风水先生选中的坟地，正是30多年前父母偷割麦穗的位置。他对父亲烧稿子的怨念，早已化为理解，因为，"孩子痛苦的时候，父母肯定更痛苦"。

采访时，王计兵的语气始终没有大的起伏，直至聊到父亲的坟，他哽咽得说不成话。这一生里，除了为父亲，他几乎不哭，显示出一种哲理般的逆来顺受，他常说的话是："不公平的事很多，你只能调整自己适应社会。"

"太多的往事如鞭子，把我的内心打出伤痕，让我时不时回过头去抚摸，感受一种结痂后的痒。"他曾这么写道。

阅读、写作，就是那只抚摸伤口的手，这种"痒"让他舒心，为他筑起一块生活的隔板，隔开了现实与文学。

在现实里，他话少，而在文学的世界里，他可以不受约束地哭与笑，"好像是对我性格的弥补"。

现在，王计兵51岁了，记忆力衰退得厉害，老是提笔忘字，有时写一首诗，好几个字都得打拼音。但他相信，自己会一直写下去。

"人生是立体的。"他说，如果人生是豆角，诗歌就是那根供藤蔓攀缘的竹竿。"苦难只是其中的一面；它可能是烂掉的一面。还有另一个华丽、光鲜的面——诗歌就是那一面。"

送外卖的间隙，他还在写诗，有时一天写几首，有时一周写一首。若来了念头，他就趁等红灯或在电梯里时，用手机记几个关键词，等闲下来再把词串成诗。

每次捕获满意的灵感，他都会有种兴奋的战栗。最近一个这样的时刻，是几天前，当时，他骑着电瓶车，缓缓爬上一个斜坡。

这像极了所有普通人都会遇到的瞬间——生活艰难，每一步都要拼尽全力才能向前。而王计兵有诗，带着他飞翔。后来，他写下的句子是：

生活像一面斜坡/诗歌是陡峭的另一面。

（摘自《读者》2021 年第 2 期）

家有幽兰

秦和元

春节期间，我家阳台上的兰花发芽了。这淡黄的小精灵，陪伴着我们度过一个特别的新春佳节。全家人都没出门，每天看着它慢慢长，慢慢长，想着：兰花开花了，春天也就来了。

可是，它的芽儿一直长到五六厘米高，花苞也越来越饱胀，却就是迟迟不见开花。这可爱的小精灵，究竟在等待什么呢？

这天早上，一觉醒来，房间里忽然弥漫着清幽的馨香，我知道，这是兰花开了！我翻身起床，“唰”地拉开窗帘，灿烂的春光一下子涌进来，阳光打在花叶之上。兰花微微张开着，浅黄，娇嫩，却又蓬蓬勃勃的样子，让人一见就心生欢喜。我想，这就是生命的力量吧，经过一冬的积蓄，它终于在这个灿烂的清晨绽放了。

有一年，在随州千年银杏谷赏玩秋色时，遇人在满地金黄的路边售卖兰花。那刚从山里挖来的幽兰，水灵之中透出一种野性的朴实秀美，叫人一见倾心。但是我没有买，我要自己去寻。

于是，与朋友往山里走。深秋，山中疏疏朗朗，不禁想起“霜落熊升树，林空鹿饮溪”的诗句。地上积满栎树、栗树、樱树、枫树、柿树及其他杂树的落叶，厚厚的一层，色彩斑斓，踩在上面松松爽爽的，发出“沙沙”的响声。一树树的红柿子，像挂满盏盏小灯笼，照着前进的路。我们溯溪而上，手脚并用，爬坡，攀岩，探险，跨越泉溪……

“芝兰生于深林，不以无人而不芳。”在一处幽谷的老树下，终于发现两片青草，从枯叶中探出头来。我心里暗喜：肯定是兰花。我轻轻地、慢慢地扒开树叶，兰花渐渐地显现出来，独茂于壑谷。我忍不住大声喊道：我找到啦！我仔细地将兰花挖出来，连同腐殖土一起，用塑料袋装好，带回了家。

兰花叶片深绿，扁平修长，有暗淡的脉纹。它不争艳，不媚俗，素洁、典雅、清远，不畏严寒，不惧霜雪。它既有仙风道骨的气质，又具有清芳自足的品质。

首次寻兰即能遇兰，朋友们都说我与兰有缘。其实，我是有一颗对兰花虔诚敬畏的心。

回家后，我以同样的心情，对兰花精心栽培。选一个透气性良好的紫砂盆，将红土砖碎渣混合颗粒泥炭，作为栽培的基质垫底，连同大洪山带回来的腐殖土，把野生兰花妥妥地栽入盆中，定期给它松土、施肥、浇水，精心呵护而不溺爱，倍加怜惜而不娇惯。

兰花的株形端庄秀丽，花香清幽纯正，朱德同志说“唯有兰花香正好”——正气也；兰花有气质，文雅内敛，修为高雅，和悦谦恭，洁身自爱——雅气也；董必武同志诗云“竹自具五好，兰有其四清”：气清，色清，神清，韵清——清气也；兰花富有致静的境界，静不失虑，静不失态，沉稳练达——静气也。幽兰这“四气”在人们的生活中非常重要。养兰就是养气。现在，这馥郁的清香，蕴涵着淡雅的诗意，叫人迷恋，令人沉醉。

在这众志成城抗击疫情的特殊时期，在这场没有硝烟的战“疫”中，像我这样的耳顺之躯，以及许许多多的普通民众，既当不了志愿者，又参加不了突击队。那么，不传染，不添乱，对自己负责，对他人负责，就是为这场战疫情工作出力，就是为社会作贡献，哪怕是节约一只口罩。而在家安居的日子里，幽兰是我的好朋友，也给了我最多的心灵慰藉。兰花生幽谷，教我耐得住寂寞。这段日子，兰花是我身边最鲜活的事物，每一次俯下身来仔细观赏，它都会帮我置换心境，让我把自己想象成空山中的另一种幽兰——长在幽谷人未知，独有风韵静自开，它让我在焦躁不安时，忽然变得气定神闲。

兰花不择地势，不畏风雪地顽强生长，教我不怕困苦，不惧磨难，坚韧刚强。我所住的不远处就是金银潭医院，收治了大量的重危患者。我知道自己离疫情现场很近，但每天坚持早睡早起，在有限的空间内，读书、写作、锻炼身体。白天，我与兰花同呼吸；夜晚，我与兰花共剪影。此心安处是吾乡。兰花所有的特质和秉性，所有的情操和精神，无不鼓舞着我，激励着我，熏陶着我，给我以战胜疫情的勇气和力量，给我迎来春光的意志和信心。虽然疫情防控形势依然严峻，但是，兰花开了，明媚的春天来了！

（摘自人民网 2020 年 2 月 10 日）

扫雪记

李　娟

一年春天，我把家从富蕴县南面戈壁滩上的阿克哈拉村搬到了阿勒泰市，在市郊红墩乡三队乌图布拉克沟买了个院子，很大，5 亩！为充分炫耀此事，我四处吆喝，组织了一拨又一拨“看房团”前来参观。一到地方，朋友们除了尖叫和眼红，都不约而同地问：“那冬天怎么扫雪?”

在阿勒泰的冬天，人人都得扫雪。乡下人扫自家的院子，城里人扫各单位的片区。哪条街道、哪段路面归哪个单位负责，马路牙旁边的电线杆上都以红油漆标得清清楚楚，还打着箭头符号。一到久雪初停的日子，天大的事都得放下，处级以下的干部职工无人幸免。至于不便人工清扫的主干道，则以推土机推开积雪，再用挖掘机装满一辆辆卡车，然后运到城外倒掉。

说“扫”雪，实在太含蓄了。说“铲”雪、“打”雪、“砍”雪都不为过啊！那可真是个力气活，用铁锨挖，用剁铲砍，用推板刮，拼命在雪堆里刨开一条通道，杀出一条血路。雪是轻盈浪漫的，可一旦堆积起来，便沉重又坚实，不近人情。至于塌方时从高处滑落的雪块，更是如冰块一般坚硬，手指甲都很难在上面划出印子。

总之，我和我妈面临的就是这样一个问题。

之前我早就提醒过我妈，阿勒泰市是山区，比不得戈壁滩上的富蕴县，冬天雪很大的。她嗤之以鼻："老娘活这么大，什么样的雪没见过?"

下第一场雪时，我妈真心地感慨："别说，老娘还真没见过这么大的雪!"

下第二场雪时，我妈又感慨："除了上次那场雪，老娘从没见过这么大的雪!"

到了第三场雪，我妈继续："这是老娘这辈子见过的第三场最大的雪!"

就这样，不到一个月，纪录刷新了三遍。

刚开始，我俩约好，管它多厚的雪，咱只扫出一条通道，能走路就行。

后来发现，头几场雪如果不腾出空儿来，后面再下的雪根本就没处码。只掏一条路?太天真了。况且，才十二月就此等规模，若真的只掏一条路，等到二月，人岂不得夹在深沟里走?脑袋都冒不出来。

然而，就算只掏路，这活儿也不好干。路实在太多了……从门口到牛圈，得有 20 米；从门口到厕所，30 米；从门口到鸡圈，20 米；从门口到煤棚和饲草堆，还是 20 米；从门口到倒煤灰的河岸边，30 米；最后，从门口到大铁门再到马路边，50 米。

当初为什么要买这么大的院子啊……

真想多交几个男朋友，帮忙扫雪……

雪停了，我和我妈去镇上赶集。一路上路过的人家都在扫雪，用手推车把雪一车一车地从院子里拉出来，倾倒在马路对面的河谷下。

我妈一边打招呼，一边讪讪道："哎哟，真勤快哟；哎哟，真讲究哟……我家的雪都没管它，就扫了条路出来……"

人家便客气道："反正闲着，锻炼身体呗。"

回家后，我妈警告我："再不许让人来咱家玩了!你看这一路上，家家户户都扫了雪，就咱家堆得满院子都是，丢人!”

于是，每当有朋友打来电话：“雪停了，去看看你呗？”我就警告：“不许来！我妈说了，没扫雪!”

进城办事，若有朋友开车送我回家，一到大门口我就急忙道歉：“不好意思啊，没扫雪！就不请你进去坐了啊。”

老是这么闭门谢客也不是个办法，况且总有些人不请自来。比如来借钱的，比如来通知交电费的。

雪太厚，到了我家，连大铁门都近不了身，来人得站在马路上狂喊，惊动我家的狗之后，才能惊动我和我妈。

偏偏那两天一直没完没了地下雪，盖了厚厚一层，我妈挣扎着趟行，50多米，齐膝深呐！那人隔着铁门的栏杆遥遥看了，怪不好意思的，只好也下了马路，把双脚插进雪里，从马路到大门，帮我们踩出了宝贵的十二个脚印。从此以后，我和我妈每次出了大门，都会踩着这十二个脚印窝子上马路。

进得门来，那人笑道：“雪把门都埋了一大截，要不是看到烟囱在冒烟，还以为这家人搬走了!”

我妈呢，少不了把健康问题抱怨一番，然后详尽地罗列全部的家务活儿。那人便理解地叹息：“这么大个院子，就你们两个人管理，是挺难啊……”

我妈问：“这个地方难道每年都下这么大的雪?”

那人说：“倒也不是……”

我俩微微地舒心。

然而他又说：“下大雪的时候还没到呢。”

……

扫雪本身就是累人的活儿，偏偏天气又这么冷。头一天还在零下十几摄氏度，第二天突然就到了零下 30 摄氏度，中间连个过渡性的零下 20 摄氏度都不给。

刚入冬的两场大雪后，我妈还会在鸡舍附近扫出一片空地，让鸡出来放放风，啄啄泥巴。鸡在封闭环境里待久了，容易缺钙。可后来……缺钙就缺钙吧。

我妈一扫雪就骂狗，说累得半死也不见狗帮个忙，结果狗还真帮忙了。我家大狗豆豆是母的，除了能生崽，再没别的本事。整天“招蜂引蝶”，一天到晚，院子里的野狗来来往往，络绎不绝，时间一久，竟真给趟开了一条路！只可惜这条路我们只能借用一半—走着走着，就通向了隔壁家围墙的豁口处。

由于不扫雪，只趟路，渐渐地，那条陷在雪地中的路就越垫越高了，覆着厚厚硬硬的一层雪壳。原先出了门，得下两级台阶，如今只需下一级。估计等到过年，就没有台阶了。

地面上的雪还好说，掏一掏，挖一挖，总不至于把人给埋了。最大的担忧来自屋顶上的雪。我买的这个院子很大，房子也大，是 30 多年的土坯房，墙壁有 80 厘米厚。整修房顶时，发现椽木上盖的房泥填了足足一尺深。房泥厚了固然保暖，但分量太沉，大梁和檩条承重了几十年，全变形了，向下弓着，让人看了发怵。如今再加上雪的重荷，这房子，真是住不安稳……

总之，那个冬天雪特大，好像要给初来乍到的我们一个下马威似的。当时的新闻不时报道初冬雪灾的事。受灾最大的当然不是城市，也不是农村，而是牧区。城市已经和气候没什么太大的关系了。农村冬季正是农闲时节，交通又相对便捷，面对极端天气总有一定的抗衡力量。而牧民们只能被气候的绳索紧紧缚着，在深渊中甩来荡去。在电视新闻画面上，牧人们把羊一只一只从雪堆里刨出来，有的活着，有的死了。

而当时才 12 月中旬，冬天才刚刚开始。

（摘自新浪网李娟的博客）

家在玉麦

李成业　崔士鑫　张晓明　梁　军

玉麦乡，隶属西藏自治区山南市隆子县，是我国人口最少的行政乡，截至 2017 年年底，全乡共有 9 户 32 人。但是在中国的数万个乡镇中，玉麦又是如此之“大”：玉麦乡全乡境域面积 3644 平方公里，实际控制面积 1987 平方公里，相当于内地一个普通县；而桑杰曲巴与两个女儿卓嘎和央宗孤独而执着地坚守着，成为雪域边陲的国土守望者，体现了另一种大爱。当这种坚持历经岁月和冰霜的淬砺，沉淀下来的是浓浓的家国情怀。

从拉萨往东南方向行驶大约 400 公里，便到达山南市隆子县县城，从县城到玉麦乡还要走大约 200 公里的土路。

与西藏大部分地区的干燥和缺氧环境相比，海拔 3600 多米的玉麦可以称得上是“世外桃源”：印度洋暖湿气流为这里带来了充沛的雨水，这里草木茂盛，空气清新，处于千百年来形成的原始森林区。

尽管有着湿润的空气和充沛的雨水，但这里一年四季日照条件不好，使得这片原本富饶的土地上不怎么长庄稼。“连土豆都只有这么大。”副乡长兼医生扎西罗布伸出大拇指比画着。

每年 11 月至次年 5 月，大雪封山，将玉麦与外界隔绝。在这大雪封山的 7 个月时间里，玉麦仿佛真正成为与世隔绝的“世外桃源”。

乡民必须在 11 月之前到山外采购 7 个月的口粮。在 2001 年玉麦通公路之前，他们必须赶着马队穿越一片沼泽遍布的原始森林，翻越海拔 5200 多米的日拉雪山，再走过一个陡峭的山谷，走完 47 公里的羊肠山道，才能把粮食运到玉麦。

当卓嘎和她的妹妹央宗谈起当年搬运粮食进山的过程时，她们的眼眶里闪着泪花。卓嘎哽咽地回忆起当时的痛苦经历：“每年 11 月之前，我们家都是父亲从隆子县把物资运到日拉雪山下的曲松村，然后赶着 10 匹马，用 5 天的时间翻越日拉雪山，才能把 7 个月的口粮运到玉麦乡，这期间经常有马匹跌落到深不可测的玉麦河谷。这些痛苦的事情，想起来就想哭。”

卓嘎介绍说，历史上玉麦乡规模最大时有 20 多户 300 多人。随着西藏民主改革的进行，高原大地发生了翻天覆地的变化，许多地方都通了公路，生活、生产条件迅速改观，玉麦的住户也陆续迁出交通闭塞的玉麦，去过更好的日子。

到 1962 年，玉麦只剩下包括桑杰曲巴在内的 3 户牧民。之后，曾经有一批又一批的人来过玉麦，但都忍受不了大雪封山后的孤寂，又一批批地搬出去了，除桑杰曲巴外的两户牧民也相继搬走了。1983 年，考虑到生活上的困难，政府将桑杰曲巴一家人搬到山外条件较好的隆子县三林乡曲松村。

但是在曲松只住了 3 个月，桑杰曲巴又带着家人回到割舍不下的玉麦。一直到 1996 年，政府为玉麦派来一名医生兼副乡长扎西罗布；1997 年，又有两户人家在政府的倡导下从曲松村迁到玉麦，这里才渐渐热闹起来，直到今天的 9 户 32 人。

“人多乐趣也多，不再像以前那么孤单了。”卓嘎说。

在与世隔绝的“世外桃源”，玉麦人绽放着勃勃的生机。卓嘎特别爱笑，牙齿白白的，眼睛黑黑的，有着藏族人民特有的憨厚和纯朴。在日拉雪山半山腰夏季牧场的临时住所里，卓嘎为家人准备着午餐，架在用石头砌成的简易炉灶上的锅里正煮着米饭，旁边煮着酥油茶。不一会儿，一壶热气腾腾的酥油茶就煮好了。喝着酥油茶，听着丈夫巴桑仔细地数着自家的牦牛，卓嘎笑得特别开心。

玉麦乡人大专职主席索朗顿珠与这个小天堂里的小世界有着特殊的渊源。在玉麦乡还属于山南地区隆子县扎日区时，索朗顿珠便是扎日区的负责人。1999 年，撤销扎日区，在保留原玉麦乡行政区划的基础上成立了现在的玉麦乡。

据他介绍，从 1983 年到 1995 年，玉麦乡只有当时的乡长桑杰曲巴和他的两个女儿卓嘎、央宗一家三口孤独地守望着这片土地——孩子们的母亲于早年病逝。这 12 年里，桑杰曲巴一家三口与大山为伴，桑杰曲巴常对卓嘎和央宗说：“如果我们走了，这块国土上就没有人了！”这句话，两个女儿记了一辈子。岁月如同日拉雪山，铭记着每一段历史；时间如同玉麦河，经久不息地流淌着。

如今的玉麦乡，已是“人丁兴旺”。

已故乡长桑杰曲巴的两个女儿卓嘎和央宗相继分家立户，是玉麦的“土著”；从 1997 年起，扎西曲杰、次仁措姆夫妇，白玛坚赞、娜贡一家在政府的动员下相继搬迁到玉麦。两个家庭在这里开花结果，生儿育女。如今，这里已经有 9 户人家。

最美的花总是开在悬崖上，玉麦人就是这样的花。在方圆 1987 平方公里的国土上，每一个玉麦人都是国家的坐标。玉麦人从生活在这片土地的那一天起，肩上就比其他人多了一份沉甸甸的责任：我是中国人，我的任务就是守卫祖国的疆土。卓嘎、央宗姐妹至今还清晰地记得，她们小时候十分渴望大山外的世界，几次央求父亲：“到山外去吧！”父亲总是说：“不能走。

这是国家的土地，我们不能走。”作为玉麦乡第一任乡长，桑杰曲巴时常要去山外开会。开完会回到玉麦，他便第一时间叫来他的两个女儿卓嘎、央宗，告诉她们外面的变迁。

卓嘎回忆起小时候的生活，总显得特别自豪。有一天，父亲翻箱倒柜找出一块红布和黄布，姐妹俩以为父亲是要给她们做新衣服，欢天喜地。“父亲以前学过裁缝。”卓嘎说。大约过了一两天，父亲把做好的“衣服”给她们，可是没有袖子，怎么也穿不上，只看到一块红布上缝了 5 颗黄色的五角星。她们正纳闷着，不知道这是什么。只见父亲找来一根竹竿，把“衣服”挂在竹竿上，郑重地插在屋顶上。父亲庄重地对姐妹俩说：“这就是五星红旗。”这一天，玉麦乡的 3 位公民，久久地凝视着这面国旗；这一天，桑杰曲巴亲手制作的五星红旗在玉麦乡迎风飘扬。

在姐妹俩的记忆中，父亲总共做过 10 面五星红旗。后来，随着经济的发展，父亲也不再亲手缝制了，外出时总会买上三五面五星红旗。姐妹俩发现，买回来的红旗与父亲缝制的红旗，除了大小不一样外，几乎没有什么区别。

迎风飘扬的五星红旗，让大山里的姐妹俩从小就懂得什么是国家。国家，就是五星红旗；国家，就是脚下的土地。她们从小就懂得，守护脚下的土地，就是守卫国家。

从此，大山深处除了有鸟鸣和水流的声音，还时常传来两个女孩的歌声。她们为自己歌唱，为父亲歌唱，为他们守护的土地歌唱，为祖国歌唱。父亲的爱，注入女儿的血脉。1988 年，桑杰曲巴老人退休，女儿卓嘎接替父亲，担任玉麦乡乡长。这一当，就是 20 多年。这 20 多年，是玉麦乡变化最大的时期。随着国家的强大，这片土地日新月异。2001 年，桑杰曲巴最大的心愿实现——政府修通了玉麦通往山外的公路。“父亲沿着这条公路，去了一次拉萨。”卓嘎说。这一年，老人没有留下任何遗憾，安详离世，享年 77 岁。卓嘎至今仍清楚地记得，父亲临终前对她说的一席话：“如果我们走了，这块地方就没有人了，中国的地盘就会变小。”

老乡长的一生，被定格在这片方圆 1987 平方公里的土地上。这里很大，大到堪比一些国家的面积；这里很小，小到只有 9 户 32 人。然而，他对祖国的忠诚和家乡土地的热爱，却跨越整个雪域高原。“这里是中国的土地，祖国的土地要由我们自己人来住。”老阿妈用最朴素的语言表达玉麦人的共同信仰。随着人口的增多，从 1999 年起，玉麦乡开始在一些重要的日子举行庄严的升国旗仪式。卓嘎说：“看到国旗就想起祖国。”“留在这里就是在守卫我们的国土。”扎西罗布说。没有人记得从哪一年开始，9 户人家的蓝色屋顶上除了经幡，还挂上了鲜艳的五星红旗。卓嘎说，挂经幡只是为自己一家人祈福，而挂国旗是为所有的同胞祈福。只有祖国繁荣富强，藏族同胞才能过上更加幸福美满的生活。

让卓嘎、央宗姐妹俩欣慰的是，央宗的儿子索朗顿珠，作为玉麦乡历史上第一个大学生，从西藏大学本科毕业后，主动报考了乡里的公务员。伴随他的，除了皑皑雪山，还有一片壮志和豪情。索朗顿珠说：“家是玉麦，国是中国。我愿意像外公和母亲一样，成为守护这片土地的一员。”

守望着玉麦乡方圆 1987 平方公里的 9 户 32 人，有一种发自内心的神圣责任感。因为他们知道，玉麦的每一个人都是国家的坐标；因为他们知道，守护土地，就是守护国家；因为他们知道，留在这里就是在守卫我们的国土。

（摘自《读者》2018 年第 6 期）

教儿子读书

陈世旭

又逢书展。偶然在电脑里翻到上世纪九十年代给儿子的一封回信，颇多感慨。我读书并不勤快，尤其是其中许多要求，比如不在背后说别人的坏话云云，我自己就做得很不够，因此脸红。发表出来，更多是为了自勉——

……

很高兴收到你的来信。更让我高兴的是，你在这封信里问我读什么书才是读好书。这说明你不但已经像上封信说的那样“在好好读书”，而且对读书有了选择的考虑。这是很可贵的。

喜欢读书的人大都知道这样三句话：读书好，好读书，读好书。但什么书是好书，这不是一个容易回答的问题。古人说“开卷有益”，即便是一本很坏的书，有头脑的人也可以从反面得到有益的收获的。从前有个叫波斯的地方，那里有一位很有德行又很有智慧的盲诗人，别人向他请教向什么人学习德行，他说：向坏蛋学——凡是坏蛋做的我都不做。但具备这样的头脑，需要年纪和阅历。你还在上小学，还很单纯，对复杂的思想和言行的认识和判断的能力还很有限。这样的能力需要随着你的成长来提高。那么现在怎么办呢？我觉得，首先还是要按老师的要求完成好每天的功课。另外，星期天请妈妈带你去正规的大书店挑选适合你读而你又感兴趣的书。我有空的时候也会去这里的书店帮你买了书寄给你。不过，后面两点都不是太好的办法，因为不见得我和妈妈喜欢的就是你喜欢的，我们也不应该代替你选择，这对你的成长是很不好的。我想，对你最好的建议，应该是帮助你提高选择和辨别的能力。要做到这一点，最好是就一本一本的书进行分析讲解，可眼下一时做不到，只好讲一些对“什么书是好书”的大概的看法。

记得你刚学说话的时候我们住在一个很小的镇子上，每天早上我拉着你的手去散步，在镇外的小河边上，我们一起看远处的山，山上初升的太阳，山下两边栽着树的铁路，铁路上移动的火车，火车头上冒着的白色烟柱……我跟你说，以后你要坐汽车、火车、轮船、飞机，去很多很多的地方、见很多很多的人、做很多很多的事情。你问，太阳那儿也去吗？我说，当然要去！现在想起来，这好像是一个寓言，可以用来比喻读书。读书也可以使你去很多很多的地方，见很多很多的人，做很多很多的事情。

那么，什么书是好书呢？我觉得可以从以下几点来做判断：如果一本书，让你觉得世界无比广大，生活中有无数重要的事情，让你觉得心胸特别开阔，眼光特别长远，不会为吃什么、穿什么之类的小事烦恼，不会为同学之间的一点小误会、小摩擦而生气计较，那肯定是一本好书。

如果一本书，让你产生一种迫切的愿望，凡事愿意独立思考，想要探索世界的奥秘，想要让世界变得更加美好，一心一意学习和积累知识，掌握开启理想之门的钥匙，那肯定是一本好书。

如果一本书，让你愿意善待他人，让你想要爱护和帮助身体比你弱小、成绩不如你的同学，让你在公共汽车上随时让座，让你在学校募捐时首先就会想到倒空你的储钱罐，那肯定是一本好书。

如果一本书，让你觉得说谎话和在背后说别人的坏话，或是告老师和同学的状都是可耻的事，让你不害怕一个人走夜路，让你不向欺负人的人求饶，并开动脑筋使他得到应得的教训，那肯定是一本好书。如果一本书，无法让你产生这一类的感想，你就可以暂时放下它。尽管那不一定就是坏书，但你现在不必为它耽搁宝贵的时间，可以到有了更多的理解能力的时候再去决定是否读它。

好，就说这么多，不影响你做作业，下次再说吧。很想你，我的儿子。祝你天天开心!

（摘自《新民晚报》2019 年 8 月 14 日）

金色的麦子

郭志刚

节气到了小满，麦尖逐渐泛黄，布谷鸟叫了又叫，农民们开始为麦收作好准备。

俗话说，“早修农具早打算，莫等麦熟打转转”。农民们第一要准备的就是收麦的农具，像木扬锨、杈笆、木耙、大扫帚、镰刀等是一样都不能少的。俭省惯了的农民把上一年的农具从老屋里翻出来，左倒腾右倒腾，重新修理一番。实在不能用就到集市上去买新的，这个时候乡村总是逢会，叫“小满会”。会上，卖得最多的是琳琅满目的农具。农民把农具放到手里试了又试，挑得非常仔细，有时还比画着拿个姿势，看顺手不顺手。如果挑到称心如意的农具，总是憨厚地笑笑，像战士得到锋利的武器，喜悦之情溢于言表。

昨天还略微挂黄的麦子，一夜热风，就熟透了。天还没亮，农民们便握着早就磨得飞快的镰刀下地了。麦田里人影绰绰，人们弯着腰，一个撵着一个地挥舞着镰刀，谁也顾不上说话。当太阳在东方的地平线上露出晚起的红脸，老人和孩子们提篮端罐地往田间地头送来早饭时，麦地里一捆捆的麦个子已顺着麦垄排成长长的队伍了。

割麦子是农活中比较累的活。当时父亲在工厂上班，生产队割麦子的任务就落在母亲一人身上。母亲很能干，我现在清晰地记得母亲割麦时的身影。她的腰身朝一垄垄的麦穗深深地弯下去，一手揽过一把麦子、一手挥起磨得雪亮的镰刀，抡圆胳膊，刷刷地划着优美的弧线。割麦子也有快乐的时候，有时在麦田里会突然窜出一只野兔来，这边有人撵，那边有人堵，麦田里刹那间一片欢腾。偶尔还会在麦田里发现小桃树或小杏树，惹得小朋友们兴高采烈，小心翼翼地挖出来，根上捂上一团泥土，移到自家的院子里。

割完一地的麦子后，母亲把麦子打成捆，然后装车，拉向打麦场。如果说割麦是比较累的活，那拉麦子就是最累的活。刚割完麦的田地比较松软，拉麦的架子车装得又很高，所以拉起来很沉，要是过田垄和路口就更困难了。有时我帮着母亲推一下，母亲就说轻快了许多，露出欣慰的笑容。

麦子进了场，生产队先把麦秧子垛起来，然后一场一场地打。打场要先晒场，就是把垛起的麦秧子摊出来，让太阳晒干，晒一会再翻一次。中午，开始碾场了。几个强壮劳力赶着骡马拉起的石磙一起上阵，只见他们左手牵着牲口的缰绳，右手举一把长鞭，不时在空中甩几下，发出叭叭的响声，令围观的人羡慕不已。等到麦秸渐渐轧碎，麦粒完全从麦秆上脱落出来，就碾好了，然后起场。用木杈把麦秸杈去，再用耙子搂去那些长秆秆，把剩下的麦糠麦子，顺风推成左右两堆，就可以扬场了。扬场是个技术活，一般由农村的老把式执锨。爷爷就很在行，只见他满满地铲上一锨，逆风斜向上抛去，风把麦糠吹得远远的，麦粒却在上风头沙沙地落下来，打在地上发出脆脆的响，那是让农民心醉的音乐。一小会儿就扬出一大堆麦子。椭圆形的麦堆，金光闪闪的麦粒，黄中带红的颜色，看着就让人高兴。

打场也有麻烦的时候，有时刚把麦秆铺好，天有不测风云，又要下雨了，这个时候男女老少齐上阵，赶紧把铺好的麦秆重新垛起来，用塑料布盖好。上世纪六十年代的老电影里，反映农村题材的作品里不时就有这样的镜头。生产队打麦很慢，一场一场地打了将近一个月，终于将最后的麦子颗粒归仓。于是，麦收进入了最后一道工序“垛垛”。人们将碾碎的麦秸堆成山一样高的麦秸垛，慢慢喂生产队的骡马等大牲口。垛垛也是乡村庆祝丰收的时候，生产队要蒸白面馍、炸油条，让村民们大吃一顿，到这时一年一度的麦收才完全谢幕，村民们不得不恋恋不舍地告别了让他们兴奋不已的打麦场。现在，麦收用上了联合收割机，一个麦季仅用一个星期的时间就够了。麦场已成为历史，石磙、镰刀等农具进入了博物馆，但关于麦收的记忆，却让我们不能忘怀。

（摘自《人民日报》2019 年 6 月 5 日）

旧时蝉声唱流年

张　浩

“池塘边的榕树上，知了在声声叫着夏天……”一晃几十年过去了，时光的流水把童年里许许多多的往事冲刷得了无痕迹，但罗大佑先生的这首《童年》，却时常勾起我对儿时夏日的美好回忆。

火炉一样白晃晃的阳光，郁郁葱葱的杨柳林，或低沉或高亢的蝉鸣，童年的夏天，总是那么缓慢而悠长。

这些年，离城市近了，但离蝉声远了。

清人张潮在《幽梦影》里说：“春听鸟声，夏听蝉声，秋听虫声，冬听雪声。白昼听棋声，月下听箫声，山中听松声，水际听欸乃声，方不虚此生耳!”声声蝉鸣，韵律款款。倾听来自自然的声音，不仅是一种乐趣，也是一种境界。

蝉在夏天歌唱，仿佛是和夏天约好了一般。夏天一到，这些可爱的小生命，就登上高高的舞台，声声唱响夏天。蝉们此起彼伏的叫声连成一片，仿佛一场盛况空前的大合唱，为夏日的乡村，为童年的我们带来了无尽的乐趣。

其实，儿时最兴奋的事，不仅仅是听蝉，还有捉蝉。捉蝉带给我们童年的乐趣，同样深深地印在记忆里，成为一道不变的风景。

六月下旬。北方的乡村，已是盛夏的热烈，伏天一到，艳阳高照，暑气蒸腾。漫步在运河古道，两岸葱茏的树木间，那栖息在枝头的大大小小的蝉，在连绵的树林里一起发声，整个河面立时沉浸在一片“知了”的齐鸣之中，也分不出是此蝉还是彼蝉的声音。

在家乡，人们管蝉叫作“知了”。管蝉的幼虫叫作“知了猴儿”。蝉有大小，其实就是两种不同的品种：个头小的蝉，身体灰色，家乡人叫它们做“伏了”；个头稍大的蝉，是黑红色的，我们叫它“黑蚱蝉”。小伏了的叫声婉约动听，像山间的涓涓细流；老黑蚱蝉的叫声高亢苍凉，似潮涨潮落的海浪，两种叫声混在一处，起伏跌宕，给夏天带来蓬勃的生机。

小时候，夏日乡村，孩子们的娱乐活动很单调，可大家又都不愿窝在蒸笼般闷热的屋子里。每天大多的时光是泡在水里的——河水里，雨水里，汗水里，也会爬到树上掏鸟窝，捉知了。那时候，运河岸上多的是杨树柳树，成了我们捉蝉逮鸟的好去处。捉蝉我们比较常用的有两种方法：一种是找一根长长的竹竿，再找一根马尾，把马尾在竹竿顶部系一个可以自由伸缩的活结儿，然后去套捉树上的蝉。另外一种是用长长的细竹竿收集屋檐下、墙角处、树林中的蜘蛛网，将其绕成一团，形成粘连性极强的捕蝉器，跟捉蜻蜓差不多，悄悄靠近正在欢鸣的蝉，只要粘住翅膀，蝉儿就飞不掉。

燥热的夏天单调烦闷，唯有阵阵蝉声，给夏天平添了一片盎然生机。蝉鸣就是一首夏天的歌，蝉是枝头上的精灵，是夏天的一道闪亮的风景。晌午过后，是一天中最热的时候，也是蝉叫得最响亮的时候。只听“叽了”的一声，一只蝉开始唱了。“叽了——叽了——”，另几只立刻回应。之后，众蝉响应，每棵树上的蝉都鼓着胸脯，“扯着嗓子”，一声接一声地叫嚣着，根本不让你的耳膜有片刻的安宁，蝉声覆盖了鸟鸣和牲畜吠声。对于午睡的大人们，这些声音曾经令人生厌，现在却成了记忆里的天籁。

据说，蝉要在树下泥土里蛰伏数载，默默汲取树根、泥土的养分，从泥土到树梢，经过一次脱胎换骨的蜕变，才能羽化为蝉。

如今人到中年，对事物有了新的感知和认识，知道了蝉的出世、离世的生命历程，心底不禁对它敬佩起来，突然明了儿时捕蝉所带来的快乐，无疑是对蝉这个小生命的一次残忍的伤害。想想，在炎炎夏日，大地被晒得滚烫，空气也散发着灼热的气息，蝉披一身热浪、不知疲倦地引吭高歌，用它轰轰烈烈的生命绝唱，为我乏味的童年平添了无限的乐趣，这种淡泊无为的生活态度和奉献精神，永远值得赞颂与学习。

我爱蝉，爱它悠扬动听与世无争的歌声，爱它不畏炎热为人们贡献快乐和希冀，蝉鸣让童年的夏天更清静，让童年夏夜的星空更深邃，月光更清幽。

（摘自《中国青年作家报》2020年6月23日）

锦绣年代

付秀莹

一

在我的童年时代，表哥是我唯一接触较多的异性。我的意思是，年轻的异性。

我们家姐妹三个。旧院呢，又俨然是一个“女儿国”。表哥的到来，给这闺闱气息浓郁的旧院，平添了一种纷乱和惊扰。我记得，那个时候的表哥，有十来岁吧。他生得清秀白皙，瘦高的个子，像一棵英气勃勃的小树。

那时候，表哥是旧院的常客。他干净、斯文，有那么一种温雅的书卷气。当然，现在想来，表哥念的书终究不算多。初中毕业以后，他便去了部队，一去多年。但怎么说呢，表哥身上的那种书卷气，把他同村子里的其他男孩子区别开来。这使得他在芳村既醒目，又孤单。

还有，表哥会唱《沙家浜》。人们干活累了，就会逗他唱。他站在人群中间，清清嗓子，他一唱起来，人们就安静下来。表哥唱得未见得有多好，然而，他旁若无人。人们是被他的神情给镇住了。在乡间，有谁见过这么从容的孩子？直到后来，我姥姥每说起此事，总会感叹说，这孩子，从小就有一副官相呢。

表哥是大姨的儿子。那几年，他常到我家来。我母亲总是变着花样给他做吃食。我母亲喜欢他，曾一度想把他要过来，做自己的儿子。在我的记忆里，母亲在厨房里喜气洋洋地忙碌时，十有八九，就是表哥来了。

对于表哥，我的记忆模糊而凌乱。表哥当兵走的时候，我才上小学。此一去，山高水长，再见面，已经是多年以后的事情了。

有一天放学回家，一进门，看到屋里坐着一个青年。看见我，他连忙站起来，笑道："小春子——"我的心怦怦跳着，不知该如何是好，只听母亲从旁呵斥道："还不快叫哥哥！"——是表哥！我看着表哥，他站在那里，微笑着，更挺拔、更清秀了，只是，脸上的轮廓已经分明，下巴上青青的一片，他早已经开始刮胡子了。我站着，半晌说不出话。母亲朝我的额头上点了一下，轻轻笑了："这孩子——"表哥也笑了，说："小春子，长这么高了。"我忽然一扭身，掀开帘子跑了出去。正是春天，阳光照下来，懒洋洋的，柔软、明亮。也有风。我看着满树的嫩叶在风中微微荡漾，心里有一种莫名的怅惘。

二

表哥到底是见过世面的。吃饭的时候，他已经非常从容了。比起当年唱《沙家浜》的时候，更多了一种成熟和持重。

他同我母亲说起部队上的事，说起他这次转业、小城里的新单位，以及他的未来。我母亲认真听着，微笑着，显然，有一些地方她听不懂，然而，她还是努力地听着，眼里尽是骄傲。

表哥在说起未来的时候，眼神里有一种光芒，是自信，也是憧憬。他刚从部队回到地方，一切都是新鲜的。不同的环境，不同的规矩，不同的人和事，在家乡这座小城，他是决意要施展一番了。

那时候，他还没有结婚。那些日子，家里的门槛几乎要被媒人踏破了。大姨很着急。表哥呢，却是漫不经心，仿佛这事与他无关。后来我才知道，表哥曾经暗恋一个人。你一定猜不到，那个人，是我们隔壁的玉嫂。

对于表哥的这场爱情，我始终不明所以。玉嫂是一个俊俏的小媳妇。那时候，我们和玉嫂家一墙之隔，表哥常常被玉嫂唤去，帮她把洗好的湿衣裳抻展，帮她到井上抬水，帮她把鸡轰到栅栏里去。

多年以后，表哥从部队回到小城，青云直上的时候，玉嫂还会跟母亲感叹，这孩子就是不一样呢，规矩。

我不知道，那么多年，表哥是不是一直想着玉嫂。总之，表哥对家里的热心张罗，一直置身事外。大姨无奈，托我母亲劝他。我母亲的话，表哥倒是听进去了。不久，他开始了漫长的相亲。那阵子，我们的话题总是围绕着表哥的婚事。表哥很挑剔，简直是鸡蛋里挑骨头，为此，委实得罪了不少人。

其时，表哥已经在小城里干得风生水起。事业上的得意，更加衬托出他情场上的落寞。人们都感叹，世间的事，到底是难求圆满。可忽然有那么一天，表哥带来了一个姑娘。那个姑娘，后来成了我的表嫂。

那一天是个周末。我正趴在桌子上写作业，院子里一阵摩托车的响动，表哥带着姑娘来了。吃饭的时候，表哥一直在跟我父母说话。他甚至没有同那个姑娘坐在一起。

他坐在我母亲身旁，倒是我，同那个姑娘紧挨着。我闻到一股淡淡的香气，是那姑娘身上特有的芬芳。我母亲不停地给她夹菜，那个姑娘红着脸，谦让着。表哥端着酒盅，对饭桌上的推让不置一词，只顾同我父亲聊天。我忽然感到喉头哽住了。

生平第一次，我感到了某种心碎。我是说，那一回，表哥还有那个姑娘，他们的出现对于我，一个十几岁的小女孩，是一种打击。后来，我常常想起当年，那个秋日的中午，阳光澄澈，我立在院子里，为失去表哥而伤心。

三

然而，两年以后，在表哥的婚礼上，我已经很坦然了。

那时候，我已经上了中学。在学校里，在书本中，我见识了很多。我长大了，有了女孩子该有的秘密，会莫名其妙地发呆、叹气，喜欢幻想，也喜欢冒险，却把这些小小的野心藏在心里，让谁都看不出来。那一天，表哥的婚礼上，到处是喧闹的人群。表哥和表嫂——我得称她表嫂了，他们站在人群里，笑着。新娘子笑得尤其灿烂；新郎呢，则要矜持得多。他穿着雪白的衬衣，打着红领结，那样子，真是帅气极了。

表哥常到芳村来。去旧院看看姥姥，然后来我家看我母亲。有时候，尤其是过年的时候，表哥也会带上表嫂。那一回，是过年吧，正月里，表哥和表嫂到我家来。我母亲正和玉嫂在院子里说话，看见表哥他们来了，很高兴，招呼他们进屋。表哥却立住了。

冬天的阳光照下来，苍白、虚弱，像一个勉强的微笑。母亲牵着表嫂的手，很亲热地说着话。那时候，表嫂已经怀孕，玉嫂也已经生过两个孩子。她同表嫂热烈地讨论起一些细节，说着说着，就笑起来，是妇人才有的那种爽朗的笑。表哥立在那里，一时怔住。

彼时，他已经是一个成熟的男人了，稳重、镇定，握有一些权柄，在小城里也算是有头有脸。娶妻，生子，中规中矩地生活。或许偶尔也有幻想，然而，很快就过去了。街上传来一声鞭炮的爆裂声，很清脆。表哥这才回过神来，刚要说些什么，却听母亲说：“快进屋，外头多冷！”那一天，我记得表哥一直很沉默。

在姥姥家，在旧院，表哥一直是大家的骄傲，他甚至是一种象征，象征着城市和权力。多年后，表哥已经在城里牢牢扎下了根。他的女儿已经上了小学，聪明伶俐，是旧院里的小公主，有关她的种种趣事在亲戚中广为流传。其时，表哥已经有些发福，很气派的啤酒肚，隆起在皮夹克下。他开始微微谢顶，一如既往的沉静，更多了一种志得意满的笃定和从容。他是旧院的座上客。我父亲、我舅舅，甚至我姥爷，都从旁陪着，有些诚惶诚恐的意味了。

这种时候，表哥往往把我叫过来，让我坐在他旁边，问我一些学校里的事情。芳村这地方有一些不成文的规矩，比如，女人是不能上酒席的，女孩子尤其不能。我却不同。那时候，我已经在城里上大学，回到芳村，自然享有不一样的待遇。而且，大家都知道，从小，表哥最是宠我。我坐在表哥身旁，却忽然变得沉默了。我知道，我是感到了性别的芥蒂。当然，还有一种莫名的陌生感。

四

大学毕业后，我在城里工作，回芳村的次数越来越少，同表哥也有几年未见了。偶尔，从母亲嘴里听到一些表哥的事。表哥的仕途一直通达，同许多事业辉煌的男人一样，在那座闭塞的小城里，他也时不时有绯闻流出。表嫂为此同他闹，流泪、争吵，甚至威胁，但都无济于事。

关于表哥和表嫂，他们之间的一切，我不甚明了。只有一回，表嫂忽然打电话来，同我说些家常。说着说着，就说到了表哥，她忽然就饮泣了。我一时不知如何是好。那一回，我们说了很多话，大都已经忘记了，只有一句，我依然记得："你哥他——是变了——"表嫂说这话的时候，我能感受到她语气里的悲凉和无助。

我怔住了。多年前的那个斯文少年，从岁月的幽深之处慢慢走来，面目模糊。那是表哥吗？

那一年，母亲故去。表哥连夜从城里赶回来。他不顾人们的劝阻，一头跪倒在母亲的灵前，恸哭不止，仿佛一个受尽委屈的孩子。我的泪水汹涌而下。往事历历在目。

芳村有一句俗话：两姨亲，不是亲；死了姨，断了根。母亲故去以后，表哥难得来芳村一回。当然，他也来旧院看姥姥，只是每一回都来去匆匆。

母亲故去的那一年中秋，表哥来看父亲。一进院子，表哥就哽咽了。他是想起了母亲吧。物是人非。表哥和父亲，两个男人坐在屋子里，艰难地寻找着话题。更多的，是长久的沉默。

从省城到京城，我一路辗转，离芳村、离旧院，是越来越远了。其间经历了很多世事，有磨难也有艰辛，一颗心，渐渐变得粗粝和坚硬。不见表哥有五六年了，偶尔也听到他的一些事情，说他因为什么问题落魄了。我不知道表哥和表嫂如今怎样了，他们过得好吗？他们，还算——恩爱吧？我一直想打电话过去，可不知为什么，每次拿起电话终又放下。我不知从何说起。后来，也就不了了之了。

有时候，我会想起表哥，想起他十一二岁时的样子。他穿着蓝花的短裤、黑塑料凉鞋，提着一罐头瓶小鱼，在矮墙上走着。忽然间，他纵身一跃，把我吓了一跳。他笑了。

我悲哀地感到，有些东西，已经悄悄流逝了。滔滔的光阴，带走了那么多，那么多，令人不敢深究。真的，不敢深究。

（摘自《读者》2021 年第 2 期）

满船空载明月归

骆玉明

千尺丝纶直下垂，一波才动万波随。

夜静水寒鱼不食，满船空载明月归。

这是唐代德诚禅师的一首诗，题名《船居》，是以钓鱼为象征说禅法。“千尺丝纶直下垂”，一个很深的欲望引导着人的行动，名也好，利也好，总之人心焦渴，定要从外界获得什么才满足。可是“一波才动万波随”，就像水面的波纹，一浪推着一浪，你走了一步，随着就有第二步、第三步乃至无穷。而因果的变化不是人能够控制的，你会越来越多地感叹：“唉，形势比人强啊！”“无可奈何啊！”世上有些苦大仇深、以生死相搏的人，问到起因，不过是些琐屑小事，甚至是一时误会。何至于此呢？这就是“一波才动万波随”。

“夜静水寒鱼不食”，忽然醒悟过来，发现你最初所求的目标是虚妄的，或者说是可有可无的，得之失之，随之由之而已，你就从被动的状态中解脱出来，飘然无碍。“满船空载明月归”，什么也没有得到，空船而去，空船而归，但心是欢喜的。其实，什么是“得”呢？你一心想要得到一个东西，念念不忘，心都被它塞满了，偌大世界，你却置若罔闻，“得”未尝得，失掉的已经很多！什么是“失”呢？你于外物无所挂心，将“得失”只看作因缘的起落变化，心中有大自在，根本就没有东西可“失”。“一波才动万波随”是俗众的人生，“满船空载明月归”是禅者的境界，其中的区别，很值得体悟。

王维有一首《辛夷坞》，写一处小小的景色，但极富禅趣：

木末芙蓉花，山中发红萼。

涧户寂无人，纷纷开且落。

这里“木末芙蓉花”是借指辛夷。辛夷是一种落叶乔木，初春开花，花苞形成时像毛笔的笔头，故又称木笔。花有紫白二色，开在枝头（就是“木末”），大如莲花（所以用“芙蓉花”比拟，莲花也叫芙蓉花）。诗中说“发红萼”，那是紫色的辛夷。

我曾经在山野见过这种花，开花时树叶还未萌发，一树的花，色彩显得格外明艳。这种花凋谢的速度很快，花盛开的同时就能见到遍地的花瓣，在草地上，在流水中，格外醒目。

它有美丽的生命，但这美丽并不是为了讨人欢喜而存在，更不曾着意矫饰，故作姿态。你从尘世的喧嚣中走来，在人迹罕至的山涧旁见到天地寂然，一树春花，也许真的就体会到什么是万物的本相和自性了；你又回到尘世的喧嚣中去，也许有时会想念那山中的花在阳光下展现明媚的紫色，无语地开，无语地落。

如果觉得王维那首诗虽然令人震撼，却多少有点冷寂，我们再读一首韦应物的《滁州西涧》，它的味道有些不同：

独怜幽草涧边生，上有黄鹂深树鸣。

春潮带雨晚来急，野渡无人舟自横。

韦应物是中唐诗人，曾经做过滁州刺史，这首诗就是写滁州西部山野的景色。

诗开头写草。“独怜”是偏爱的意思。为什么呢？一方面山涧边的草得到水的滋润，春天到来时显得格外葱翠；另一方面这是“幽草”，它是富有生气的，同时也是孤洁和远离尘嚣的。对涧边春草的喜爱，呈现了作者的人生情怀。

如果一味地写景色之“幽”，诗的意境便容易变得晦暗，所以诗人随后写黄鹂鸣于深树，使诗中景物于幽静中又添几分欢愉。这是一首郊游遣兴之作，不像王维的《辛夷坞》那样强烈地偏向于象征，它更有生活气息和情趣。

绝句的第三句通常带有转折意味，同时为全诗的结束做铺垫。在这里，“春潮带雨晚来急”，雨后山涧的水到了黄昏时分流得越发湍急，一方面交代了郊游的时间和景物变化，同时又很好地衬托了末句的点睛之笔——“野渡无人舟自横”。

涧水奔流不息，涧边渡口的小舟却自在地浮泊着，一副摆脱约束、轻松悠闲的样子。时间好像停止了。

人总是活得很匆忙，无数的生活事件互为因果、相互挤压，造成人们心理的紧张和焦虑。在这种紧张与焦虑之中，时间的频率显得格外急促。而假如我们把人生比拟为一场旅行，那么渡口、车站这类地方就更集中地展现了人生的慌乱。

舟车往而复返，行色匆匆的人们各有其来程与去处。可是要问人到底从哪里来、往何处去，大都却又茫然。因为人们只是被事件驱迫着，他们成了因果的一部分。

但有时人也可以安静下来，把事件和焦虑放在身心之外。于是，那些在生活的事件中全然无意义的东西，诸如草叶的摇动、小鸟的鸣唱，忽然都别有韵味。你在一个渡口，却并不急着赶路，于是悠然空泊的渡舟忽然有了一种你从未发现的情趣。当人摆脱了事件之链的时刻，也就从时间之链上解脱出来。它是完全孤立的，它不是某个过程的一部分，而是世界的永恒性的呈现。

“野渡无人舟自横”有很强的画面感，也经常成为画家的选题。那是一条不说话的船，却在暗示某种深刻的人生哲理。

世间有无穷的是非、无穷的争执，还有无穷的诱惑，人不能不在其中走过。要全然不动心也许很难，但若是处处动心，那恐怕要一生慌张，片刻也不得安宁。

（摘自《读者》2021 年第 1 期）

老爸的菜园

贾 炜

老爸是个有趣的人。尽管大多时候，他的学生、同事都把他归到严肃认真、不苟言笑的人里面去。因为他们大都没见过我们家院子里的菜地、蘑菇坑、兔子洞、压水井，没见过他给我做的小橘灯，不能想象他凌晨起早，赶在鸡出窝打鸣之前，撅着屁股掏鸡窝的形象。他薅了人家大公鸡所剩无几的翎毛，亲手给小女儿做了个漂亮的毽子。

20 世纪 80 年代初，爸妈终于从外村学校调回本村，家里聚少离多兵荒马乱的局面安定下来。日子平淡了，老爸就打起了院子东侧那片空地的主意，种菜！大概三四十平方米的一方小天地，矮个的茄子秧、辣椒苗、西红柿、高个的扁豆、黄瓜、丝瓜、姜不辣，逐一登场，在小孩子眼里，长成了一个迷人的植物园。在那之前，我从未见过西红柿的叶子，原来长得跟八爪鱼似的，从来不知道丝瓜开黄花、扁豆开紫花，花不授粉黄瓜仔会化掉，姜不辣（很多地方叫洋姜）是长在土里面，挖出来生吃，看着丑怪实际脆甜。

老爸在菜地里排兵布阵，按大小个儿排列，井然有序，除了菜地东头那棵匍匐的野生葡萄，其余都听他调遣。野葡萄因为根深养分足，格外叶茂繁密，很大一丛占据要地，对它我一直有种敬畏之情，老觉得下面可能藏着土地公公，不知道什么时候就会钻出来显灵。托这块菜地的福，我们家的饭桌上，时令的蔬菜常吃常新，格外香甜。黄瓜现吃现摘现拍，一刀拍下去汁液四溅，很有江湖刀客的快感；丝瓜带棱的比不带棱的好吃，口感更脆有嚼头，据说带棱的产量低，容易老不好储存，所以现在的菜市场里很难见到了；紫扁豆比绿扁豆好吃，不过要多炒一会儿，炒不熟会中毒，每次吃扁豆，我都很谨慎地等老爸先吃第一口，问：熟了吗？答：自己尝！我于是就放心地开吃。吃最多的还是西红柿，在我家的食谱里，从那会儿开始它就成为主角，直至荣获终身成就奖。

老爸东部开发菜地的连锁反应，是不得不开发西部前院儿，因为要解决浇水问题，只靠人挑肩扛远远不够，只能打压水井，打完压水井，就要挖浇水渠，挖完渠院子里不好走路，就要铺青砖的甬道，铺完甬道，基础建设好不容易告一段落，日常运营又提上日程。压水井不像现在的自来水，开水龙头就有水，需要人一下一下压长把手，把水从地下抽上来。老爸开始抓童工，那时候每到周末，就能听见我家院子里，我和二姐哼哧哼哧卖力按压长把手、挥洒汗水的声音。眼看着水花在井口里翻滚四溅，哗哗地流进水渠，汩汩地流向菜地，很是得意畅快。看着压水井和水渠附近潮乎乎的地面儿，老爸永动机一样的大脑，又冒出了新想法，种蘑菇！大棚蘑菇那时候很少见，简直是高新科技，妈妈觉得不靠谱，老爸热情高涨。不顾妈妈的反对，他在院子里挥汗如雨挖了个大坑，数学老师大坑挖得果然见棱见角，很端正漂亮的一个长方体，坑底撒上不知从哪儿淘来的培养基和菌种，蒙上塑料薄膜，定期洒水，等待蘑菇精灵降临。

那段时间，我对老爸的崇拜之情达到了顶峰，学校里能教书能训人威风凛凛，写文章做报告洋洋洒洒，打篮球乒乓球英姿飒爽，过年踩缝纫机给我们做新衣服，日常能种菜能抓鱼会做饭，没事儿自己铺个甬道垒个小厨房，现在居然连蘑菇这稀罕物都能种了！这样的全能超级老爸，就是给我个文能挥墨安天下，武能上马打江山的秦皇汉武，我也不换啊！可惜，泡泡儿吹到最大，就是要破的时候。不出妈妈所料，过了一段时间，打开大坑，满目荒凉，几乎寸草未生，土地公公可怜我们的满腔热情，在角落里，长了一大朵硕果仅存的蘑菇，以证明不是菌种的毛病。老爸默默地把坑给填平了，他对院子狂热无休止的开发，暂时告一段落。我也接受了现实，不能对一个高能老爸再做太高期待。

只偶尔夏天求他在院子里搭个秋千，冬天做个小橘灯。我考了全年级第一，唯一的要求是做个新毽子。后来他学校里越来越忙，20 世纪 80 年代末，我高中住校，姐姐们工作，爸妈搬家到省城，老家的院子，我再也没回去过。院子里的菜园、枣树、压水井、蘑菇坑、小厨房，狂热开发、嬉笑叫闹，我们一家相依相傍的日子，近十年的快乐时光，是上天给我最宝贵最丰厚的礼物，是我心里最深厚最丰盈的土壤。

（摘自《新华日报》2019 年 3 月 21 日）

芦塘垂钓

程树榛

我的故乡是苏北大平原上一个古老的村庄，名曰“程家圩”。纵贯祖国南北的京杭大运河从我们的村边流过，滋润着家乡的田野；从运河分出的汊儿，蛛网般的织出纵横交错的水上家园。

从我出生之后，眼前所看到的皆是水波光影。因此，我平生最爱水。在水中游弋戏耍，捕鱼捉虾，成为我少年时代重要生活内容之一。

但使我兴趣最浓的是用“端兜”钓虾的乐事儿。端兜是我们家乡一种特有的钓具，是用竹劈做成四角支撑起一块纱布的网状小兜儿。它结构简单，成本低廉，是人们最常用的捕虾工具。我对此的兴趣，主要是由我的一位本家爷爷的诱导而来。

这位爷爷的名字我早已忘却了，只记得他有一个绰号叫“二秀才”。其实，他并不是一个真正的秀才，只因为他的哥哥是前清的末代秀才，他排行老二，也就沾上这个光了。

这位二秀才爷爷，膝下并无一男半女，老伴儿早就去世，只剩下他一个人栖息在一处百年老屋中。也许是因为年老孤独吧，他对小孩子特别喜爱。在他的老屋中，经常有许多孩子在里边嬉闹，其中就有我。他给我们讲故事，和我们一块捉迷藏，炒花生、爆米花儿给我们吃，有时还专门下田野砍“甜秆儿”给我们咂，就像一家人似的。他虽然比我们大五六十岁，可和我们在一起，却是那样亲密无间，无拘无束。因此，乡亲们都把他称作“老小孩”。而他也欣然接受此“雅号”，并以此为乐。

二秀才爷爷酷爱钓鱼，尤其是用端兜钓虾。因为在去他家的孩子中，我是他最喜爱的一个，于是，我便有了和他一同垂钓的“殊荣”。为此，他还特意为我做了一个小端兜儿，专门供我使用。

钓虾需要起得很早，方能有所收获。因此，每天天刚蒙蒙亮，二秀才爷爷便起身了，把端兜儿背上，之后，就来到我们家的后窗下，用手轻轻地敲几下窗棂，便唤起我的乳名：“小榛儿，该起来了，太阳晒屁股了!”

往往先是我母亲听到了叫声，于是便轻轻地摇我的身子。那时，我睡意正浓，眼睛都睁不开，怎么会起得来？可是，我母亲早已点上了油灯，把衣服鞋袜找好，便催我道：“快起吧，二秀才爷爷在等你哩!”母亲怜惜这位孤苦老人，想尽力满足他对这点人生乐趣的追求。

钓虾的乐趣终于赶走了睡意。我强迫自己睁开蒙眬的睡眼，在母亲的帮助下穿好衣服。走出屋外一看，二秀才爷爷正蹲在墙角下，用长长的旱烟袋抽烟呢！通红的火光，在黎明的暗影里，闪烁发亮。

老头完全是一副钓叟的打扮：头戴一顶破旧的斗笠，身披一件自编的蓑衣，裤腿儿挽得高高的，赤着一双发皱的脚板。看见我走出来，满脸皱纹顿时笑开了花，急忙牵着我的小手，连声说：“快走吧！晚了虾儿都沉水底儿了。”

随即向村西边的池塘走去。池塘离我们家不远，约有半里路，因此很快便走到了。

正是晨光熹微的时候，天上的星星还在眨着眼睛。不知是谁家的公鸡开始了第一声啼叫，此后便此起彼伏地呼应起来，响成一片。

我们来到了池塘边。池塘很大，是我们程氏家族为盖房子、垫宅院取土而挖成的。四周种植柳树，长长的柳枝低垂下来，像姑娘的发丝儿。池塘的周围，是密密丛丛的芦苇，生长得郁郁葱葱，枝叶繁茂；芦花儿一簇簇、一团团，如同晨雾在缭绕；徐徐的凉风儿吹了过来，芦荡发出悦耳的哗哗声。

二秀才爷爷把我领到芦荡深处，选择一块平坦的池岸坐了下来。他首先把自己的端兜儿张开，在底部撒上作为鱼饵的香料，然后轻轻地把它放入水中，同时在端兜底下放一石块，让它自己慢慢地沉入水下；又把长长的木柄搭在岸边，别在一棵老树根上。安排妥当之后，他便来照顾我了。一边教我如何放香料，一边把着我的手依照前法儿把端兜沉下水去。等到这一切全部做好之后，他便从烟包里抽出烟袋儿，慢慢地将烟叶塞满烟袋锅儿，有滋有味地抽起来。烟瘾过足之后，便和我有一搭没一搭地说话儿。他问我答，没什么成套的嗑儿，多半是经常唠的几句家常话儿。一般他总爱这样问："爷爷喜欢你，你喜欢爷爷吗？"我照例回答："喜欢！""咱们钓的这些虾鱼好吃吗？""好吃！""谁给你做的？""我娘！""跟我出来钓鱼，你娘放心吗？""放心！""那就好，那就好！"他满意地连连点头。

之后，他便高兴地哼起小曲儿来了，咿咿唔唔的，我听不清楚，也听不大懂。不过，隐隐约约地我还能记上几句：高高山上一棵槐，槐树底下搭戏台，光搭台子不唱戏，单等小二姐上场来……我知道这戏文的来路。每年春节时，村上总要演社戏，其中有这么一出：一个先上场的英俊后生，一边唱着一边跳着，嘴里唱的就是这么几句，而后一个花枝招展的姑娘走上台来和他对唱。

二秀才爷爷哼得很有味道，摇头晃脑，抑扬顿挫，似乎已进入角色。哼完之后，便朝着我轻声一笑："好，到时候了，端兜儿吧！"

他先用力把端兜儿扳到水面上来，随后又慢慢拉到岸边。我也学着他的动作，吃力地扳起端兜儿往岸边拽。浮到水面后，只见兜儿内拇指大的小虾，活蹦乱跳地撒欢儿；间或还有一两条白花花的小鱼儿，在兜儿底下钻来钻去地打滚儿。我赶快拿起事先准备好的竹笊篱，把鱼虾舀起来，倒入小鱼篓中。之后，又按照原来的方法再把端兜放入水底。现在，我已经不用他示范帮忙了，完全“自力更生”地解决问题。一见如此，他满意地笑了，高兴地说：“对，就这么着。”

大约过了一个小时，我们先后扳起了十来次端兜儿，小小鱼篓被鱼虾填满了一多半，它们挤挤挨挨地在篓内扑腾着、喧闹着，煞是可爱。二秀才爷爷眯着眼睛，望着欢闹的小鱼儿，兀自乐滋滋的……

此时，天色已经亮了起来。天上的星星不见了，天边隐现出淡淡的红光，这红光越来越浓，最后变成千万条金线，把旭日从遥远的地平线下拉了过来。于是，天地间一派通红，水面上也像镀上了一层金，丛丛芦花闪闪烁烁，发着亮光儿，好看极了！这时，便见二秀才爷爷忘情地怔怔望着宇宙的一切，脸上充盈着心满意足的笑。随后，他又朝着芦荡深处大声吼了几嗓子，即向我亲切地命令道：“小家伙，咱们该回去了！”

说罢，他便从水中拉出端兜儿，用力抖了抖水珠儿，扛起来放在肩上，另一只手拎起鱼篓儿。我亦步亦趋学着他的动作，紧随着他走出芦荡，往村里走去。快要走到我家门口时，他停下了脚步，转脸向他身后的我说：“过来，把你的鱼篓打开。”

我不解地望着他，但顺从地揭开鱼篓的网盖，只见他突然将自己的鱼篓倒扣在我的鱼篓上。我连忙制止他说：“爷爷，你，别……”

“拿回去吧，你们家的人多！”说罢，头也不回地向他的老屋走去……几乎每天都是这样，一连两三个月，直到秋天悄悄地来了，树叶落了，芦苇收割了，天气转凉了，我们才停止垂钓。

半个多世纪过去了，二秀才爷爷早已作古。但是，他那慈祥的音容笑貌和与我一同垂钓时的情景，一直留在我的记忆里，每每想起来，便产生一种温馨的怀念……

（摘自《读者·乡土人文版》2005 年第 7 期）

人间好时节

张曼娟

小时候，没有电视和电玩，连电影也难得有机会看，我的游戏，就是背唐诗。

母亲不知道从哪里找到一本破旧的《唐诗三百首》，教四岁半的我和一岁半的弟弟背诵。“春眠不觉晓，处处闻啼鸟。夜来风雨声，花落知多少？”是我背的第一首诗。我还不识字，母亲念一句，就跟着念一句，像堆积木似的，把一首诗完整地堆砌在小脑瓜里。

就是这二十个似懂非懂的字，为我敲开了一扇鸟语花香的诗意之门。我的母亲是护士，那两三年是她很难得的一段家庭主妇生涯。我还清楚地记得，背诗的时候，母亲在厨房里揉面，捏出一个个精巧的包子，有豆沙馅的小兔包、芝麻馅的小鱼包，还有小鸟啦、花朵啦，各式各样的，放进蒸笼里去。就在我们背完一首五绝或七绝的时候，香喷喷的包子蒸好了。能够准确背出诗来，就能获得一个兔包或鱼包的奖赏。热腾腾的包子捧在手里，却还瞅着别样的，恨不能多背几首诗。

吃过晚饭，父母亲便牵着我和弟弟的手，出门散步。我们把白天背熟的诗背给父亲听：欲穷千里目，砰——我把一粒石子踢得远远的；更上一层楼，追上去踢得更远，痛快地——砰！

常常遇见不相识的路人，因为两个用着嘹亮童音、如同歌吟的孩子背诗的声音而驻足。看见他们听完之后眼中的惊奇和赞赏，我和弟弟仿佛穿上了最华美的衣裳。

母亲再度工作之后，再没有人领着我们读诗，而我依然爱诗。学校里的老师要求学生背诗，同学们怨声四起，苦不堪言。他们所以为的苦差，对我而言，却是那样快乐的事。

少女时期，我曾在当时还没被拆除的国际学舍举办的书展中，买下了第一本词选——《三李词选》，书中选的是李白、李后主和李清照的词。我要求自己每天一定要背一阕词。这三位的词，都是感伤的情调，这使我变得多愁善感，沉溺于眼泪与自怜。

有个同学每天都很开心，如同阳光下的银杏树，哗啦哗啦，一阵风过就发出细碎的笑声。她注意到了我的落落寡合，于是，有一次我过生日，她在卡片上抄了一首诗给我：

春有百花秋有月，夏有凉风冬有雪。

若无闲事挂心头，便是人间好时节。

这里面的忧愁呢？追悔呢？感伤呢？为什么既不怀念远去的朋友，也不追忆逝去的情事？为什么没有年华老去的无奈？为什么没有时不我予的慨叹？这首诗读完，我竟然对生活有了好多喜悦的情绪，让我忍不住想要出门，去感觉一年四季的风花雪月，感觉活着的幸福。

从那时候我就开始意识到，诗词的世界何其广阔，绝不只是提供了多愁善感而已。

我从没有什么座右铭，遇见困扰或烦恼的时候，也不求神问卜，我习惯翻阅诗。那些诗人从不吝惜，总是以他们的生命故事，给我们人生启示。

一年四季，你喜欢哪个季节？

王国维是春天的拥护者："四时可爱唯春日，一事能狂便少年。"春天的植物从冰雪中挣扎着冒出头来，等待温暖的雨水，迅速地发芽成长，不过几个昼夜，便蔓延出整片绿意。只要我们仍有热情投入的目标，焕发青春的狂情，便也能冲破人生霜雪，回到年少时代，无所畏惧。

从古到今，人们运用各种方法，企图留住青春，希望永远保持春日的生机盎然。然而，最好的"回春术"其实不假外求，只要我们心中的火种不熄，便能滋生出一片绿原。

司马光在初夏的客邸中，见到了金黄色的花："更无柳絮因风起，唯有葵花向日倾。"他被向日葵的坚持所感动，将这花视为夏日的力量。柳絮与葵花的不同就在这里：柳絮随风飘扬，并没有固定的方向；向日葵却是不管太阳在哪里，它的脸孔都会转向太阳，如此执着。

人生走到夏季，约莫都能找到自我，发现值得奋斗的目标了。有了明确方向的人，就像艳阳下的向日葵，可以尽情绽放。人们看见向日葵，也多能获得一种振奋和鼓舞。

陶渊明的"采菊东篱下，悠然见南山"，又是一种怎样的心情呢？这不仅是心情，也是一种境界。秋天是收获的时刻，也是赏菊的季节，一方面收获自己的耕耘，一方面还能欣赏别人更高的成就，不张狂、不嫉妒，正是学习的好时机。

"晚来天欲雪，能饮一杯无？"这是白居易邀请朋友前来饮酒的诗。下雪之前的天气，严寒砭骨，最为难熬。然而，诗人却在红泥小火炉上暖着美酒，邀请朋友前来共饮，有着无限的温暖与浪漫。哪怕是走到了生命的冬季，还是不能放弃享乐与朋友，不能割舍所有生之欢愉。这些诗词带给我们的，不只是多愁善感的情意，更多时候还有心灵与智慧的启发。我们必须有一首或几首诗，放进人生的行囊里，抗御这诡谲多变的人间。

我常想到童年时，背着诗，踢着石子，在黑夜里畅快地奔跑。让我们一边念诗，一边把挫折和烦恼踢开，还给自己一个鸟语花香的好时节。

（摘自九州出版社《人间好时节》一书）

母亲是游子的故乡

洪　烛

这么些年来，在我心目中炊烟般袅袅升起的乡愁，最浓郁最无法割舍的一缕是属于母亲的。从 18 岁开始，我就多了一重古典气息浓郁的身份：游子。于是，我的爱常常只能从一个检票口开始，到另一个检票口结束——我常常只能借助一张车票来维系与母亲的联系。母亲是游子精神上的故乡。而故乡对于我，相当于被放大了的母亲的概念。翻开地图，看到长江下游那座叫南京的城市，我从内心深处感到温暖：我的母亲今天仍然生活在那里，在其中的一扇窗户里面做饭、洗晾衣物并且思念着她的儿子。这种时空无法阻隔的心灵感应，该算是一生中永不消逝的电波吧?

我 18 岁那年，母亲骄傲地用她的私房钱买了一张船票，在细雨蒙蒙的码头上送我去武汉读大学；4 年以后，又是母亲亲自排队买了火车票，交到我手里——我就这样开始了迁徙到北京的个人生涯。母亲当时没有料到，她对世界的这两次慷慨，铸成了她终生都将追悔的过错：我从此便被她无意识地移交给世界，而不再属于她。她已经付出并将继续付出漫无涯际的失眠、泪水、挂念，来承担世界对一个平凡的母亲的掠夺。我离开故乡已经十几年了，愈行愈远，留给母亲的，永远只是背影——一次次的背影。

我和母亲生活在两座城市里，坐火车需要一夜的时间，这就是一个母亲与她的孩子的距离。我如果在北方的旷野上呐喊一声，恐怕要经过一夜才能传到母亲的耳边。唉，思念母亲的时候，真想能以光速回到她眼前——当然，这肯定也是母亲的愿望，甚至堪称我苍老的母亲对生活最奢侈的要求。我太了解她了。每年回家探亲，总发现母亲老了许多：前年是皱纹多了，去年是头发白了，今年是牙齿掉了……顿时有天上一日、人间一年的恍惚感。我简直不敢继续想象下去，于是转而安慰自己：母亲健在就是一种幸福。虽然天各一方，但她的心跳无时无刻不在震撼我的耳膜。就像冬天的候鸟怀念远处的巢，母亲的音容笑貌是我流浪生涯中最隐晦最柔韧的寄托。母亲居住在哪里，哪里就是我的故乡。游子的心室里安放着一枚隐形的磁针。

这些年我一直出门在外，大部分时间只能靠书信与家中保持联系。仿佛成为惯例了，收到的家书一般都是父亲执笔，母亲只在信末附上几句话。母亲的字迹一生未有大的变化，横平竖直、纤巧紧凑，一笔一画都保留着女中学生的风采。这恐怕也是母亲总让父亲写正文，自己仅附注几笔的原因——母亲觉得自己的字拿不出手，加上父亲日常拟惯了公文，遣词造句自如，讲述事理也极周全，因而似乎更有发言权。然而我知道，家中频繁来信，大多缘自母亲耐不住自己的思念，而催促父亲“又该给孩子写信了”，父亲不过是代言人而已。每次拆阅家书，我心理上总偏爱地视做“母亲又来信了”，虽然母亲的话总是很短很短。

母亲的爱是细致而不无担忧的，总是敏感于我写信间隔太长。“是否生病或发生什么事了？”她每每不厌其烦的探询实则负载着太深的挂念。我没想象过母亲接到孩子的信时的心情，但母亲自己说她常常是读了一遍又一遍，直到眼泪流出来。作为男孩子，大大咧咧惯了，有时把写家信当做应付差事，潦草完成；有时事务一多就疏忘了这茬，白惹母亲担心了无数次。

偶逢父亲出差，写信的任务就完全由母亲完成。然而母亲的信仍然很短很短，翻来覆去说不腻的仍然是那么几句。唯一异乎寻常的是，母亲悄悄地问我是否找女朋友了，然后勾勒一遍她理想中儿媳妇的模样——不外乎温柔贤惠能干之类。对于母亲的操心，我微笑之余常常无言以对。

有一次平淡地拆开信，一张小画卡掉出来，我才想起那天是我的生日。也许所有母亲确实比儿女更深刻地记得那一天，它是儿女生命的起点，更是母爱随之诞生的日子。母亲啊母亲，从此开始了她的养育、守望、担忧、欣慰以及对离别的畏惧。这是一段多么漫长、艰辛而又伟大的历程啊！

每年回南京休假，日程排得满满的，早出晚归，忙于探亲访友、参加各种聚会，有时深夜喝得半醉悄悄溜进家门，发现母亲房间的灯还亮着，她仰躺在床头，用耳机听磁带，眼睛却望着天花板发呆。我仿佛洞察了母亲寂寞的日常生活是怎样度过的，包括我不在身边的那无数个夜晚，她是怎样以思念来填补那可怕的空白。这时我才懊悔虽然回到家中，陪伴母亲的时候仍很少。对于成熟了的儿女来说，母亲只是他生活的一部分；但对于衰老了的母亲来说，儿子却接近于她生活的全部。

母亲越老，精神上就越脆弱。以前离别，无论刮风下雨，她坚持要送我到火车站，我一次次地目睹她站在月台上挥手的身影从缓缓移动的车窗里消失——就像不断重演的神圣仪式。记不清从哪一年开始，她改为在家中的阳台上目送我。她说每次离别对于她都是不小的打击，每次我走后她都要流好半天的泪，这几年越来越觉得有点承受不了，要过好几天才能恢复过来。我提着行李箱走到拐弯的丁字路口，下意识地回头，发现母亲瘦弱的身影凄楚地倚在二楼阳台上，像被世界遗弃了一样孤独，我知道自己又留给她一年的痛苦了。那一瞬间我真想抛掉箱子飞跑回去再拥抱她一次，或索性永不离开。可我只能故作超脱地向她挥一挥手，然后就不可阻止地从她的视野里消失了。在异乡想起母亲，头脑中总浮现出这个画面，仿佛她自始至终都伫立在故乡的阳台上，一分钟都不曾离开。同样，母亲思念我时，也会反复咀嚼我的背影，我竖起衣领逆风而行的背影，留给她的是苦涩的滋味吧？一次次迎面走来，又一次次转身离去——这就是母亲眼中的我。是谁在折磨这个平凡、善良而无辜的女人——是我还是命运？

阳台上的母亲，你别再流泪了。千里之外的母亲，你别再衰老了。请你一定站在原地，等我回来。

（摘自《读者》2010 年第 21 期）

那些光亮的日子

王鹤晓

时光如果可以折叠，我愿意把一些美好的时刻折叠成一帧帧画面，收藏在成长的履历中，作为另一段生活的开始。今天，一句“小的时候”，又让我想起了一撮曾经的日子，沉浸在这一个个日子中的是，一座雾气缭绕的苍翠山岭，一个小小的国有农场，一群属于同一个生产连队的朴实的农场人，一片清新无忧的明亮的光景。

那时候，每逢暑假，我就会被母亲带到农场的姨母家住上一段时间。姨母所在的农场连队，静卧在多文岭的山腰间。开阔的红土地上，除了连队职工的房子，就是一片片排列整齐生长的橡胶林，连队的人大多靠着这些橡胶树吃饭和营生。每每半夜四点多的时候，姨父姨母就得起床准备割胶了。有时我没睡熟，能从窗边听见他们在取灯帽和割胶刀的窸窸窣窣的声音，接着，摩托车轰隆隆的引擎声就响起来了，他们骑上摩托车驶向橡胶林，不一会儿，门外的引擎声就越来越远了。我一次也没见过他们割胶时的场景，但也大概能感觉到其中的辛苦劳累，因为姨母常常这样吓唬我：“你要不好好读书，长大后就过来和我们一起割胶咯。”可惜我年岁尚小，没能听出姨母话里的“玄机”。多年以后，再见满脸皱纹的姨母，时光已经错开，我也已经走上社会，此时回味起姨母当年的话，才触摸到话中的分量和暖意。

生活总是不由人，自有它的天意。橡胶的经济效益渐渐不太好，姨母他们开始种起荔枝。正巧暑假阶段是荔枝的成熟期，表哥常带着我去摘荔枝。荔枝树不高，我不用踮脚尖就能摘得树上的荔枝，稍用力捏下荔枝的梗，白嫩嫩的果肉就现了出来，吃完后把果核和果皮扔到土里，让它从哪来就到哪去。落在地上的荔枝，往往就会被别人家的鸡群啄了去，好像鸡群也是果园的主人。姨母家在荔枝园里养着几箱蜜蜂，嗡鸣的蜜蜂围着荔枝花飞来飞去，但总是飞不出漫长的夏天。我和这些充满灵性的昆虫，不需打招呼，不需寒暄，它们不会蛰我，我们之间早就互相发出了友好的气息，一切安然而欢喜。

农场连队清苦的日子里，能说得上的文化娱乐，全赖一座老旧的水泥篮球场。那里长着几棵大树，风从四周肆意从它们浓密的叶丛间游过。孩子们借着树荫，在底下进修了折纸、翻花绳和打弹珠等一系列的童年课程。那年，北京举办奥运会，连队里有人往篮球场里搬出电视机，供大家聚在一起观看开幕式。电视机屏幕屁股一般大，分辨率又低，得凑近了才看得清画面。记得奥运会的开幕烟火是一个接一个硕大的“脚印”绽放在北京城上方。因为人太挤，我跟一个小伙伴几乎两人的脸贴在一起，之所以能够记得住那串“大脚印”，是因为当时我看到他的脸上映着金色的光，在夜晚中忽明忽灭，我想他看我也是这样。我们两个小男生被屏幕里绚丽壮观的场面深深吸引，喘着粗气，以伸着头的姿势，半看半听着电视机，直到散场。

后来，学业开始繁重起来，暑假的目的地也从农场变成了补习班，再后来，变成了城市里某一栋大楼里的职场。终于，农场那青青的山岭、绿绿的橡胶林、那座水泥篮球场，还有猴子一样的小伙伴和姨母家的蜜蜂，几乎就遗忘在了我过去的记忆现场。只是每年荔枝花开的时候，姨母还忘不了给家里送来一罐蜂蜜，于是，嗡嗡唱歌的蜜蜂又飞进了我的夏天，飞进我光光亮亮的日子。以致在大冷的冬里，也因此存储了丝丝的暖意。

（摘自《海南日报》2020 年 12 月 7 日）

风吹一生

徐则臣

天真的冷了，连风也受不了了，半夜三更敲打我的窗户，它们想进来。这种节奏的敲打声我熟悉，这些风一定是从我家乡来的。我掀开窗帘，看到风在闪烁不定的霓虹灯里东躲西藏，它们对此十分陌生。风的意识里只有光秃秃的树、野火烧光的草、路边的草堆、孩子们头上的乱发和整个村庄老人的一生。风不认识城市的路，一定是谁告诉了它们我在这里，才会上来找我。

它们想告诉我一些风中的人的消息。

我家乡的人生活在风里。离家的那天，一大早我就看见祖父坐在门口的小马扎上。天色灰沉清冷，秋天的早上永远是一副将要下雨的模样。风很大，地上的杨树叶子转着圈儿堆到祖父的鞋子上。我对祖父说："进屋吧，外面冷。"祖父说："没事，不冷，都在风里活了一辈子了。"那个早上我离开了家，要去一个远离家乡的城市。祖父拎着小马扎跟在我后面穿过巷子，风卷起的尘土擦着他的裤脚。我说："巷子里风大，回去吧。"祖父说：

“你走你的，我想在巷子口坐坐。”然后就放下小马扎坐在了路边上。村庄坐落在野地里，村前村后都是麦地，麦地上的风毫无阻碍地从村南刮到村北，沿村庄中心宽阔的土路一次次地刮过。我走了很远，回过头，看见祖父还坐在风里，背影被风刮得有点抖。

祖父老了。二十多年来，我目睹了来来去去的风如何改变了一个人。从我记事时起，祖父一直骑着自行车带我去镇上赶集，五天一次，先在集市边上的小吃摊坐下，吃逐渐涨价的油煎包子，然后到菜市旁边的空地上看小人书，风送过来青菜和肉的味道。那时候祖父骑车很稳健，再大的风也吹不倒他。有风的时候我躲在祖父身后，贴着他的脊背，只能感到风像一场大水流过我抓着祖父的手。长大了，我自己也能骑车了，车子骑得飞快，在去姑妈家的路上远远地甩下了祖父。我停在桥头上，看见祖父顶着风吃力地蹬车。祖父骑车的速度从此慢了下去。有一天，祖父从外面回来，向我们抱怨村边的路太差，除了石子就是车辙和牛蹄印。祖父说：“风怎么突然就大了呢？车把都抓不稳了。”但是谁都没有在意。

从菜地回家的路上，我遇到祖父从镇上回来，第一次看见祖父骑着车子在风里摇摇晃晃。后来祖父不再骑自行车了，因为我们担心他出事，不让他骑。不能骑车之后，祖父走到哪儿都拎着一个小马扎，他终于意识到自己很难再在风中站直了。一个人就这样被风吹老了。

多少年来，我的村庄一直有个奇怪的现象，老人们去世总是一批一批地走，很少有哪个人是独自上路的。在第一个人离开的时候，村里人就知道又一场死亡之风降临了，从年老体弱的开始盘算，每个人对村庄都有一笔小账。果然是一个接着一个，三五个老人相互陪伴着上路。一段时间内，村庄里哭声不绝，锣鼓声悲，野地里飘满了纸钱。他们出生在同一场风里，活在同一场风里，又被同一场风刮到了另一个世界。

我说过，城市里没有风，所有的风都来自野地和村庄。因为没有谁像野地里的孩子那样，依赖风才能生长，尽管，也许同样是几十年前的那场风又回过头，把他送到了另外一个地方。

我一直跟着一阵风向前走，走着走着就长大了。那阵风始于十几年前，我一个人从家里出来，走远了就找不到回来的路。遇上了旋风，它不紧不慢地穿过巷子，然后左拐上了大路，一路上旋起了泥土、稻草叶子和干松的牛粪渣子。我一直跟在它后面，我想看看它到底有多大的威力。我们经过了药房、供销社大商店和南湖桥边的两棵老柳树。刚上了南湖桥，旋风突然不见了，我以为桥面上布满石子，它过不去了，没想到几秒钟之后它出现在桥的南边，已经过了桥。过了桥是南湖的麦地，天色黯淡，我要费力才能盯紧它。我们在镶嵌着干枯坚硬的车辙的田间路上继续向前。我记不得走了多长时间，它突然拐进一块麦地不见了，没有任何先兆。我想它会出来的，就站在路边等，但是眼前只是一片绿油油的麦地。

后来我等到了供销社的售货员，骑一辆老式“永久”牌自行车上了南湖桥，是他把我送回了家。我被旋风带上的那条路是他回家的必经之路。

回家以后母亲告诉我，每一个旋风都是一个死去的人的灵魂，它们常常来到村里拐带不听话的小孩。以后要听话，不能踩它们，也不能跟着它们到处乱跑。我不是很相信，因为没有一场旋风曾经把我拐跑过。

如今，我从村庄走到了城市，那场旋风的形态我难以描述，也不清楚它是否已经拐到了另一个地方。我只知道，我在城市看不到风。

城市里填满了高楼大厦和霓虹灯，缺少空旷的土地供它们生息。这里的孩子们不需要旋风，有仿真的电动玩具引领他们成长，没有风也能活下去；至于老人，使他们衰老的，是岁月和他们自已。

（摘自《意林》2015 年第 3 期）

酿造甜蜜的生活

程永珺

车子一路疾驰，向凤冈县永和镇开去。绿色浸染的黔北大地，蜿蜒向前的道路两旁，层峦叠嶂，林木葱郁，野花姹紫嫣红。叶深林茂，百花蕊香，我仿佛听见那“嗡嗡”的声音，从林间花中传出。

那是蜜蜂的声音。我正是循着这声音来到这里。同事极力向我推荐这里位养蜂老人的蜂蜜，生动的介绍引我心生好奇。我问得地址慕名前往。

路边，绿树掩映着几间连排修葺的砖房，房四周摆着一箱箱蜂桶，不时有小蜜蜂飞进飞出。推门而出的任光文精神矍铄，全然不像八十二岁的老人。任光文听了我的来意，温和笑道：“你要是晚来几天，我就要出去赶蜂了。”春夏蜜一百元一斤，秋蜜可以卖到一百八十元一斤，每年都被重庆、贵阳的熟客早早预约。

“夏天赶鱼塘村，有两千多棵乌桕花可以采，秋花开时的党湾村五倍子树茂密，花蜜售价高。”说起周边蜜源，任光文如数家珍。多年的赶蜂经验，让他对植被了如指掌。

十多年来，任光文都在围着蜜蜂转：繁蜂、放蜂、转场、割蜜……唯一的出行工具是一辆农村常见的三轮车。他养的一百多桶蜂，完全放出要忙上两三天。八十岁的老伴嘴里埋怨他养得太多，身子吃不消，累坏了怎么办，手脚却利索地帮他打下手。

他岁数大了，走不了太远，一年四季以永和镇为轴心，围着附近的镇、村转。哪儿花开了，他就赶去哪儿。春采油菜花，夏赶乌桕花，秋追五倍子、桂花……人和蜜蜂一样，循着花香而行，选中一处蜜源，放下蜂箱，拜托当地的农户日常照看，收获时再留下两三斤甜甜的花蜜用作报酬。

揭开一桶蜂箱，蜂巢上密密麻麻爬满蜜蜂。“每天都要查蜂脾，一旦新蜂王出世，就要及时分蜂，否则，老蜂王会带领一批工蜂离开蜂巢飞走，那损失就很大。”老人指给我看蜂箱里的玄机，关盖前用嘴轻轻将四周散爬的蜜蜂吹走，防止盖子压坏它们。

“再带你看看我的新发明。”任光文眼神露出几分骄傲。我们走进后屋庭院，杂草齐脚踝深，不时有蜜蜂飞进飞出。老人主动解释：“特意种的草，暑天能给蜜蜂遮阳降温。”身边的黑狗一会儿跑到我们前面，一会儿又被飞过的蝴蝶吸引注意力转向旁边。“这是黑虎，赶蜂时都是它陪我。车子一开，喊一声黑虎走，它就会乖乖地跳上副座。放蜂时，能帮我赶走一些蜜蜂的天敌。”山风吹过，在闷热的 8 月夏末催生丝丝舒爽。

任光文自豪地展示他今年才“发明”的新技术——木制的三层蜂桶。上面一层推开可以一览内部情况；第二层用于集蜜，推开铁丝拉出板子，用勺子能直接挖蜂蜜吃；第三层是蜜蜂，抽出来就能给蜜蜂照料日常或分群。“年初才请木匠新做了八十个桶。我只要还能工作，就得把这蜜蜂照顾好一天。”任光文指着远处一片土地说：“今年还想把那两亩地租过来，栽葡萄，蜜蜂休息有遮阳地，果实成熟又是一笔收入。”

2007 年，一群迷路的蜜蜂飞停在他家筑巢。为留住这些蜜蜂，2008 年春，任光文前往四川学习养蜂技术。他与蜜蜂从此结缘。以前他家里子女多，几十年来，任光文养蚕、种庄稼、打小工，带着一群孩子长大成人，吃过很多苦。没想到，老年靠着一群不期而遇的蜜蜂享受了生活的甜蜜。养蜂后，任光文用电脑在网上查技术，所有经验都细心记录在笔记本上，在实践中慢慢摸索出一套养蜂方式。他卖出了上千桶蜂，记不清教了多少徒弟，全县各乡镇都有人上门购蜂学技术。养蜂赚钱的消息随着大家收入的增加口口相传。如今，凤冈县的养蜂人遍布各乡镇，方兴未艾的蜂蜜产业成为人们脱贫奔小康的一把金钥匙。

党湾村贫困户安先买了五桶蜂，可是养殖技术跟不上，蜜蜂“离家出走”，眼看着投入的本钱要打水漂。知道消息后的任光文赶去细心告知养殖要点，帮着繁蜂分箱，临走时，又把多年来精心抄写的养蜂笔记送了安先一本。半年后，安先在任光文的帮助下顺利分出十二桶蜂，光是蜂蜜的收入就有三万多元，让安先尝到了靠特色产业发展致富的甜头。

任光文引我入屋坐，端出大半杯蜂蜜：“喝吧，养蜂人家，用蜂蜜招待客人。”白色瓷杯里的蜜，散发浓郁的香气。屋里还有几个前来聊天的老人，每人面前都放着蜂蜜水。聊天时，任光文不时洒脱大笑，黑瘦的面庞上洋溢着甜蜜的幸福。

话语间，天色渐晚，夕阳映着远处的绿浪。翩翩起舞的蜜蜂让我想起一首诗：春风百花场，来往无虚日。采花酿为粮，仓廪自充实。田野大地上忙碌的农民，就像这蜜蜂一样，勤勤恳恳，酿造出生活的蜜。

（摘自《人民日报》2020 年 10 月 31 日）

鸟 鸣

黄 晔

初春的早上，一走进那片树林，我就被铺天盖地的鸟鸣包围了。

这是校园里的一条林荫道，行道树是几十年的香樟树，枝叶茂密，遮天蔽日，两旁种着成片的九重樱、白樱和银杏，还有差不多齐人高的八角金盘。连绵阴雨天后才见的阳光，催开了一树树白樱花，也唤醒了沉寂多日的鸟儿。

周末清晨的校园很安静，我站在路中，仔细谛听鸟儿们的歌声：曲调欢快明亮的、低沉婉转的，节奏悠长的、短促的，啾啾，喳喳，呖呖……可惜在这多重唱中，我分辨不出不同声部的主唱都是谁，那一刻，我真恨不得自己是能听懂鸟语的公冶长。抬头找寻，看不到一只鸟儿，只能感觉到树影间有它们腾挪翻飞的身影。我拿出手机，按下录像键，屏住呼吸慢慢移动脚步，录下这满眼的春意。

心中的欢喜无法言说，想与人分享，受上传视频长度的限制，编辑时我颇费脑筋，删掉哪一段都万般不舍。不出预料，朋友圈里果然说“真好听”的人众多，尤其是北方朋友更是稀罕。

学校在贯穿大半个市区的东山上依山而建，校园里树木品种繁多，山南山北成片成林。在其间悠闲地漫步，花儿绽放，鸟鸣悦人耳目。走到山坡下四季桂丛中的小路上时，我看见三只鸟儿在树下觅食，暗绿色的羽毛，最让人惊奇的是眼睛上的一道白色，像画出的眉毛一样。它们居然不避我，自在地转来转去，我赶紧拍下照片咨询冉哥，他说：这是画眉，眼睛上一道白眉是它的标志，叫声清脆悦耳，还会学别的鸟儿的叫声。我得意地说：我们学校树林里的画眉好多啊！

我再次停下脚步，在一团雪白的白樱花树上，几只暗绿色羽毛的小鸟，身形和麻雀差不多大小，有一只的尖喙上部还有一团红色羽毛，很是惊艳。冉哥发了几张三峡地区的鸟类图，对照一看，我才知道这种鸟叫火冠雀，有红色羽毛的是雄鸟。让人惊奇的是：雄鸟花枝招展，雌鸟反倒朴素得多。

依依不舍地离开林子，我步履轻快、心情舒畅地回到值班室，想想往日里枯坐办公室，不知错过了多少美妙的风景。打开视频，倾听着鸟儿们的欢唱，心神宁静。我坐下来，翻开早上刚刚拿到的海桑的新诗集《我的身体里早已落叶翻飞》，看到了这样的诗句：“草窝里的虫鸣/风听懂了/风弄树叶的声音/鸟听懂了/小鸟鸣唱的快乐/我听懂了/我说我听懂了/是说我爱上了/我正在山上听鸟鸣/让世界在山下等我。”听着鸟鸣读诗，我以为，这是最好的安排。

（摘自《中国文化报》2019 年 5 月 28 日）

给人生一个间隔年

戚泽明

五年前的一个晚上，我在陪父母饭后散步的路上，小心翼翼地跟他们说，我要休学一年去参加“小鹰计划”。这是一个青年发展项目，是把青年送到乡村基层去体验一年，从而让他们读懂真正的中国。

你难以想象我父母听完这话之后的震惊反应。为什么呀？第一，休学在当时看来并不是一件光彩的事；第二，我的经历跟我的同学有点不一样，因为我小学留级一年，中学又留级一年，如果参加“小鹰计划”，大学还要留级一年，也就是说，当我拿到本科毕业证时，我的同龄人都在读博士了。最重要的是，就像《致我们终将逝去的青春》里陈孝正说的，我的人生不能够有一厘米的误差。

找寻内心真实的热爱

从小到大，我要努力考最好的小学、最好的中学，然后上最好的大学，上完之后还要找最好的公司去实习，接着去找最好的工作。你难以想象，大一暑假我就拿着一份简历，去找一家“世界500强”企业的总监，请他帮我修改简历，好让我可以拿着这份简历去找一份很好的实习工作。但我从来没想过，我做的这一切是不是出自我内心真正的热爱，这个社会好像也从来没有把热爱作为一项指标。

我的高中是在河北衡水中学度过的，这是一所神奇的学校。对于这所学校，我充满了感恩，但对那样的日子真的谈不上热爱。为了高考，那样的日子我可以忍三年甚至四年，但忍得了三十年、四十年吗？如果我从象牙塔走向社会，我所从事的工作并不是自己真心热爱的，那每天的感觉不就是做噩梦吗？

所以，我跟父母说出这样的想法，我要停下来想一想，什么是我真正想要的。我参加了“小鹰计划”，开始践行一场属于自己的间隔年。“间隔年”是一个舶来词，在年轻人中很流行。青年学子在踏入社会之前，先进行一场长途旅行或者做一做公益工作，让自己能从不同的维度来观察这个社会。

湖北恩施土家族苗族自治州建始县三里乡河水坪，我非常努力地把这一串拗口的地名记下来：我要在这里待一年，完成我的间隔年。这里有中国第一家新农村综合发展协会，它的使命是探索乡村治理的新思路，我要在这里做一年志愿者。

每天早上，我从猪叫声中醒来，然后开始读《大学》、读《论语》。我每周都会组织乡村电影院给村民放电影，每个月还会去村民家走访，偶尔还给孩子们上课，我在这里的生活就是这样。

这是一个完全不一样的环境。在这里，没有人会逼着你找一份体面的工作，没有那些盲目的攀比让你心中失去方向。在这里，我才真正地找到了安宁。找到安宁之后才能够真正地去探索，什么是发自内心的热爱。

其实，我大概知道我喜欢什么。我为什么要去衡水中学读书呢？就是因为我在初二的时候看了一场衡水中学“十佳班长”的竞选演讲，那场演讲带给我非常大的震撼，我当时就下定决心要去衡水中学读书。真正到衡水中学读书后，每一次十佳班长的竞选，我们班长的演讲稿都是我帮他设计的。

我不是班长，没有资格去演讲，但是每一次班长竞选，我都会给自己写一份稿子：如果我是班长，我会怎么说？我非常喜欢听讲座。大概在2013年的时候，互联网上几乎已经很难找到我没有听过的讲座了，所以，演讲是我的兴趣，是我的爱好。

但是这种演讲又跟我内心的认知不太一样。为什么呢？我更多是从内容出发的，所以我不太像一个传统的演讲培训师，而是更接近演讲撰稿人的角色。

把内心的热爱变成事业

2014年3月的一天，我在办公室里看TED演讲，当时我满脑子想的都是如何把TED的形式放到乡村里。可是当我听到隔壁办公室传来的全是网上那些相声节目的声音时，就把这个想法给放弃了。

乡村并不适合演讲这种看上去高大上的活动，相声这类形式可能更适合乡村。所以我做了一场实验：我买了一身大褂，一个惊堂木。我穿上大褂，拍响惊堂木，开始给大家讲评书。

你们知道我的观众是谁吗？就是那些最调皮的孩子，他们每天放学之后给我搞各种恶作剧，可是当我讲起评书的时候，他们都认真看着我，我从他们的脸上看到了两个字——满足。

那些路过的村民经过路口的时候也会停下来，我能听到他们的笑声。当我讲完评书，那个最淘气的孩子走过来跟我说："胖子（当时我比较胖），你什么时候再给我们讲一次故事呢？"

当他问出这个问题的时候，我立马有了顿悟的感觉。用讲故事的方式去做演讲撰稿人，这是我的兴趣，是我发自内心的热爱。

但是，找到了自己热爱的东西，就可以把它变成一生的事业吗？好像不行。就像你可能知道自己的兴趣是美术或者音乐，但依然选择了一份体面的工作。怎么办呢？最终，我考虑的是内心的热爱。

用讲故事的方式做演讲撰稿人，以前从来没有过。也就是说，有一个机会摆在我面前，我可以开创一个行业，这简直是千载难逢的机会。30 岁之前这个事干不成，可以从头再来，我输得起，为什么不做呢？

我刚来北京的时候，创业市场非常火。有一个创业者找到我，我看了一下他的项目，还是很不错的。但是他没有任何逻辑，甚至没有任何故事，而且他从来没有经历过那么大的场合。

我帮他调整了逻辑，加了故事，还帮他做好了 PPT。但是我还不放心，所以陪着他整整训练了一天，然后看着他战战兢兢地走上讲台。那是我第一次看到别人紧张，我也很紧张，甚至比他还紧张。

结果还不错，他从一万个团队的竞争中拿到了全国第一。这是我人生中的里程碑事件，我的第一个客户拿到了全国第一，而且是从一万个团队当中拿到的全国第一，这极大地增强了我的信心。更重要的是，它完善了我的业务模式，我开始为有公众表达需求的人提供演讲稿设计、PPT 设计和培训的一站式服务，而且这个演讲稿设计一定是带有故事思维的。后来，我重新给这个职业命名为"演讲设计师"。

按照正常逻辑，当我确定了演讲设计师的方向之后，我的人生之路就应该朝着那个方向去走，但当时我才上大四。在人们的一般认知中，要给企业 CEO 做演讲辅导，最起码也应该像电影《国王的演讲》里的教练一样资深吧。所以当时我做了一个"加速"年龄的决定，在 24 岁时拍了一张 42 岁般的照片，从此在互联网上，我就是一个 42 岁的中年大叔形象。后来，我一直沿着这条路线走到了今天。

记得“小鹰计划”的负责人李佳琛有一次问大家：“你上一次热泪盈眶是在什么时候?”我仔细地想了想，当我从事的工作是自己发自内心真正热爱的时候，热泪盈眶是我的常态。我的客户都是有故事的人，他们的故事让我感动，跟有故事的人去探讨他们的故事要如何讲述，每天都会刺激出无数的多巴胺。

在现实的世界里，我真的通过一个人生的间隔年找到了自己的热爱，并把这份热爱变成了自己的事业，我很幸运。我觉得我可以，你也可以。

（摘自《读者》2021 年第 2 期）

附近有薰衣草

张丽钧

参加一个培训班,每日步行往返于一条新路。走到一面爬满常春藤的老墙前,闻到了薰衣草的香气。我停下来,四顾寻觅,却不见薰衣草的影子。再一次路过的时候,薰衣草的香气又如期而至。我纳罕极了,暗问常春藤:莫非,你是薰衣草嫁接的?这样想着,竟忍不住俯身去嗅那常春藤,自然未能嗅出任何味道。那天中午,新雨过后,薰衣草的味道浓得就像打翻了薰衣草精油瓶子,我跟自己说:"嗯,这浓郁的气息是多么好的线索!今天豁出去了,哪怕迟到,我也要寻到它!"

我蹑着脚,绕到那面老墙后面,小贼一样,东瞅瞅,西看看,紫薇、凤凰花、草茉莉都顶着晶莹的雨滴开得正好,可就是寻不见薰衣草的影子。我是怀着绝望的心离开的。整整一个下午,我都在想着薰衣草的事,满腹狐疑,释不开,放不下。就这样,一周的培训时间,二十多次路过,明知道附近有薰衣草,却最终也未能寻到它。

或许,寻到了,就早忘了吧? 恰是因为最终也未能寻到,它才会一直勾人魂、摄人魄。

多年前,学校空出来了一小块地,老校长说:“咱们栽些薰衣草吧。”大家都说好。去苗圃选薰衣草苗的时候,苗圃老板娘说:“三种薰衣草,一种五角钱一棵,一种一元钱一棵,一种三元钱一棵,你们自己选吧。”我说:“我们当然要便宜的。”老板娘一指那紫花开得最繁盛的植物,说:“那就是这种。”我俯身去闻,却没有任何味道。老板娘笑起来:“那么便宜的薰衣草还能有味儿?”说着,端来一棵顶着可怜的一小簇紫花的植物给我闻。

“唔! 好香!”我叫起来。

“这才是正宗的薰衣草呢。”老板娘说,“这种三元钱一棵。”

有个同事开玩笑说:“涂了点儿香水,身价就高了?”后来我们才知道,那些开着繁盛紫花的植物,一种叫马鞭草,一种叫鼠尾草,它们都是山寨版的薰衣草,丝毫也不香。

自打学校栽上那一小片正宗的薰衣草,我才真正认识了这种植物。有香味的不仅仅是花,还有叶,还有茎——它通体的茸毛上都生有油腺,轻轻一碰,油腺即破,释放出香气。紧邻薰衣草的几间教室的师生反映,整整一个夏天,教室里都没有蚊蝇。只要一落雨,薰衣草就染香了整个校园,让你觉得随便抓一把空气都可以拧出香来。但是,薰衣草又是多么娇气的植物呀,旱不得,涝不得,不断有死苗被拔除。干枯的叶子,捻碎了,满掌的香,真应了那句“零落成泥碾作尘,只有香如故”。怜惜的痛,风吹难散。来补苗的苗圃老板娘奚落我们道:“谁让你们当初非要栽这种薰衣草呢! 又贵又难拉扯,总得补苗。你看你们西边那家,栽的都是一元钱一棵的薰衣草,皮实着呢!”可是,西边那家栽的薰衣草,它不“薰衣”呀。

侄女去“薰衣草庄园”游玩,发过来一组照片,满眼紫色,甚是养眼。侄女的许多张照片都是在低头嗅花,作陶醉状。我却禁不住对着那照片上的人儿说:“宝贝,别装了,那都是马鞭草,半点儿都不香!”

那年在苏州十中，听诗人校长柳袁照讲，他的学校绝不允许一棵假花假草存在。他喜欢“玩真的”。的确，玩真的，才真好玩——真的香，真的醉，真的凋，真的痛。

昨天，开车路过那面爬满常春藤的老墙。秋深了，常春藤的叶子变红了，紫薇、凤凰花、草茉莉都隐匿了踪迹。隔了车窗，我仿佛闻到了干枯的薰衣草的芳香。我想，不管它藏身何处，都用释放的香气证明了它美好的存在。只要一想到附近有薰衣草，我就六情顿喜，五体俱欢。我一遍遍微笑着告诉自己：它知道你知道它的存在……

（摘自《读者·乡土人文版》2016 年第 9 期）

一个都不少

刘宗鹏

电影《一个都不能少》，是我看过的众多电影之一，影片中魏敏芝老师的形象至今仍在我的脑海中回荡，她用行动完成了高老师的心愿：让学生一个都不少。其实这不只是高老师的心愿，也是我的心愿。

3 年前的夏天，48 名七年级新生成了我的学生，我暗下决心：这一届学生 3 年里一个都不能少。我兴冲冲地拿着学生名单冲进教室开始点名，1，2，3……共 47 人，少 1 人，再点一次发现还是 47 人，一个叫王明的孩子没有来报到。我心里有点担忧，为什么第一天报到就没有来呢？但我又安慰自己，这个孩子肯定会来，只是迟到了而已。

在忐忑的等待中，学校大门口出现了一个两腿呈 X 形、艰难前行的男孩。我在心中暗自琢磨，他不会就是王明吧？片刻之后，一声清脆的“报告”从门口传来，我大步流星地走上前，很想批评他几句以示警告。可走近一看，只见他汗流满面，大口喘着粗气，白色的 T 恤被汗水浸湿了一大半，他一只手紧紧地抓着门框，努力让自己的身体保持平衡。他的神态让我瞬间失去了批评他的勇气，我忙说：“进来吧！”顺手从口袋里拿出纸巾递给他，对他说：“快坐回座位上擦擦汗，休息一下！”名单上 48 名学生终于到齐了，我长舒一口气。

下午到校的时间已经过了半个小时，王明还没有出现在座位上，我焦急地向窗外望去，班长看穿了我的心思，忙对我说：“刘老师，王明说他不来上学了。”我问：“为什么？”班长摇摇头，表示不知道原因。整个下午，我向窗外望了无数次，也没有盼来王明。

下班后我骑车直奔王明家。敲门进去，王明的爸爸热情地给我端茶倒水，以表歉意。王明则面无表情地呆坐在沙发上一言不发，我笑着对王明说：“你下午怎么没有来学校？”王明不好意思地挠挠头，说：“老师，我不想上学了。”我忙问：“为什么？”王明说：“老师，我上了 6 年的小学，如同坐监狱。老师不让我和同学们玩，怕我不小心被他们磕碰；不让我参与班级的任何一项集体活动，怕我给班级丢脸。我的初中生活大概也和小学的差不多，所以，我不打算再读书了。”

听着孩子的话，我心里一阵难过。稳定情绪后，我坚定地对王明说：“孩子，只要你来到我的班级，你的人生一定会有一个全新的开始。”王明兴奋地说：“您不会骗我吧，老师？”我说：“不骗你，你来了我会用事实证明给你看，咱们可以做个‘君子协定’！”说着，我伸出右手与王明用拉钩的方式签订了“君子协定”。

开学后，王明便成了班级里特殊的一员，除了不参与班级跑操、体育课、广播操等他无法参加的活动外，其他班级活动中都有他活跃的身影。可好景不长，9 月运动会后的星期一，王明又不愿意来学校了。我打电话给他，一问才知道，运动会上班级其他同学都为班级做了贡献，他却什么忙也帮不上，心里很不是滋味，而恰好有同学就此事对他冷嘲热讽，这成为压垮他脆弱神经的最后一根稻草。因此，他决定不来上学了。听着他委屈的话语，我忙说："谁说你对班级没有贡献呢？我需要时间来观察你，才能让你人尽其才，发挥你的长项来为班级做贡献，你来学校一试便知你对班级的价值！"

第二天，王明出现在了教室里，我利用他英语成绩尚可的优势，让他做班级的英语课代表，任务是每天在课前为全班同学领读英语课文和单词。从此，每天都能听见他卖力的领读声。慢慢地，王明与大家相处得越来越融洽，脸上的笑容也一天比一天多。

时间在欢笑声中悄然逝去，转眼我们就来到了初二第二学期。学校艺术节拉开了序幕，同学们都很兴奋，每个人都积极参与，每天都抽时间排练节目。可在合唱比赛前一天的早上，王明再一次没有到校。我忍着怒火给他打电话询问原因。他说："老师，从小到大我都没有参加过学校的艺术节，我怕给班级丢人，我不来了，也不给您添麻烦了。"我说："你第一次登上舞台参加合唱的机会就在明天，我一定让你走好人生的这一步，你一定要来！"反复劝说半个小时之后，他终于答应来学校。

第二天上台时，其他同学按顺序快速登上了舞台，我扶着王明一步一个台阶，慢慢走上舞台。那一刻，泪花浸湿了王明的双眸。正如歌中所唱："开始的开始我们都是孩子，最后的最后渴望变成天使。"在优美的旋律里，在激扬的歌声中，我们师生同台，用歌声融化了王明心中那块坚冰，孩子变成了天使。

此后的日子里，王明虽偶有请假，但大多数日子能按时上学，努力学习每一门功课，直到毕业，他都是班级中最美的那道风景线。

班级毕业晚会上，我拿起花名册进行最后一次点名，1，2，3……共 48 人，48 声慷慨激昂的"到"回荡在教室里，温暖着我的心田。这是我教师生涯中的最高荣誉，真的一个都不少！

（摘自《读者·校园版》2020 年第 19 期）

给母亲打电话

赵丽宏

不管走到哪里，北京时间晚上九点半和母亲通电话是生活中的必须之事，二十多年没有中断过。

母亲的声音，从电话那头传过来，语速很慢，含混不清，仿佛远隔着万水千山。我的话，她似乎听不见，最近经常是这样。母亲在电话里对我说："我老了，耳朵有点聋了。"我为此焦灼不安。怎么办？我在网上搜索助听器，挑选了一款最好的。我想让母亲尽快用上助听器，希望她能恢复听力。

母亲今年98岁了，我每天晚上和她通电话，二十多年没有中断过。不管我走到哪里，哪怕到了地球的另一边，我也要算准时差，在北京时间晚上九点半给母亲打电话，她在等我。如果接不到我的电话，她会无法入睡。和母亲通电话，已经成了我生活中的必须之事。

母亲是敏感细腻的人，在电话中，她总是轻声轻气，但思路很清晰。和母亲通电话，话题很丰富，从陈年往事，到日常生活。前些年，母亲喜欢回忆往事，年轻时，她有记日记的习惯，很多大小不一的日记本上，写满了密密麻麻的小字，母亲现在还可以从这些日记本中找到六七十年前的人和事。她总是在电话里问我：还记得你两岁的时候吗？她说，我常常想起你两岁时的样子，我下班回来，你正坐在马桶上，看到我，裤子也不拉就从马桶上跳起来，奔过来，光着屁股，嘴里不停地大声喊着妈妈妈妈。她一次又一次说，说得我不好意思。母亲这样的回忆，使我感觉自己还是个孩子。

儿时的记忆，在我的脑海中清晰地保存着。母亲年轻时体弱多病。有几年，她总是咳嗽吐血。看到她手帕上那些鲜红的血迹，我很害怕。母亲躺在病床上，把儿女们叫到身边，却不说一句话。我们围在床边，看着母亲苍白的面孔，忧戚的表情，感觉世界的末日正在临近。岁月一年年过去，母亲陪着我们成长，子女都逐渐步入老年，她却仍然健康地活着。母亲在，是子女的幸福。母亲在哪里，家的中心就在哪里。我们兄弟姐妹经常从四面八方赶来在她身边聚会，这是母亲最高兴的时候。但是无法天天陪在母亲身边，还好可以打电话，每天都可以在话筒中听到母亲的声音。

母亲常常在电话中问我：你又在写什么文章？你又出了什么新书？这样的问题，在我年轻的时候母亲从来不问我。我一直以为母亲对我的写作不感兴趣，所以也从不把我的书送给她。但是后来我发现，母亲其实非常关心我的写作，在我家老宅的一间暗室中，有一个书橱，里面存放着我多年来出版的每一本书，这是母亲背着我想方设法收集来的。这使我惭愧不已，我竟然不知母亲对我的关心。从2000年开始，每出一本新书，都先送给母亲。母亲从老宅搬出来住进了高层公寓，客厅里有了几个大书柜。但她觉得书柜离她太远，便在卧室的床边墙角自己搭建了一个书架，用的材料都是出版物，几本精装画册充当了支架和隔板。这个自制书架上，放的都是我近年送给她的新书，还有她爱读的几本书。我的好几本新书，都被精心套上了封皮，她爱惜书。书架用一块布帘挡着，也是隐蔽的，不向别人开放。每次去看她，我总要掀开布帘，看看她书架上的变化。这时，母亲不说话，只是含笑看着我，我知道她珍视这个自制的小书架。她说：这是你在陪我。

有一次，母亲在电话里告诉我，她藏着很多我的手稿。我用电脑写作将近三十年，手边几乎已经找不到年轻时代的手稿了。母亲说：“每一张你写过字的纸，我都为你保存着。”电话里，母亲的声音轻轻的幽幽的，却震撼着我，从耳膜一直到心脏。那次通电话后去看母亲，母亲从她的储藏室搬出两个纸箱，里面都是陈旧的纸张，有的已经发黄发脆。这都是我各种各样的手稿，有些是一次次搬家时留下的书稿，更多的是写得不满意随手扔掉的草稿，最早的已经在她这里保存了五十多年。看着自己年轻时在纸上的信笔涂鸦，再看看在一边淡淡笑着的母亲，我说不出一句话。

母亲性格独立好强，一个人住在八楼的公寓中，一直拒绝请人陪护，也不要钟点工，坚持生活自理，每天把几个房间打扫得干干净净。好在哥哥住在对门，每天会过来照顾她。几个姐姐，也常常轮流来陪她。我的儿子为她买了一部手机，还教会她用手机收发微信，用手机视频。从孙子那里学习新鲜的事情，对她是莫大的快乐。但是我不习惯视频，每次通电话，还是打母亲的座机。

每天和母亲通电话，内容无非是问安，拉家常。母亲告诉我，每天早晨，她要到阳台上看望朋友。她的朋友，是阳台上那些盆栽的花花草草，蕙兰，玫瑰，茉莉，石榴，米兰，栀子花，还有一棵铁骨海棠。她会告诉我，今天玫瑰开了几朵，栀子花开了几朵，她说：“阳台上的花草都认识我，它们每天在等我，我要和它们说说话。”我问母亲，你和花草说什么？母亲笑着不回答我，这是她的秘密。

母亲有时候会在电话中告诉我，她晚上梦见父亲了，梦见阿哥了，梦见小妹了，梦见去世八十多年的外公了。她问我：为什么，我梦中看见的都是去了另外一个世界的人？是不是他们想我了，希望招我去和他们团聚了？母亲说这些话时，平静，幽默，没有一丝恐惧感。我不知怎么回答母亲，我说，故去的亲人们一定都希望你健康开心地活着，他们是在祝福你呢。母亲在电话那头笑着说，我快一百岁了，比他们活得长多了。

最近，感觉母亲电话里的声音越来越轻，有时还会口齿不清。她的听力在一天天减弱，我说的话她常常听不清楚，所以有时答非所问。我们通话的时间，也在一天天缩短。很多次，我打电话到母亲家，电话忙音。我知道，那是母亲的电话话筒没有搁置好。打她的手机，她也不接。没办法，只能打电话给哥哥，哥哥从对门赶过来，检查了母亲的电话，然后我再打过去。

前些日子，我带着助听器去看望母亲。母亲戴上助听器，高兴地说："好，现在能听清楚了。"看着母亲的笑容，我无法形容内心的欢欣。我想，以后母亲可以像以前一样和我通电话了。我没想到，助听器的效果，其实并不太好，有时会发出很大的嗡嗡声，母亲难得把它戴在耳朵上。但她总是在电话里夸奖助听器，她说，有了助听器，我不会是聋子了。她是想让我高兴，让我觉得这个助听器没有白买。

每次去看望母亲，她总是舍不得我走。离开时，母亲站在门口送我，微笑的眼睛里含着泪水，让我不忍直视她。乘电梯下楼，走出大门抬头看，母亲一定会站在 8 楼阳台上，探出身子缓缓地向我挥手。回到家里，我赶紧给母亲打电话，听电话那头传来母亲的声音。

母亲的听力大概很难恢复了，但我还是每天准时给她打电话。我们无法再像从前那样谈心聊天，不管我说什么，不管我问她什么，她总是自顾自说话。电话里，传来母亲一遍又一遍的叮嘱："你别熬夜，早点睡啊。"

世界上，有什么声响比母亲的声音更温暖更珍贵呢！

（摘自《新民晚报》2020 年 7 月 5 日）

失踪的夹竹桃

裘山山

春天开学的时候，我和蓝蓝的革命友谊被她的身高插了一竿子：一个假期下来，她竟然长高好多，像根竹竿一样杵在我面前，于是被老师调到教室最后一排去了。我又遗憾又羡慕地问她，你吃什么了，长那么快？她羞赧地说，我也不知道，我也不想长这么高。

我相信她说的是心里话，长这么高，就要去最后一排坐了。我的同桌换成了陈淑芬。陈淑芬倒是很开心，她一直想坐我旁边。陈淑芬整个人比我还小一圈儿，瘦瘦的。她有个毛病，口吃。因为口吃，她不爱说话。不过她爱笑，笑起来挺可爱。

陈淑芬还有个特别的地方，她有一根非常长的辫子，那是我长到十四岁见过的最长的辫子，从脑后一直拖到屁股上。上课的时候，为了防止坐在她后面的男生拽她的辫子，她总是把辫子放到胸前，甚至揣在衣服口袋里，但是上体育课或者做操时，还是经常被讨厌的男生拽，有一次竟被拽倒在地。

我问她，干吗非要把头发留那么长？剪短点儿嘛。她摇摇头。我自作聪明地说，你这些头发可以卖钱哦，起码可以卖两块钱。我的头发就卖过五毛钱。她还是摇头。我猜想，可能长辫子是她身上最宝贵的东西了。

那个时候，我很喜欢花花草草，所有的花草都对我有天然的吸引力。小时候我家虽然住在大学校区，但围墙外便是农田。我时常翻出围墙钻进田野里，一玩儿就是几小时。搬到小城后，我马上发现我们家楼后有一片杂草丛生的坡地，去了几次后，悄悄跑去开垦了一片巴掌大的田。

陈淑芬知道我喜欢花花草草，她说她也喜欢，她说她妈妈在家门口一个破痰盂里种了辣椒，已经开花了，马上就会结辣椒。我非常羡慕，她答应明年春天给我两棵辣椒苗。过了两天她又告诉我，她妈妈种的苞谷背娃娃了。我不懂背娃娃是什么意思，她说就是结苞谷了。我一时间泛起无限崇拜，口水都从眼睛里溢出来了。她马上说，等苞谷长……长好了，我就给你带一棒，嫩苞谷特……特好吃。

我连连点头，感觉生活一下有了盼头。

陈淑芬对我这么好，我也想表示一下，就给了她两个核桃。核桃是妈妈给我当零嘴的，爸爸单位上分的，每家两斤。可核桃壳死硬，我拿到后怎么都吃不进嘴里。所以我把核桃给她，有点儿处理的意思。幸好陈淑芬很高兴，比我听到有苞谷吃还高兴，她摩挲了一下核桃，迅速将其藏进书包里。

第二天陈淑芬问我，你家还有核桃吗？我说，干吗？她说，我老汉儿病了，吃……吃中药，就……就差核桃。她似乎有些不好意思，结巴得更厉害了。我连忙问她需要多少个，她伸出两根手指。于是我连续三天，每天上学前都悄悄从橱柜里拿两个核桃，藏在书包里带给她。

到第五天，终于被妈妈发现了。妈妈很生气，她说，你想吃就告诉我，干吗偷偷摸摸的？我觉得自己是在做好人好事，被妈妈骂很委屈，就大声说，我不是偷吃，我是为了帮助同学！同学的爸爸生病了，要配中药！妈妈听了哭笑不得地说，我还是第一次听说中药里有核桃的，是你那个同学自己嘴馋了吧？我一愣，是啊，我怎么就没想到呢。陈淑芬那么瘦，肯定嘴馋，说不定她以前没吃过核桃。

但我没好意思去追问她，我只是跟她说，我们家没核桃了。陈淑芬连忙说，没事的，我老汉儿不……不喝中药了。我松了一口气。

只是没想到我很快就发现了陈淑芬的秘密。

那天晚上吃过饭，我去学校参加入团积极分子培训班。学习结束从学校出来，已经是晚上八点了，我很少这么晚独自回家，便从市中心绕着走。

路过市中心公园时，见门口围着一圈人，似乎有人在唱《红灯记》。我下意识地凑过去想看一眼，不料这一眼就把我给定住了——原来圈子里围着的，是陈淑芬和一个瞎老头。

瞎老头在拉二胡，陈淑芬在唱《都有一颗红亮的心》。我目瞪口呆，没想到陈淑芬的嗓子那么尖亮，而且一点儿不磕巴，很流畅，很专业，好像她身体里装了台收音机。瞎老头咿咿呀呀地拉，她比比画画地唱，我简直听傻了，很有些佩服。

陈淑芬唱完，围观的人都鼓掌。突然，出现了两个戴红袖套的，大声呵斥说，不许在这儿唱！哪个喊你们在这儿唱的？

围观的人一哄而散。

陈淑芬收拾好地上的东西，一只胳膊挎着木凳，一只手拎着网兜脸盆，站到那个瞎老头的前面。瞎老头背好二胡，伸手拽住她的辫子，两个人就一前一后走了。

我下意识地跟着他们，只见他们慢慢下了台阶，走到马路边上。马路上的人已经不多了，瞎老头紧紧拽着陈淑芬的辫子，有时他跟不上陈淑芬，陈淑芬的辫子就被拽得直直的，脑袋朝后仰。

原来，她的长辫子是用来给瞎老头引路的！

我被这意外的发现弄得心惊肉跳，难怪她不肯剪辫子。瞎老头是她爷爷吗？从来没听她提起过她有个瞎子爷爷呀。

我在他们后面跟了好长一段时间才回家。到家已经是晚上九点了。妈妈自然一顿训斥，我顾不上辩解，就迫不及待地把遇见的事告诉了她。妈妈叹了口气，什么也没说，过了一会儿又叹了口气，我感觉她很难过。

这么大的秘密，我实在是憋不住。

第二天上学路上，我就告诉了蓝蓝。我说了之后，期待着蓝蓝张大嘴巴瞪大眼睛的表情，我甚至打算约她一起去公园看。不料蓝蓝一副三百年前就知道的样子，慢条斯理地说，我晓得，那个老头儿不是她爷爷，是她老汉儿。

结果张大嘴巴的是我，那么老一个老头，居然是她老汉儿?

我说，你也晓得她晚上要去公园唱戏?

蓝蓝说，我不晓得，我只晓得她老汉儿原来是川剧团的琴师。

我好歹挽回了一点面子。看来，陈淑芬会唱戏也不是什么秘密。于是见到陈淑芬时，我脱口就说，昨天晚上我看到你了……你看到我了？在哪儿?她有些紧张，居然没口吃。

我连忙改口，不是不是，我梦到你了。

你梦到我在干什么呢？她问，还是有些疑心。

我说，我梦见你，那个，在唱歌，唱得很好听。

我一时编不出别的内容来，她的笑容马上消失了。

她知道我知道了，我知道她知道我知道了，但我们都没说破。我的心情很复杂：又同情她，又怀疑她；又想告诉别人她会唱戏，又怕别人知道她在唱戏。

但过了几天我还是按捺不住了，我问她，你老汉儿的眼睛是怎么瞎的?

她回答说，从小就瞎。

我又问，她又答。我们的谈话断断续续，结结巴巴，经历了好长时间。终于，我搞清楚了她老汉儿的基本情况。原来她老汉儿从小就有一只眼睛是瞎的，跟着一个拉二胡的学会了拉二胡，拉得特别好，就进了川剧团。哪知前些年，另一只眼睛也看不到了，全瞎了。她老汉儿因为不能上台演出，成天闷在家里，时常乱发脾气。

我想让老汉儿高兴，就带他到外头去拉，只要有人听，有人叫好，他就高兴得不得了。她全说了。

我总也忘不了那个画面，她老汉儿拽着她的辫子，在夜色里徐徐向前。我很想问，你老汉儿那样拽着你，不疼吗？可是最终没有问。我怕她会伤心。

我们不再谈这件事。我们还是谈花花草草。我们在农技课上学了果树嫁接，便想把它应用在我的小花园里。

星期天一早，我从家里拿了一把剪刀，一根长布条，还有一副线手套，陈淑芬则带了小刀，一共四样“作案”工具。

陈淑芬一见我就说，跟你说个“嘿好嘿好”的消息，我老汉儿今天晚上要去演出！是正儿八经的演出！在文化宫。他们川剧团排演《红灯记》，那个拉二胡的病了，喊我老汉儿去顶替。昨天晚上通知的，我老汉儿笑美了。

我第一次听到陈淑芬一口气讲出这么多话，而且完全没有磕巴，像唱出来的，太不可思议了。看来结巴也不是铁打的。我被她的情绪感染，大声说，噢，真的！太好了，我也要去看！

去嘛去嘛，你……你不用买票，到后……后台找我。

陈淑芬恢复了常态，大包大揽地邀请我。显然，她老汉儿去演出，是少不了她这个“拐杖”的。

我们顶着大太阳兴冲冲地走，陈淑芬被喜事鼓舞着，步子迈得飞快。太阳已经发威，把柏油路都晒软了，我感觉脚底发烫，眼前白花花一片。

我们来到距离学校不远的马路边上。那条路的两旁全是夹竹桃。六月里，夹竹桃无比茂盛，像一堵密不透风的绿色的墙。眼下它们已经开花了，红色的花和白色的花，都一嘟噜一嘟噜地坠着枝条。

我的远大理想是，通过嫁接，让一根夹竹桃的枝上开出两种颜色的花来。陈淑芬虽然对此表示怀疑，但也只把怀疑留在眼神里，没说出来。我说，试试呗，不试怎么知道行不行。

陈淑芬把长辫子在脖子上绕了两圈，然后挽起袖子，一副要大干一场的样子。我也戴上手套，按照书上的方法，先在开红花的夹竹桃里剪了一枝含苞待放的，把树枝根部削尖。再到开白花的粗干上去切切口。没想到切口很难切，虽然陈淑芬说她的小刀“嘿快”，其实远不够快，我切了半天才切开一点，还差点儿划到手指头。后来还是陈淑芬上手，费了好大劲儿才切了两厘米深的口。我把削尖的枝条插进去，不管三七二十一，用布条把它缠绕起来，缠了三圈，系紧，感觉很结实了，松了口气。

我捡了块石头放在那棵夹竹桃下面，作记号。陈淑芬觉得不够明显，她四下打量后，找到旁边一根电线杆，然后用脚丈量了一下，说离电线杆七步。嗯，这个好，比我的做法聪明。

书上说，嫁接的枝条，至少要一周的时间才能成活。我又反复看了看那个嫁接的地方，确认没问题，才离开。

我们两个大汗淋漓，我甚至感到有点儿头晕。那一刻我脑子里转的就一件事：一星期后，红色和白色的夹竹桃花开在一个枝头上。

那天晚上，我没能去看陈淑芬她老汉儿参加演出的《红灯记》，原因是妈妈不同意。她无论如何不允许我晚上十点才回家。我也没反抗，因为《红灯记》我已经看过好几遍了。

第二天陈淑芬兴奋地告诉我，演出很成功，老汉儿高兴坏了。老汉儿说等演出完了，要给她做一件新衣服。

后来的一天，我做了个奇怪的梦，梦见陈淑芬站在舞台上唱戏，可是光比画动作，没有声音。更奇怪的是，她剃了个光头。我问她，你的辫子呢？她说，我不想要辫子了。我怀疑地说，你不是陈淑芬吧？她笑眯眯地说，我就是。我说，那你唱一句让我听听。她转身就跑了。我去追，却怎么也迈不动步子，一着急，就醒了。

我觉得这梦很有意思，我竟然梦见一个光头的陈淑芬，她的长辫子不见了。我真想马上把这个梦讲给她听。

可是早上到学校，她却没来。我猜大概她连续演出太累了吧。我们那个时候不来上课就不来上课，很平常，所以我没太在意。但是下午她没来，第二天也没来，第三天还没来。

我跑去办公室问老师，老师说，陈淑芬吗，她妈妈刚刚让人带话来，说她受伤了，在人民医院。

我吓了一跳，原来出了这么大的事。

我和蓝蓝放学后就跑去医院看她。她果然躺在病床上，头上裹着白纱布。纱布很厚，从头顶一直缠绕到脖子上，一张脸被遮得只剩下巴掌那么大。

原来演出的第三天晚上，回家路上，他们被一辆板车撞了。那个板车拉的东西太多，下坡时控制不住，先撞倒了她老汉儿，她老汉儿又带倒了她，她的长辫子被搅进轮子里，拖拽了好一段。她的脑袋裂了一道口子，身上也是青一块紫一块的。

我和蓝蓝傻呆呆地站在床边。病房里有好几张床，病人和家属挤得满满的，很热。天花板上的电扇慢悠悠地转圈儿，扇出来的全是热风。蓝蓝问她，你不热吗？她说，不热。

我一句话也说不出。她的脸色很难看，嘴唇发白。我盯着她缠满白纱布的脑袋想，难道她真的成了光头？我想起自己做的梦，她光着头站在舞台上，好可怕，我居然提前梦见了坏事情。

陈淑芬见我不说话，反过来安慰我说，没有好大个事，再等几天拆线了，就可以回家了。我还是说不出话。她忽然说，对了，你要记着去看我们嫁接的夹竹桃哦。一个星期了哦。

可不是，差点儿忘了。我连忙说，我明天就去。

她说，肯定开花了。肯定好看得很。

第二天我早早就出了门，一个人跑到我们的“试验基地”去，满怀期待。真希望试验成功，看到白色的花和红色的花开在一个枝头上，像陈淑芬说的，好看得很。退一步想，就算没开出两种颜色的花，至少希望我们嫁接的枝条活了。这样我下次去看陈淑芬，就可以告诉她了。

可是，我怎么都找不到我们的“嫁接成果”了。

我记得我当时在树下放了块石头，可石头不见了。再按陈淑芬说的用电线杆定位，也没找到。我来来回回地走，一眼望去，所有的枝条都长得一模一样。我们当时是在白花夹竹桃上做的试验，但那一片白花夹竹桃依然白花花的，没有一星半点的红。我又钻进去扒拉开来，一根一根地看，就是找不到。

我失望至极，再也没去看陈淑芬。我不想告诉她坏消息，也不想骗她。

等我再见到陈淑芬时，已经是秋天了，又一个新学期来临了。

陈淑芬顶着一头寸发出现在我身边，像个男孩子。她不好意思地搔着脑袋，问，我是……是不是，很难看?

我安慰她说，没事儿的，头发很快就可以长长的。

她说，不，我再……再也不留辫子了，一……一辈子都不留了。

我吃惊地说，那你老汉儿怎么办?

她说，我老汉儿，走……走了。

她说这话时，依然笑眯眯的。我愕然。脑海里浮现出瞎眼老头拽着她辫子的画面，她的头朝后仰，像一根小小的拐杖。

我忽然想起那个我一直想问的问题，你的辫子卖了几块钱?

她摇头，说，没有卖，埋……埋了，和老汉儿一起。

哦。原来，她老汉儿把“拐杖”带到另一个世界去了。

陈淑芬真的说到做到，直到初中毕业，我们分开，她的头发都一直是短短的，比我的还要短。她还养成一个习惯性动作，就是随时甩一下头，好像在确定自己的脑袋是轻松的，没有拖累。

只是我很想知道，她后来嫁人的时候，有没有长发及腰。

（摘自《读者》2021 年第 6 期）

最美的风景

陈世旭

从广州白云机场起飞，飞上波涛汹涌的云海，飞到白云的故乡喜马拉雅，从云端来到贡嘎，来到拉萨，翻越令人止不住惊呼的米拉山口，忽然落下几千米，听到了湍急的河流欢乐的呼喊。

海拔六千多米的波密最高峰明朴不登山在远处闪闪发光。

波密，念青唐古拉山东段和喜马拉雅山东端的波密，帕隆藏布河谷和易贡藏布河谷中的波密，拥有十大名山和海洋型冰川的波密——其中卡钦冰川长 35 公里，面积 172 平方公里，海拔下达 2500 米，冰舌末端伸入森林，蔚为壮观。

盔甲山，石板岩层构成山顶，风化成悠长的台阶。积雪在石板崖上融化，呈现出古代兵勇盔甲的花纹。

米堆冰川，西藏最重要的海洋性冰川，世界上海拔最低的冰川。冰川下是针阔叶混交林地，皑皑白雪终年不化，郁郁森林四季常青，头裹银帕，下着翠裙。

印度洋暖湿气流沿雅鲁藏布江，进入帕隆藏布河，让这里长满了云杉、铁杉、松柏等高大乔木，原始森林中的云冷杉多数生长了180年以上，树高近百米，胸径超过两米，单株木材蓄积量达30立方米以上。这里成为鹿、熊、罴、豹、羚羊、金丝猴、小熊猫、黑颈鹤的天堂，成为核桃、苹果、葡萄、水蜜桃的乐园，成为遍布天麻、虫草、贝母、知母、党参、茯苓、大黄的宝库，还生长着小麦、青稞、油菜、松茸、羊肚菌、优质牧草。这是典型的山地温带针叶林，藜科、蔷薇科、豆科、龙胆科、菊科、乔本科、莎草科植物是主要的植被。

“波密”即“祖先”，保留着祖先的遗风。

玉许乡，星罗棋布的藏房缀满了海拔3000米的山坡。触摸它粗糙的肌肤，仿佛触摸一个久远的符号。山野上的女人，好像从远古款款而来。风中飘动的绛色裙摆，如同对面绵延的山势此起彼伏；沉默和微笑，都像是路边的树木，或屹立或摇曳。藏房的烟囱，袅袅炊烟升起，寺庙的法号低沉而悠远。夕阳下，羊角花烂漫开放，倾听着牦牛群的铃铛敲响的世外天音。

乡村蛰伏于峡谷深处，延续着古老的民俗，像是世外桃源。叠翠的山峦，湍急的河流，深色的藏房，洁白的头帕，哈达与长袖，藏戏与锅庄，演绎着仿佛凝滞的生活。

林珠沟观音湖，看上去异常平静，流淌在太阳、月亮、白云、雪山、土地、劳作以及睡梦中，只有仔细谛听，才能得到时间深处的消息。

那个傍晚最让我动容的是晚饭时见到的那个端酥油茶的卓玛。在那间斑斓的藏房里，她带着幽谷的清香缓缓从客人身边走过，给所有人上过酥油茶，便静静地把铜壶搁在窗台，然后倚窗而立。高高的鼻梁上大大的眼睛迷离而潮湿，柔润的手无端拂拭已经铮亮的铜壶，似乎在翻阅渐渐成长的情怀。窗外，也寂静也灿烂也冷清也温暖，不知从哪里传来琴弦拨动的声音，弦韵为酥油茶的暖烟所滋润。轮回重复的恬淡岁月，填满了希望的华年。一行行来自远古的歌谣，行云流水般涌进心房。

很久以后，我依然觉得自己沉醉在那个花香泛滥的黄昏。我多么愿意每天傍晚在那间斑斓的木屋里啜饮卓玛端来的酥油茶，然后看她在窗边默默地伫立，像飘在云上的一朵花的剪影。

忽然有了这样一天：一群来自南中国同样神奇的珠三角的客人，让最原始的山谷，响起了最前卫的声音。

他们是广州市黄埔区的援藏帮扶工作队。

仿佛时间和空间都发生了位移，恍如一种穿越：客人从时代的最前沿忽然回到久远的过往；主人在古老的记忆中忽然被推进一片崭新的天地。对于客人，主人仿佛是久违的长辈；对于主人，客人仿佛是天外来客。

主人沿袭着古老的仪式：献出了洁白的哈达，献出了醇厚的青稞酒，献出了深情的歌唱和热烈的舞蹈。

客人展示着现代的风采：带来了创新思维，高起点谋划、高效率实施的理念，“输血”为民、“造血”强乡、强化自我发展的能力，由产业扶贫带动经济发展的帮扶计划；带来了村居改善、文化建设、教育医疗、干部培训、社会事业、经济发展的示范；带来了家庭旅馆运营、绿色能源开发、旅游资源和土特产品“双龙头”模式；带来了捐赠资金、异地光伏发电项目、“百企帮百村”、“公司+农户+市场”产业园区，以及国际食品食材展销博览会的邀请；带来了乡医培训及交流、医院基础设施改造、远程教学、学校之间长效的对口帮扶、教育现代化的建设；带来了电吉他、电贝斯、电子琴、爵士鼓、钗片、双喇叭音箱、调音台、功放、效果器，甚至是话筒、琴弦、乐器线，组建了乡里第一支藏族摇滚乐队“康布美朵”；带来了当地优秀学生和未就业大学生到国际大都市交流学习的机会和就业岗位……

他们走遍了全乡所有行政村，帮扶具体到乡村干部冬季取暖、办公条件的改善。他们说，有一种情谊叫粤藏同心，有一种激励叫共同发展。

来时带来了粤海微微的暖风，走时带走了藏乡浓浓的花香。在主人们合十的掌心里，客人们放下了最美好的祝愿。此后，在他们枕着南海波涛的甜梦里，永远会有不熄的酥油灯，永远会有在风中哗哗作响的五彩经幡，永远会有漫山遍野的格桑花。远古的流风与眼前的现实交织成迷幻的梦境。我为此感动不已。所有这些，听起来似乎有一些枯燥，却像阳光、空气和水一样温暖、清新、甘甜。

这是一种爱，一种人间大爱。不需要罗列任何数据，因为没有任何数据可以衡量这种爱。这种爱，是最美的风景。别了玉许，别了波密，别了西藏。从此不论走到哪里，我都不会忘记这样的风景。

（摘自《光明日报》2020 年 10 月 9 日）

养一缸荷，养一缸菱

许冬林

从前，我在院子里养了一缸荷花。春三月，荷钱出水，亭亭举起一个个卷轴，慢慢在风日里摊开，成了小小的荷叶。一早一晚，我就喜欢在那缸新荷边转悠，忽一日，觉得应该给这一缸荷移来一个邻居，不然太孤单了。

一直觉得，在植物的世界里，水生植物最有仙气，如菱，如荷，如芦苇，如菖蒲……

于是，就想到了养一缸菱角。生活在水乡，寻菱不难，春末夏初，菱角秧浮出水面，密了，会被农人扯上来，扎成一把，拎到菜市场卖，那菱角秧的根下常常还悬着一个牵肠挂肚的黑色老菱角。

我买了一把菱角秧，又辗转寻来一口大陶缸，填了土，灌满水，种上菱角，让它陪在荷缸旁边，让荷与菱从此在对望中生长。

初夏的阳光丰沛充足，特别能喂养植物。荷缸里，荷叶一杆杆挺上来，仕女游春一般，风起时，翠色罗裙飘扬；菱缸里，菱角的叶子渐渐铺满水面，叶面上仿佛滚了一层蜡，明晃晃地闪耀着光亮。

这是一对相宜的邻居，仿佛两个气息相近的女子，彼此皆不寂寞。下雨的时候，雨水打在荷叶上，点点滴滴、泼泼洒洒，我仿佛听到荷叶们在讲一个悠远的故事，讲给菱角听。不起风也不下雨的时候，荷与菱就各自静静地生长着。有时候，小蜻蜓从荷叶上飞起，又飞进了菱缸里，落在翘起的菱角叶上，仿佛殷勤的信使。

夏末秋初，荷花凋零，荷叶丛中一只只阁楼似的小莲蓬躲躲闪闪。摘莲蓬，剥莲子，给小儿吃，自己也吃。莲子清甜细嫩，仿佛初心。菱缸里，碎碎小小的白色菱花开过，粉红、紫红的大菱角也隐身不了了。原来，荷与菱，都不曾虚度光阴，都捧得出自己的果实。

既是风景，也有实用价值，两缸植物在彼此的陪伴下，让各自的生命呈现出最大的张力。

就这样，在两口最朴拙的大陶缸之间，我的光阴，就像诗句里的江南，是莲也多，菱也多，水也多，小心思也多。

常常会恍惚，是一缸菱陪着一缸荷，还是一缸荷陪着一缸菱？是我陪着这两缸仙气袅绕的水生植物，还是这两缸水生植物陪着我度过了寂寂光阴？

我在看荷赏菱的时候，内心是饱满的，不觉得自己离它们遥远，不觉得自己卑微，只觉得生之无限美好，是静静的欢悦，是不忧不惧地生长。

生命，许多时候需要一种对望，就像荷与菱，就像我与两缸水生植物。我们并不总是孑然独立，我们需要有一个气息相近的生命，不远不近，与自己默然对望，无须多言。在这样的对望中，我们深深感受到自己正独一无二地存在着，感受到时间的流动里充盈着芳香和深远的情意。

有一年冬天，一个深夜，我开车三个多小时，穿过覆盖了深雪的柏油路，无比感动地回家。那一天，我和几个朋友在一起，是气息相近的朋友，窗外下雪了，窗外雪大了，路上雪深了，我都不急。我宁愿大雪封路，把我困在一壶热气腾腾的茶前。

在时间无涯的水泊之上，我和我的朋友，我们是菱，是荷，是芦苇，是菖蒲……我们默然对望，彼此珍重。我们珍惜一次偶然的小聚，即使大雪纷飞，也不愿轻易言散。

我大约是个“两栖动物”：有时候，我热爱纯粹的孤独，不愿意被人打扰；有时候，我希望自己是一缸婆娑葱翠的荷叶，身边有一缸默默无言的菱陪着。

在最热闹的场合，我是一座最寂寞的岛屿，独自怀拥万千孤独，只与头顶的星光相望。

在最孤独的光阴里，我努力长成一缸茂盛的荷叶，静静地，静静地，等待着，相信着……

（摘自《读者·原创版》2017 年第 7 期）

声在树间

于　兰

村庄的每一个地方、每一种动植物、每一个人物、每一则故事都是作者描写的对象，枣树林、葡萄园、西瓜地，向日葵、萝卜花、扁豆花，野鸭、野兔，做暖鸡生意的二闷、离家出走的妹妹、编竹筐的舅舅，偷桑葚、地窖取瓜、自酿葡萄酒……作者以优美的语言和细腻的笔调勾勒乡村的风景，并赋予它们温情。

父亲育苗的温床

当我们在城里闻到烤地瓜的香味，馋得要流口水时，从来没有关心过地瓜这样平凡的东西是怎么长出来的，反正就是农民在田里种出来的。

在我的记忆里，有那么一季的地瓜花，开得绚烂而美丽，在我人生中像开放的烟火一样艳丽夺目。

父亲在我们村子里是少数喜欢“琢磨事”的人。比如，他会做空心挂面，就是《舌尖上的中国》曾经记录的那位老汉做的那种很细但空心的面。有一年，他还召集起一些人来家里帮忙，偌大的院子像工厂一样，他们做起了地瓜粉条。父亲做的空心挂面和地瓜粉条都非常好吃，原生态，那时候只懂传统的手工艺，根本不懂添加剂一类的东西。有一年，他琢磨着育地瓜苗，育苗的时间是春分，过一个月后，这些育好的地瓜苗会被移栽到大田里去。

不懂育苗的人就要到集市上买人家育好的苗，父亲觉得这个可以赚点钱，于是就育起了地瓜苗。育地瓜苗要先垒起像土炕一样的温床，盘起的炕像冬天人们住的土炕一样，有一个烧火的地方，有火经过的通道，以及火冒出的通道。我只记得父亲偶尔让我去烧育苗床，柴火燃烧起来，热气就在整个的育苗床上流动，烟从对面的出口出去。我曾掀开育苗床上的草苫子，那时候父亲已经将地瓜种在土下，一个又一个地瓜，每个地瓜上可以发很多个芽，这些芽慢慢长大就成了苗。刚出来绿油油的苗很好看的，下面烧火是为了保持温度让地瓜以为春天来了可以发芽了，盖上草苫子既保暖又通风，确保那些小苗不会疯长干尖，也就是最上面的叶子发蔫发干。每天还要有一定的时间把草苫子掀开通光通风，但一天中哪个时间掀开草苫子、掀开多长时间，这些我都忘了。

那些挨挨挤挤的地瓜苗，它们提前享受着春天般的温暖，它们跟着温度一起走，它们鼓励着自己，努力地冒出芽并生长着，它们是一群那么有爱心的小天使，是它们召唤真正的春天到来。当地瓜苗长到拃把长的时候就可以从炕上不停地提苗了。从长得最密的地方把地瓜苗拔出来，剩下的地瓜苗会因为有了空间长得更好更快。每二十或每十个苗为一小捆。到集市上卖的时候就是一捆多少钱。当然我们自己大田里种地瓜，也用自己育的苗。大田里耕种施肥起垄之后，每个高垄上按行间距铲些小坑（我们那里是沙土地，最适宜地瓜生长，但也会缺水缺肥等），然后把小苗放进去，浇上水，水干之后，再往小苗的土窝里再倒一遍水，等一会就将小苗扶正，周围的干土堆进去摁结实就好了。第一天如果天太晴的话这些小苗都会低着头，叶子也发蔫。但是三四天后这些小苗就适应大田的环境了，地瓜是最容易生根的庄稼，所以它们的根也很快就会在土壤里扎下并开始生长了。看上去很简单吧？但就像我上中专时在农校里，这些所有的农民会干的活都是技术活，每一堂课会给你讲如何让这些庄稼长好。书读起来不如父亲教我们干活那么好学，觉得很枯燥，想起小时候大人吩咐干的活，每一项都很单调，但又不能不做。夏天地瓜秧已经爬满了整块地，雨量大的时候，地瓜秧的每一节都能长出虚根然后扎进土壤里，这样就要不停地到田里一垄一垄地翻地瓜秧，就是怕它们扎下的虚根时间长了成了实根，很难拽起来，这样田里只长地瓜秧，结的地瓜就小了，因为那样养分大多都分散了。我想，这些可能是农学专业的我在书里见不到的。原来很多传统品种的地瓜很少开花，花朵也不显眼。后来种上了一种产量高的新品种地瓜，初秋时地瓜田里开了很多地瓜花，下面筒状的是白色的，颜色较浅，上面越来越深，变成粉色和浅紫色的了。终于，我们等到了地瓜的开花季，那一季的花开得太美好，以至于到现在都会想到它们。

那一季的地瓜花

就像春天在不经意之间到来一样，那一年种的地瓜都开花了，大人们都已经麻木了，只有我们这些小孩子才会注意到这个初秋的不同。我们去田里翻地瓜秧，累得手臂酸痛，想说这地瓜秧生命力太顽强，在每一个节点它都能长出根来扎进土壤中。也因此，无论是田野里这样的庄稼还是大自然里生长的野藤类植物，我都对它们有着敬畏之心。一只被人们遗弃在野外的葫芦，因为形态不太美，冬天藤条和叶子枯萎了，它才露出来。因为接近地面，它的身上沾满了泥土，又因为寒冷，它被冻僵了，我把它拿回家，在有暖气的房间里，它迅速干了，最底下在泥土里有些腐烂的地方出了黑白色的霉点，原本圆形的地方凹陷下去，瘪瘪的，一点也不美。有人会问，你怎么还留着它，这么难看。我说我也不知道为何留着它，这只饱经风霜的丑葫芦。在离老家不远的一块菜园里，每个季节有不同的菜，黄瓜就太平常了，长老了的，继续让它长着，变成黄色的大大的黄瓜，用它做来年的种子。那一畦黄瓜到了生命的最后，藤快干枯了，叶子发黄了，每棵黄瓜秧上都会结出最后一根黄瓜。它非常瘦小而且弯曲着，因为黄瓜秧已经没有多少养分供应了，但到最后，这根黄瓜藤会用尽最后一丝力量，让这根弯曲的小黄瓜尽量长大一点。这时候去田里，可以看到生命在田野里最后挣扎的痕迹，遍地的干藤和发蔫的黄色叶子，在风中凋零的样子，还有尚在藤上的那一个个小小的弯曲的黄瓜。在以前人们肯定早已丢弃了，这两年，我亲戚做蔬菜生意，有时从田里收购来的这些弯曲的小黄瓜很快被抢购一空。我想，可能人们觉得这黄瓜长得肥肥大大时，肥水充足，但会用农药，而这最后的小黄瓜，一棵黄瓜用尽最后力量长出的，更加有机吧。很多家庭都会把它们腌制好，说这小黄瓜更香更有味道。就在地瓜开花的那一季，我们在田里遇到了成燕，一个邻村的女孩子，她比我们大，但不知大多少岁。相对于她，我们只是黄毛丫头，对她的敬仰是因为在乡村很少有这么漂亮的姑娘，到田里干活怎么也晒不黑的白皙皮肤，美美的大眼睛。因为她家的地离我们的很近，那天她像仙女一样来到我们翻地瓜秧的田里，她告诉我们，把带着花的地瓜叶从叶茎部掰下来，细长的茎很脆，然后再掰，掰成指甲长的一段一段的，但中间有叶茎的皮连着，就如同手链一样，这样就做成了耳环的样子，将一头挂在耳朵上，就像是戴着漂亮的耳环一样。她给我们示范着，我们很快也做成了耳环，戴着感觉特别美。而她穿着小碎花的黄色上衣，戴着两只开着花的耳环走了，她奔跑的样子真美啊！

后来我们上高中上中专，直到好多年后回家看到已经不那么美的成燕，问起来，人们讲述着她的经历，说她当年谁也不肯嫁，一心想找个城里的工人，到城市里生活，不要在这乡村里整天跟庄稼打交道了。眼看着她错过了一个又一个好小伙子，同龄人都结婚有孩子了，她还在坚持着自己的“高标准”。直到有一天，她迷上了我们村的一位赤脚医生，但他已经有妻儿了，最后，赤脚医生离婚娶了她。村里人不停地议论她，离她远远的。这些年是那么漫长但又好像只是一瞬间，我们又见到了成燕，她得了绝症，骨瘦如柴，在病床上弯曲地躺着，我们要为她捐款，但她拒绝，也拒绝治疗。我们知道谁也改变不了她的决定，她说她不会在生命的最后把家里的钱全都用光，她会安然离开这个世界，不让自己的家庭和孩子跟着过穷日子，她过了一辈子穷日子了，要说她还有力量的话，这是她唯一的力量了。

生命垂危之际的成燕让我想到那只葫芦和那些弯曲的小黄瓜，她并没有多么了不起，但我总能想起她戴着两只开着地瓜花的耳环漂亮奔跑的样子。那一季的地瓜花啊，在阳光洒落的日子里，在雨滴敲打着屋檐的日子里，那绚丽多彩的地瓜花像希望像梦想一样美丽。

（摘自《文学报》2020 年 1 月 18 日，有删改）

诗意的木窗

任崇喜

到古镇去，拜访一位老艺人，没想到就看到了它。

是一扇木窗，朱漆剥落，上面雕满了花纹，古韵盎然的木窗格明示这是一款古代背景的戏，桃花、假山和人物营造出一种深邃幽然的历史气息，直生生地扑在你的面前。我看不出它的年代，还有曾经的故事。老人告诉我说，它是清朝的物什，是专门从民间收购来的。

记得小时候，家里的东屋安的就是木窗，窗棂是用木条隔成的小方格图案，每个方格大约有半个火柴盒大，采光、通风却很好。冬天阳光倾泻下来，随着窗的摇动或光影的深与浅，浮尘在斜斜的光柱中起舞，略略潮湿的地面被烘烤出一种暖意。夏日微风挟着凉爽从前窗进入，空气清新，暑热带着汗水从后窗走出。儿时的我自然想不到雨雪敲窗簌簌有声的意味，只是想这样的木窗有些怪，为什么要做的这般麻烦呢?

有木窗的房子必定面对空旷。窗外一定有树，树的缝隙间是天空，树上一定有鸟，窗子巧妙地镶嵌了四时变化之景，倚窗闲眺，可以看见巷子人家的炊烟生活。正对着窗的是条小巷，两边伫立着的是青砖青瓦人家。夕阳轻洒余晖时，仿佛有过往的旧事逸散出来，小巷深处影影绰绰透出点绿的烟翠，那是从斑驳历史中延伸出来的一抹生动。我看到过许多老房子，在木窗之上，卷草、菊花、月季、玫瑰经常以盆景或散列的方式镂刻，花蕊及叶片秀丽逼真；龙、凤、鹤、鹿、蝙蝠图形，总是很巧妙地嵌在窗上，栩栩如生。看一扇窗子，其享受可超过一幅图画，其造型、变化、奇巧让人回味无穷。有的老房子已完全披上厚厚的藤蔓绿叶，只留下一扇大木窗，这青葱掩映下的窗子与中国古代文人对绿的沉醉十分相似。张岱说："读书其中，扑面临头，受用一绿，幽窗开卷，字俱碧鲜……"在青簇簇碧团团的窗下开卷阅读，岂不舒心快意？只不过，这巷子深处人家，少的是读书人。尽管少些书卷气息，巷子人家仍不紧不慢地生活着，恬然、自然、宁静，无不透露着一种古典的暖老温贫气质，让人着迷沉醉。

忽然想起了一个词：倚窗而望。

倚什么样的窗呢？一定是木窗。东晋大诗人陶渊明"倚南窗以寄傲，审容膝之易安"中的"南窗"，一定是木窗，而且是有木格子的那种。卞之琳的"明月装饰了你的窗子，你装饰了别人的梦"中的"窗子"也一定是木窗，爱情的意味就是古典的。倚着木窗是有道理的。原色的木窗，总是令人想起一些朴素的人、朴素的事、朴素的情感，如同木的本质一样朴素。古代读书人冬季在南窗下读书、睡觉，夏季在北窗下纳凉。五柳先生曾说："夏月虚闲，高卧北窗之下，清风飒至，自谓羲皇上人。"白乐天也说："清风北窗卧，可以傲羲皇。"在三伏天，"无客尽日静，有风终夜凉"，该是何等的惬意与闲适，令当代人艳羡而咂舌。"开高轩以临山，列绮窗而瞰江"的闲趣毕竟太少，在睡觉与读书之外，倚木窗而望的生活，似乎都有一种略略伤感的意象。窗外秋水残月、花痕叶影，使人痴思默想，要不怎会有"纱窗日落渐黄昏，金屋无人见泪痕"，还有"淡月澹云窗外雨"呢？女诗人李清照“守着窗儿，独自怎生得黑”中的“窗儿”被雨水洇湿，雨珠如帘，牵挂与忧伤自然如烟如缕……

如今，木窗少见，雕工精美的木窗在民间已属凤毛麟角，如同一种生活，在悄悄地远离……

（摘自《天津日报》2019 年 9 月 6 日）

时光中的小院

朱佩君

一场大雪无声无息地悄然来临，瞬间将我的农庄小院装点得银装素裹。我抬头仰望着这北京的夜空，思绪万千。洋洋洒洒的雪花如白羽毛般在空中舞动，晶莹剔透，婀娜曼妙，与庭院的灯光交相辉映，呈现出诗一般梦幻的意境，仿佛奏响了一曲欢快迎春的圆舞曲，湿润了我的乡愁，脑海里回放起那些年我曾住过的小院。

我的家乡在三原，是陕西著名的文化大县。幼年生长在乡村舅舅家的我，直到一九七五年，我七岁那年才回到县城上学。

那年代，县城居民的住房是由房管所统一安排，我们家居住的院子叫杨家院，位于县城关镇盐店街丁字口。杨家院历史悠久，民间流传着“先有杨家院，后有三原县”的说法，是一个有故事、有底蕴的院落。

杨家院坐西面东，分为南院和北院。我们家住在北院，北院里住着六户人家，他们都在不同的单位上班。当踩着石砖铺砌的小巷，走进北院，最先看到的是一个葡萄架，再进去便是南北相对的两排厢房。顺着凸凹不平的小窄巷走到头，便是我们家。

南院有个小姑娘叫刘建，聪明活泼，是我最好的玩伴。她父亲在盐店街上的寄卖所上班。那时候，我俩常常溜进寄卖所去偷看那些个稀奇的玩意儿。有变了形的旧高跟鞋、老式摇把电话、有着喇叭花型的留声机、烟袋锅子上镶嵌着翠绿翠绿的小烟嘴，还有镶着金边的茶色老石头镜，两个镜片圆溜溜的……那些场景至今回想起来依然清晰。

南边的厢房里住的是中山街小学的音乐老师，也是我的音乐老师——周老师，他独自带着女儿生活。因为周老师的教学方法太守旧，所以学生们都没太多兴趣。直到有一天，来了一位年轻帅气的宗老师，课堂上顿时沸腾起来。他风趣幽默，多才多艺，“我家小弟弟，半夜笑嘻嘻，问他笑什么？梦见毛主席。哈哈——哈哈哈——梦见毛主席。”轻快的手风琴伴着洪亮的歌声，一下征服了我们这些顽皮的小孩。相形之下，周老师难免会有些失意。老爸晓得此事后，便把周老师请到我们家，一小盘花生米一壶小酒，他俩围在火炉边促膝长谈。

北院最美的地方当属我家门前的那一片花园了。有鸡冠花、大丽花、菊花等草本花种，还有一棵漂亮的大石榴树。小时候淘气犯了错，难免会被老爸揍一顿，后来学机灵了，一瞅见老爸要发火准备抓笤帚时，我便“嗖”地转身就跑，然后猴子般敏捷地爬到石榴树上。老爸怒气冲冲地站在树下，用笤帚把儿指着我厉声喝道：“快给我下来！”我站在树杈上，挥舞着小拳头，一副顽强不屈的样子，还唱了起来：“打不死的吴琼华，我还活在人间……”惹得邻居们捧腹大笑，老爸也被气得哭笑不得。

小院里的邻居都非常友善，相处得其乐融融。葡萄熟了的时候，南院的刘伯伯就会把剪下来的葡萄挨家挨户地送去，让大家品尝。石榴收获的季节，大家总是开心地一起采摘。父母下乡演出时，邻居叔叔阿姨时常关照我们姐弟仨，谁家做了好吃的都给我们送来。小院里的孩子还成立了学习小组，进行学习竞赛，也争做好人好事。春天，我们一起给学校的猪场打猪草；夏季，我们响应政府号召和大人们一起“除四害”，包括苍蝇、蚊子、老鼠、蟑螂，我们还一起给县里的纸箱厂糊纸盒。

在那个物资十分匮乏的年代，没有网络、没有游戏，更没有 MP3、没有手机，除了偶尔看看剧场演出的秦腔戏和各类文艺宣传队的节目外，收音机“小喇叭”里的孙敬修爷爷是我们童年最亲切的朋友。每当“嗒嘀嗒、嗒嘀嗒、嗒嘀嗒——嗒——嘀”的声音响起，孙爷爷就开始讲故事了。下午三点四十，小伙伴们拿着小板凳准时围坐在花园里的石板桌前听“小喇叭”，这个画面如旧照片般被定格在那个年代，封存在我的记忆中。

“忽如一夜春风来，千树万树梨花开。”祖国唱响了春天的故事，人们的日子也一天比一天好起来。

一九八二年，是我考上省艺术学校的第二年，我家搬出了杨家院，被重新分配到东关体育场对面的老式四合院居住。两间平房、一间小厨房，房子宽敞了，爸妈脸上的笑容也多了。家里陆续添置了像样的家具，还有凤凰牌缝纫机、电风扇。暑假的一天，老爸兴冲冲地跑回家，将砖块大的黑匣子摆在我们面前。他神秘地说：“这叫录音机，能够把人的声音保存起来。”我们好奇地睁大眼睛瞅着眼前这神奇的物件。老爸兴奋地说：“我喊开始，你们就说话。预备——”我紧张地屏住呼吸，“开始！”老爸话音落下，现场却鸦雀无声，唯有老妈踩缝纫机“咔咔咔”的声音留在了那个新奇的匣子里。

一九八三年，我们家又买了令人羡慕的九寸海燕牌黑白电视机。在激动人心的除夕晚上，邻居们围坐在我们家狭窄的房间里，聚精会神地期待着中央电视台第一届春节联欢晚会。在欢快优美的旋律声中，著名相声演员马季、姜昆，喜剧演员王景愚，当红影视演员刘晓庆，作为第一届春节晚会的主持人亮相在屏幕上。新形式节目的出现让大家耳目一新，李谷一演唱的《拜年歌》《难忘今宵》，索宝立、牟玄甫演唱的黄梅戏《夫妻双双把家还》，郑绪岚演唱的《牧羊曲》《大海啊，故乡》《太阳岛上》等等都成了久唱不衰的经典。从此，中央电视台的春节联欢晚会成为全国观众喜闻乐见的一个娱乐形式，成为老百姓每年除夕夜不可或缺的视听盛宴。不知不觉中，“春晚”已伴随我们走过三十七年的岁月。初到北京时，总是认为“此心安处是吾乡”，如今，二十年过去了才发觉，最眷恋的还是魂牵梦绕的家乡。每到过年回家，我总是下意识地走到杨家院、东关的大杂院，这些儿时生活过的地方去看一看，虽已物是人非，但看到家乡日新月异的变化，心里总是感到暖暖的。而今年纪越大，思乡之情也愈加浓厚，脑子里总是闪烁着四十多年前在小院里生活的那些个生动的画面和那些难以忘怀的人与事。几十年过去了，曾经的他们还都好吧？

（摘自《中国文化报》2020 年 1 月 14 日）

蓑衣琐忆

梁孟伟

水库快要建成，家园终将不再。我冒着秋雨，赶回家乡，准备挑选几样东西，留作一点纪念。

老屋像那瘦弱的爷爷，瑟缩地匍匐着，等着我的归来。苍苍的砖墙布满地图似的水渍，粼粼的瓦片荡漾鱼鳞似的波纹。没有玻璃的门窗黑洞洞的，像老人掉光了牙齿；无人整理的庭院长满荒草，就像久未剃刮的乱须……那一把把竹椅，嘎吱过多少岁月的喟叹；那一张张眠床，辗转过多少幸福的向往；那一把把锅铲，炒制出多少饭菜的芬芳；那一弯弯镰刀，收割过多少生活的希望……这里的每一样家具都镌刻着我生活的印记，每一样农具都记录着我成长的经历。我在泥地上捡起遗下的欢笑，在燕窝边找到失落的梦想，在扁担上嗅到温馨的汗香，在锄柄上看到淡淡的血痕……我寻觅着，挑选着，最后要了一张梁床，那是父母给我做的婚床；一张方桌，那是家人经常欢聚的地方……离开前，我再一次抬头四顾，看到墙壁上那件蓑衣，真有一种“蓦然回首，那人却在灯火阑珊处”的欣喜，“他乡遇故知”后“惊定还拭泪”的惊奇。当我庄重地取下那件蓑衣，抖落上面落满的灰尘，旁人纷纷递来不解的眼神。

是的，蓑衣早已失去了实用功能，也没有什么审美功能。身似刺猬，形同蝙蝠，面貌棕黑，不要说什么颜值，甚至有些丑陋。但我还是小心翼翼地把它放进车的一隅。

生活在二十世纪七十年代的江南，都知道蓑衣对一户农家的重要。那时每户人家的墙上壁间，或猪圈茅舍，都挂着大小新旧的几件蓑衣。既用来挡风遮雨，又可以抵冷御寒，成为家家户户不可或缺的生产生活工具。

一年四季江南，风霜雨雪相伴。蓑笠似乎成了乡亲的标配。不管如牛毛，像花针的春雨；“对面雷嗔树，当街雨趁人”的夏雨；“翻手作云覆手雨，纷纷轻薄何须数”的秋雨，还是“忽如一夜春风来，千树万树梨花开”的冬雪，都离不开蓑衣笠帽的遮挡和庇护。

最初的蓑笠大概多由苇草和竹叶编织而成，所以称“青箬笠，绿蓑衣”，但这种蓑笠容易破损。近代的蓑笠用棕榈丝制作而成。特别是蓑衣，先用棕榈丝搓成细绳，然后编织成厚厚的棕榈垫，在里层和周边再衬上棕榈片，编织成有披肩，有领空的形状。新蓑衣呈棕黄色，两翼像展开的蝶翅；旧蓑衣变棕黑色，双羽如收拢的鸟翼。

阳春三月，烟雨笼罩。乡亲披蓑戴笠，驱牛挥鞭，身前犁开紫云英海，身后翻起一片乌金。灰中带亮的雨丝编织着雨幕，黑翼白腹的燕子来回穿梭，好一幅雨中春耕图。犁耙以后，田似明镜；春雨沙沙，如撒银粉。人们披蓑戴笠，前倾后翘；左手捏秧，右手播绿，又一幅春雨插秧图。

我们披蓑戴笠俯身种田，蓑衣蜷曲成雨中的刺猬。如果我们直腰歇歇，球成一团的蓑衣立刻舒展开来，变成一件临风展翅的漂亮披风。当我们走上田埂，多而规整的蓑毛，都朝一个方向倾斜，我们仿佛披着斗篷，在水天之间逡巡。

试想一下，悠然南山下，纵横阡陌间，三三两两的牧童，圆脑袋顶着圆斗笠，身上披件鹤氅似的蓑衣，下身跨着圆鼓鼓的水牛。圆圆的小嘴吹奏着圆圆的短笛，圆圆的短笛迸溅出圆圆的乐曲，圆圆的乐曲感动了圆圆的雨滴，圆圆的雨滴又变成圆圆的音符。色彩是那样的亮丽，构图是那样的和谐。试想一下，霏霏春雨之中，漠漠水田之上，三三两两的农民，面朝水田背朝天。水田上圆形的笠帽，房形的蓑衣，像一艘游动的船，又似一间漂移的屋，更如一朵盛开的花。面对土地的虔诚，背负苍天的信任；叩谢土地的馈赠，感念春雨的隆恩，都在一俯一插之中完成。这时的蓑衣恰似一领祝祷的乐章，一篇敬天的祭文。而老天通过春雨的方式，叮叮地轻弹着人们的笠帽，沙沙地摩挲着大家的蓑衣。

穿着蓑衣挑担，又是另外一种风景。每根扁担串起蓑衣两翼，每支队伍显得威武整齐，像春池中的鱼贯，如白云上的雁阵。雨丝纷纷，重担悠悠，脚步阵阵，吱嘎声声。春雨中每顶笠帽旋转成一曲激情的圆舞，每件蓑衣飞洒成一帘缤纷的银幕。雨中蓑笠总是珠围翠绕，雪中蓑笠又是冰清玉洁。一夜北风紧，开门雪尚飘。我们没有“孤舟蓑笠翁”那样的潇洒，更无“独钓寒江雪”那样的闲暇，而是冬闲不闲，挑大寨田。大雪中，纵然红妆也苍苍，少年一朝尽白头。霜满笠帽，在为你加盖；雪落蓑衣，在为你添衣。但只要轻轻一抖，蓑笠上的雪花就会银裂玉碎，纷扬坠落。接着雪又轻扬细洒，不一会儿又把你打扮成一个雪人。这时的小伙伴，仿佛变成一个个小矮人；这时的小姑娘，每一位是白雪公主。

三九严寒，滴水成冰；缺衣少被，缩成一团。冬夜显得漫长而寒冷，裹在被中还索索发抖，这时父亲会拿来一件蓑衣，轻盖在我那薄被之上，一股暖流就会流遍全身。家中水缸菜缸，为防冰破渗漏，只要覆件蓑衣，就不会结冰。大冷天盖物暖体，雨雪天挡风遮雨，歇脚时又可解乏小憩。蓑衣穿在身上是件衣，放在地上是张床。每逢歇工间隙，找个背风挡雨的地方，脱下蓑衣往地上一铺，就势往地上一躺，不怕湿了衣裳寒了身子，覆上笠帽闭上眼睛，不一会就会呼噜四起。

这样的场景总让人想起唐诗《牧童》的意境："草铺横野六七里，笛弄晚风三四声。归来饱饭黄昏后，不脱蓑衣卧月明。"一片有着绿绒一般质感的广阔原野，一管有着阳光一样光芒的竹笛，牧童归来吃饱饭后已是黄昏，就拥蓑而卧席草而躺，沐浴在流水般的月光之中。质朴艰辛的生活因了山水牧歌充满了情趣，这份情趣又让牧童用短笛吹奏成了经典的场景。这时的蓑衣变成传说中的所罗门飞毯，乘着它就可以飞向快乐幸福的地方。

其实从诗经开始，我国就不乏描写蓑衣的诗歌：《小雅·无羊》就有"尔牧来蓑思，何蓑何笠"的吟诵，意思是你到这里来放牧，披戴蓑衣与斗笠。唐代张志和的《渔歌子》是幅清新的画："青箬笠，绿蓑衣，斜风细雨不须归。"戴着青色的箬笠，披着绿色的蓑衣，沐浴着斜风细雨，沉浸在垂钓的欢乐和美丽的春景，久久久久地不愿归去。柳宗元的《江雪》更是幅空灵高洁的图："孤舟蓑笠翁，独钓寒江雪。"一叶孤单的小船上，有位披蓑戴笠的渔翁，独自在大雪纷飞的江面上垂钓。还有宋代李纲的《望江南》："箬笠但闻冰散响，蓑衣时振玉花空。"斗笠上只听见雪弹子敲打的声响，蓑衣上不时抖落堆积的雪花。还有苏轼的《浣溪沙》："自庇一身青蒻笠，相随到处绿蓑衣。"还有王士桢的《题秋江独钓图》："一蓑一笠一扁舟，一丈丝纶一寸钩"……好像这景色一半属于蓑衣，这诗意一半也是属于蓑衣。

一蓑风雨，一叶孤舟，一片兰浆，一弯明月，蓑衣在诗歌中张开美学的羽翼，翩翔在诗与哲的空明之中，如神灵一般幽黑而深邃；又如达摩的一苇渡江，把无限的禅机融入一片沧溟。这里的蓑衣孤单而隐居，高远而深邃，犹如一位沉思的鸿儒，一个化外的高人。其实蓑衣穿着很不舒服，看起来也不美观。随着雨水不停地倾泻，蓑衣会变得更加潮湿，更加厚重，劳作时成为沉重的负担。而且蓑衣上的千丝万针，针针扎向你的肌肤，毛茸茸、刺喇喇地，好像针灸着你，刺戳着你，砂磨着你，让你浑身难受。更有笠帽下的张张黧黑脸庞，声声沉重喘息；蓑衣里的阵阵拼命挣扎，道道如流汗水，只是外人看不出来罢了。所以一旦雨小了下来，我们就急着脱去蓑衣，只戴顶笠帽，一下轻松许多。每次一回到家中，就把蓑衣往墙上一挂。天气一旦放晴，蓑衣就会束之高阁，像吸附在墙上的一只蝙蝠，停泊在壁间的一只蝴蝶，显得无趣和落寞。

现在，我把这件蓑衣挂在墙上，它长长的棕毛摸起来粗糙而暖和。它更像一本打开的线装书，只是书页有些发黄发黑，记录着一个时代的变迁，一个家族的记忆，一代人物的命运。

我想用这种最古老、最原始的方式，包裹那颗日益潮湿的初心，遮挡那颗四处漏风的灵魂!

（摘自中国作家网·梁孟伟的作品集）

在松林里睡眠

李汉荣

少年时，在野地里睡眠是经常的事。我最难忘的一次睡眠，是在凤凰山的松树林里。

凤凰山离我家有十几里路，同村的孩子经常结伴到那里采野菜、拾地软、捡蘑菇。有时，我也一人上山。

那年秋天，我就独自上凤凰山捡蘑菇。到了山上，走进松林，雨后的松树散发着浓郁的松香气息。我在林子里转了一会儿，竟没有看见想象中遍地的蘑菇，只发现松软的地上，有一些小脑袋探头探脑，藏在泥土里不肯露面。我也不忍心向它们下狠手，它们是孩子，我也是孩子，孩子都是怕受惊、怕疼的。

因为已经赶了十几里路，我累了，就躺在厚厚的松针上，听着鸟鸣声和林中的风声，一会儿就睡着了。

睡了大约有几百年之久（年少的时光总是地久天长，酣睡一觉，就有一梦千年的恍惚之感），一阵奇痒将我惊醒。一只不知名的小鸟竟歇在我的头发上，为我抓痒痒，整理发型。我手一伸，一睁眼，小鸟忽地飞了。我在哪里？不像在家里的床上，不像在河边的青草地上，也不像在《水浒传》中的阴森林子里（那时我已读过《水浒传》的连环画）。终于完全醒过来，哦，我是在凤凰山，在松树林里，我是来捡蘑菇的那个孩子。

这时，阳光透过林梢洒在地上，我站起来，一看，呀，我的面前，是一片片、一簇簇彩色的蘑菇——白色的、灰色的、粉红的。妈妈告诉我，白的是槐树的魂变的，灰的是杨树的魂变的，粉红的是松树的魂变的，它们没毒，不是毒蘑菇，它们是林子里的精灵，是树的香魂。

我蹲下来，无比惊喜又无比心疼地面对着它们。我不忍心采下它们。受了一缕阳光的邀请，在我熟睡的时候，它们从各自的梦境里醒来。经过漫长的跋涉，它们走出笼罩了它们数千个世纪的夜雾。终于，它们睁开眼睛，看见了一个孩子，与它们相似的孩子，也在做梦的孩子，多么可爱善良的孩子！除了梦，他身上竟没有任何别的东西。它们也是这样的：除了梦，它们身上没有任何别的东西。于是，它们提着盛满露珠和清香的花篮，提着一生的心愿和梦，围过来，围绕着一个孩子的梦，它们静静地绽开了各自的梦。

此时，没有一个人知道，没有一个人看见，松林深处，只有那个孩子亲自参与了这个天堂里的故事……你当然能想到故事的结局：那个孩子没有采蘑菇，他柔软的手几次伸出，最终又返回，返回到柔软的位置。他怎么忍心拔掉和撕碎那些纯真柔软的梦呢？他提着篮子轻轻地走出林子，他的篮子是空的，然而，他的篮子真的是空的吗？他空空的篮子里，盛满露珠、鸟鸣、梦境，盛着一生中最纯洁的记忆。

（摘自《读者》2021 年第 5 期）

一个人的山水田园

刘朝东

这是很多年以后了。村庄还只有一条硬化过的路通往另一条公路。顺着公路往南可以去乡镇，向北可以去县城。从县城又可以去临沂、日照、连云港。更远的地方，就不想去了。就在这广阔的乡村，安下身心。我会像祖父那样蹲坐在西沙岭的老鹞鹞墩上——像一块石头摞在另一块石头上，看着村庄外一大片一大片起伏的庄稼，黄了又青，青了又黄。装上一袋旱烟，一直看到炊烟四起，暮色苍茫。然后起身，走下老鹞鹞墩，拍去身上的土。属于土地的，最后都要还给土地。这时的村庄，点点亮起如豆的灯光，其中有一盏会收留我，温暖我。

乡村的夜晚，静谧空旷。偶尔路上细碎的脚步声和隐约的谈论，引得四邻的狗叫成一片。狗的叫声在村庄的上空荡漾。月亮一会儿藏在树后，一会儿躲进云里。

月光下，村庄的睡眠，踏实而酣畅。所有月光下发生的都是秘密，不要说。

鸡鸣狗叫的清晨，推开院门，迎来乡村的好空气。我的院落里架着黄瓜和豆角，种着土豆和白菜。就用这些可爱的植物养活我知足的胃。每月逢二和七的日子，去镇上赶集，买来油盐酱醋和粗布衣服。回来的路上，讨一根长长的竹竿，闲暇时用来牧鹅或钓鱼。在乡间的小路上，白鹅是最体面的绅士，一路曲项向天歌。在鹅群嬉戏的溪水边的青草地上，含一棵叫不出名字的草，躺在蓑衣上，看天上云飞云走。或者甩出鱼钩，独坐南风中，水波不兴，鱼钩不动，渔人自乐，春钓雨雾来夏钓早，秋钓黄昏来冬钓草。

我还要在南岭上遍种桃树、杏树、梨树、苹果树、樱桃树，还有香椿树和苦楝树。这些美好的树木，受南岭的阳光和水土的恩泽，有一天会开灼灼的花，结累累的果。就是花果都老去，也还有香椿和苦楝用淡淡的苦香抚慰我。人生一世，草木一秋啊，因为不能预见未来，才用心耕耘现在。

南岭脚下的田地里长着憨厚淳朴的花生和红薯，英姿飒爽的玉米和高粱。它们提醒着我时令和农事，让季节在村庄里隐退，节气凸现；让我记住清明谷雨春播，白露秋分收获；记住小暑锄草，二伏种菜……祖先传下来的农谚，纵使过了千年也还灵验。

最爱乡村的冬季，落了叶子的树，干枝凌乱地定格在屋后村头，让冬天没有边际地萧瑟。参差的屋顶上落满白雪，几只麻雀起起落落，打破银装素裹的沉默。在这样的夜晚煎雪煮茶，围着火炉一边说话儿，一边烤喷香的栗子，用炉火和语言守住温暖，抵抗严寒。

像大海收留河水，村庄会装下我所有的爱和悲伤。很多年后，一个人风华正茂或者轮廓渐老是多么微小的事。我在那条硬化过的路上走走停停，看山是南岭，水是洙溪，田园在身边，是多么美好的事。

可这是很多年以后了。

（摘自《读者》2011 年第 7 期）

映天雪

谢新源

“起床了！”我推醒正侧身睡着的妻子。“还早吧？”她咕哝，伸手去摸索枕边的手机。“天都亮了。” 我抬头瞥了眼床头一边的窗户。窗户是格子状的老样式，母亲为着好几年我们才回一趟家，新糊了洁白的纸。晨光已透过窗户照亮了里屋，桌椅柜箱的轮廓清晰可见。

这是我俩回乡探亲迎来的第一个早上。推开门，院中景象立刻让我瞠目结舌。昨晚，竟不知何时落了雪，而且，这场冬的初雪下得还挺大，院地、屋脊、光秃的树冠，甚而挂在屋檐下的黄灿灿的玉米棒子上，全都裹上了指把厚的雪。如妻所说，天其实并未发亮，原本只是这不约而至的雪借来的天光，亮堂了大地。

故乡人，把这样的雪唤作映天雪。从喧嚣的广州回到阔别已久的故乡，我的心就会越发温暖起来，总想动动笔写些什么，却又不知一时怎样描述这种温暖，奇怪的是，只要我在故乡的土地上走上那么一遭，因了故乡而令我感到的丰厚的拥有，便会有灵感源源不断地汇聚笔端。大街上，同样洁白、宁静和空旷，映天雪所营造出的晶莹剔透的世界，如梦似幻。我和妻并肩站在大门口，出神地张望着这温馨的一切时，停歇下来的映天雪又悄然而下。那飘忽而至的雪好似长了蜜蜂般的翅膀、蕴含了灵性，轻轻的、静静的，纷纷扬扬，让黎明时节的天地突然就鲜活起来。吱呀——对门章奶家的街门被倏忽拉开。“章奶也起这么早?”我正疑惑，裹着大概是她女儿的绛色头巾、身穿一袭黑色棉衣裤的章奶，跨出门来。

“早啊，章奶!”我赶紧趋前打招呼。“咦，你俩更早咧。”章奶亲热地拉过妻子的手。这是我俩第二次回家了，章奶还记得她的模样。“您这是去……”我以为章奶趁着早去赶集。“每年下头场映天雪，就想起你宝之爷被抢救这回事，咋都睡不着，非得到这大街上待上会儿不可，哪怕就这么干冻着。这不，都二十四五年了。”章奶眯缝着眼，抬头仰望飘忽在头顶的雪，似乎陷入久远的回忆。其实，宝之爷被送院急救这件事，我记得同样清楚。那是上世纪70年代初的事儿，我还在上小学。

“哥，快起床!”那天我们都睡得正香，街屋堂叔急切地敲我家的窗户。“咋回事?”父亲一激灵，隔着窗问。

“对门宝之叔大概得了盲肠炎，疼得在床上打滚。克兴说得赶紧送县医院开刀，要不命都难保!”克兴是大队赤脚医生。“那就赶紧!”父亲翻身下床，欲夺门而出。“爸!”我在他身后喊。父亲回过头，疑惑地望着天光彻亮中的我。“咋了?”每到冬天，父亲喜欢我睡在他脚后，权当他的“暖脚炉”。

“哦，都人命关天的时候了，谁还记较恁多!”父亲说罢，一伸手就拉开了门闩。昨天早上，我放学回家，远远听见我家门前传来激烈的争吵。走近了，方才看清是宝之爷和父亲。他俩因了两家街门前地界的“一寸之争”险些大打出手。我也急忙穿好衣裤，紧随父亲来到大门口。还在密扎落着的映天雪，令我禁不住倒吸了口浸入肺腑的寒气。这场映天雪大概下了整整一夜，不仅门前的门槛石早被淹没了去，我刚踏出屋门就听“扑哧”一声，脚脖子便没入了雪中。宝之爷家门口，除却堂叔、赤脚医生克兴，武爷、旺叔、孬叔、喜全叔和生产队长法明叔，已围拢在了一起。“这么厚的雪，架子车可是拉不成了！”大冷的天，法明叔急得直抹额角的汗。

“找两根长木杠，扎成担架，抬！”武爷年轻时当过支前民工，抬过担架，果断地说。很快，法明叔从家里抬来两根雪花尚挂的木杠，旺叔则拎来两团长麻绳。武爷单腿跪地手把手教着父亲和喜全叔，三人就地扎起简易担架。映天雪宛似早春二月的杨柳絮，下得仍猛。有打鸣的公鸡扯着嗓子啼叫，大概到了黎明前的五更天。也就一袋烟工夫，担架扎好。章奶和克兴搀扶着宝之爷挪出街门，跟在身后的孬叔抱着两床棉被，一床用来铺垫，一床用作盖身。“咱四人一班，一里路一换，咋样？”武爷见宝之爷躺上了担架，趁机点上一袋烟，使着劲儿吸。“中。”“中。”“咋着都中，累了换肩。”众人应道。“那中，就搁我在第一班了！”武爷在鞋底上磕完烟灰，那口气不容有丝毫的质疑。“走起！”父亲蹲下身，喊道。“走起！”武爷、旺叔和喜全叔也蹲下身，四双粗糙却异常有力的大手，握着担架的四端，一声齐吼，便将担架抬离地面，扛在了各自肩头，高一脚低一脚，向村东口走去……我一直站在街门口的老榆树下，看着父亲他们披着映天雪所借来的天光，背影即将消失在街道的尽头。尤其刚才听到父亲“走起”那一声低沉的吼叫，他们的身影在我心里倏地伟岸起来！“章奶，天冷，您还是回屋吧，宝之爷还等着您做饭哩。”我唤回记忆，对着站立在风雪中的章奶说。

“这事都过去多少年了，自从你宝之爷开过那一刀，身体可好了！”章奶也还记得那个映天大雪的三更天，我也是抢救宝之爷生命的目击者。

“我带她到雪野里去走走，看看当兵前我和大伙儿一起挖出的那条渠。”我俩向章奶挥挥手。“去吧、去吧，当兵前你干过十几年庄稼活，田地里给你的东西多的是。”章奶也朝我俩挥挥手。我和妻挽手并肩走出村西口，脚踏积雪，便听到了十几年前曾经听过的熟悉的“扑哧、扑哧”声，那种亲切的意绪立刻涌上心头。久违了的声音引导着我俩，向着那望不尽边际的雪野走去，心里就充溢起了故乡恩赐于我的温暖！

（摘自《文艺报》2020 年 5 月 11 日）

园子里的童年

李秀萍

读萧红的《呼兰河传》和《后花园》，不由回想起自己的童年生活。我的家乡毗邻萧红的家乡，她的童年生活对我来说非常熟稔，尤其是她的后花园生活。萧红所写的后花园在我们家乡通常称为园子，分为前园子和后园子，主要以分布在房屋的前后来界定。萧红的家乡呼兰对园了的称呼也不例外，后花园其实就是后园子。园子里不仅有花，还有各种蔬菜、果树。

我曾到鲁迅的家乡参观鲁迅故居，看到百草园时有点惊讶，现实中的百草园远没有文章里的百草园显得那么大。在萧红故居看萧红家的后花园也不大，也许在小孩子的眼中，再小的世界也会被丈量得很大很大。

至于小孩为什么喜欢在园子里玩，我以为园子是最方便接近自然、获得常识、认识神性的小世界，和小孩未被世俗熏染的天性是契合的。而且，在东北的苦寒之地，夏季的园子是最热闹最多姿多彩的地方了，不在这里玩又能在哪里玩呢?

当我四五岁在园子里玩时，已是萧红出生60多年之后了。悠长的岁月中，有变的事物和不变的事物，人要出生、长大、衰老和死亡，房屋的结构和材料也不断变化，旧的推翻，新的建立，然而园子没有变。萧红家的园子里有黄瓜、倭瓜、茄子、辣椒、玉米等，还有爬山虎、向日葵、大蔌茨、胭粉豆，以及樱桃树，我家的园子里也有黄瓜、辣椒，爬山虎猴子似的越过栅栏爬上房墙、窗户，向室内窥探，向日葵士兵似的挺直了腰杆驻守在园子的边边角角。萧红家的园子里，蝴蝶飞，蜻蜓飞，螳螂跳，蚂蚱跳，我家的园子也是欣欣向荣，小青蛙、癞蛤蟆、蛐蛐、蝈蝈都来光临过。不管时光怎样流逝，园子都是生生不息的。

园子里的玩法各种各样，萧红是那样玩的，我却是这样玩的。说也奇怪，没学过书本中的植物知识，却认识满园的植物，知道哪个能吃，哪个不能吃，哪个是成熟的，哪个是未成熟的。嫌西红柿红得太慢，我摘下几个来，放在装棉絮的箱子里捂着，捂着捂着就忘了。哪天翻箱倒柜，忽然发现西红柿已经捂得通红通红的，煞是可爱，就像洗衣服清理衣兜时突然翻出不少钱来，有点意外，有点惊喜。

园子里有菇娘、草珠子，这些是小女孩比较喜欢的。菇娘果是一种茄科浆果，未成熟时是绿色的，外面罩着一层绿外套。把外套扒开，轻揉果实，待果实柔软了，把外套和果实之间的连接点顺势拔掉，把里面的籽挤出来，变成薄皮气囊，然后放在嘴里，在牙齿和舌头的辅助下，菇娘发出了清脆的声音——这都是技术活，得练些时日。到了秋天，菇娘成熟了，黄得晶莹剔透，酸甜可口。草珠子，顾名思义，就是从草上结出来的一种珠子。灰色小珠子，珍珠般大小圆润，中间有孔隙。我就地取材，把珠子用线串连起来，做成手串，做成项链。人类对美的追求创造常常是无师自通的。

园子里的黄瓜、倭瓜之类的我都不屑于理会，只有倭瓜花比较好玩，把倭瓜花心弄碎，喝里面甜甜的汁液。我也没少做坏事，见蜜蜂停留在花心里采蜜，便把倭瓜花轻轻摘下来，合拢倭瓜花瓣，蜜蜂就出不来了，等我玩够了，蜜蜂才逃脱。蝴蝶、蜻蜓在菜花上翩跹飞舞，颜色各异。有的蝴蝶翅子毛茸茸的，像一面锦缎，雍容华贵。蜻蜓纤长的体态很优美，翅子薄纱一般，朦朦胧胧地在阳光下闪着光。

我追来追去，从来捉不到一只蝴蝶或蜻蜓，只有草叶上或秧苗上的毛毛虫我得以把控，有绿色的、黄色的、褐色的，有胖有瘦，形态各异。我常用小棍捅捅它们，有的一动不动，有的立即逃窜。

我就像是长在了园子里，玩累了会在园子里睡着，大人并不理会。至于那树上的樱桃、李子、海棠果，从酸涩的小果阶段到酸甜的大果阶段，各种滋味我都尝了个遍。自家的园子玩腻了，我还到亲戚家的园子里探访。真奇怪，孩提时代，总觉得别人家的园子比自家园子茂盛，就像一句英国谚语说的那样，别人家的草坪总比自家的绿。

一次，舅舅说他家的园子可大了，可好看了，我就动了心，跟着去了。他家门前有条长长的河流，房子后面全是宽广的草甸子，远处种着成片的庄稼。舅舅环顾四周对我说，喏，这儿就是大园子。

这个大园子可真是大，能让人极目远眺。我家的园子是人工的，这儿的园子是野生的，带点蛮荒的味道。早晨，河面雾气氤氲，我和表妹一边在河边洗脸一边捉大蛤喇玩。待露水消散，我和表妹就在房后的草甸子里玩。草甸子里的花草长得太放肆了，太欢快了，太热烈了，野花红的红，白的白，粉的粉，紫的紫，比我家的园子有趣多了。我们采摘野花，编织花冠，有时采上一大把野生黄花菜交给大人，焯水后和肉片炒在一起，味道鲜美。后来在《诗经》里才知道黄花菜就是萱草，也是忘忧草。草甸子里有很多野鸭子，白色的，灰褐色的，身形没有家里的鸭子大，可是它们会飞。看见一群野鸭子飞起来，我们就朝着它们起飞的地方跑去，常常能看到散落的野鸭蛋。

小时候并不懂得刻意欣赏大自然的美，因为自然就在生活的背景里，就在呼吸的空气里，就在成长的记忆里。自然的每个领域都有其惊艳之处，即使是小小的园子。亚里士多德喜欢研究一切动物和植物，他认为所有动物和植物都有它们特殊的美。万物都不是偶然产生的，是造物主颇具匠心的设计，哪怕是卑微的毛毛虫。从这点来说，上帝的花园里也应该有虫子。

法国纪录片《小宇宙》是世间生物的镜像。虫子百折不挠地长途跋涉实现自己的理想；蜗牛千方百计地追求自己神圣的爱情，唱响回肠荡气的爱情咏叹调；屎壳郎不屈不挠地推着数倍于自己身体大小的粪球欢快地奔向目的地；蚂蚁成群结队地忙碌着钻进钻出自己的洞穴。我有时用小棍干预它们的生活，扰乱它们的生活秩序，不知制造了它们的顺境还是逆境。换个角度想一想，我们人类也如这些生物一般，以各种各样的姿态生存着，最怕上帝也会恶作剧，用小棍拨弄我们一番。

如今，爸爸、妈妈、舅舅早已搬离原来住的地方，进入城市。童年的园子还在那里，不知会成为哪个孩子的乐园。舅舅家的草甸子和那条河流不知还是不是从前的模样。离开土地太久了，我记忆中的园子从生活的背景变成了生命的远景。我答应 8 岁的儿子，暑假一定带他到乡村生活一段时间，看看那广阔的田野、静寂的河流、平整的田垄、丰茂的庄稼，让他亲手把种子埋进土里，看着小苗破土而出，感受生命的喜悦和庄严。我要让他童年的记忆，也留下关于土地的印象。

（摘自《光明日报》2020 年 7 月 17 日）

在河西走廊聆听

苏沧桑

从江南到河西走廊，从东海边到祁连山下，地势渐渐隆起，水汽渐渐稀薄，渐渐稀薄的还有人间烟火。面对广袤的高原，轻微缺氧的头脑有点混沌，耳朵却变得灵敏，或并非灵敏，是混沌中生出的幻听。

先听见九月的风里响起一声驼铃。正午时分，一匹灰白色骆驼驮着我，穿行在张掖丹霞地貌的壮丽中。骆驼停留在一棵蓬蓬草前，打了一个响鼻，我听见脚下古老的土地响起流水声，叮叮咚咚，像一声声泉的耳语，从骆驼刺和蓬蓬草的叶尖涌出地面，汇集成浩瀚的绿意，幻化成远古时代的汪洋。光阴煮海，时间将曾经的大海煮了几亿年，熬成这片集雄、险、奇、幽、美于一身的地貌，蜜般柔软，糖果般多彩，极地冰川般肃穆。

经过峡谷某个拐角处时，骆驼和我一起向上仰望，我顺着它的视线伸出手，在红色崖壁的沙砾中摸到一颗极小的贝壳。亿万年来，这颗小小的贝壳经历了些什么？陨石雨，沸腾的岩浆，汹涌的海水，生命诞生，人类进化，金戈铁马……直到此刻，它和大海一起，被时间定格成无边的静美。

站在彩色丘陵的某个高处俯瞰，我听到猎猎风声里响起苍凉悠远的乐声，嘟嘟克笛孤独的音色，如游刃穿行于风中，引领着长号、提琴、竖琴、定音鼓等，如泣如诉的旋律渐渐恢宏。眼前一层一层的山浪向着同一个方向倾斜，天上一层一层的白云也向着同一个方向倾斜，像一支支队伍在雄浑的音乐里行进，时光之河浩浩汤汤穿过河西走廊。我看见光线急速变幻中一张张年轻的脸，年轻的张骞带着嘱托，开启了出使西域的凿空之旅，年轻的骠骑将军霍去病策马扬鞭，年轻的玄奘独自踏上五万里西行的生死旅途，年轻的一行行驼队掠过地平线上的落日，足印迅速被风沙吹老。历史与今天、东方与西方、古典与现代……文明之光在这里闪耀。

时间深处，日夜萦绕着一曲曲动人的音律。“张国臂掖，以通西域”，古为河西四郡（张掖、武威、酒泉、敦煌）之一的张掖，是丝绸之路重镇、兵家必争之地，在历史长河中对华夏文明产生深远影响。张掖四万平方公里的土地南枕祁连山，北依合黎山、龙首山，荒漠与绿洲共存，南国风韵与塞上风情共生，东西方文化在此交融，没有国界的音乐语言成为交流的使者。北魏时，当地音乐与龟兹乐相结合的《秦汉伎》，以《西凉乐》之名流传。唐代，丝绸之路音乐文化交流，孕育出响彻世界的“唐乐”高峰，《十部乐》涵盖丝路沿线各民族的音乐。甘州边塞曲流入中原后，成为教坊大曲，《八声甘州》《甘州曲》等词牌、曲牌流传至今……上下两千年、纵横近万里的时空里，河西走廊成为一个音乐的长廊。时间来到二十一世纪，希腊音乐家雅尼创作了充盈着史诗情怀的《河西走廊之梦》，嘟嘟克笛引领的恢宏旋律，美得让人流泪。

“凡音之起，由人心生也。”音乐的交流，是人心的交流。科学告诉我们，物质经过漫长时光与无数组合，才产生了生命，地球经历了四十多亿年的沧海桑田，才产生了人类。人类历史于无垠的时间，短暂只如一瞬，那么，人与人之间为何不争分夺秒去爱？

焉支山下，山丹军马场，我不知道一匹解甲归田的军马，是否愿意和我聊聊祖先辉煌的曾经。它是一头漂亮极了的汗血宝马，通身黝黑发亮，偶尔抖一下耳朵，眨着长睫毛，安静地承受着人类好奇的抚摸，却不知从哪里透着一副不羁的神情。在它的附近，两匹棕红色大马在隔着栏杆亲昵。

我试图去识别一匹马的耳语。我轻轻从它的侧面摸上它的脸颊，如果摸向它的正面，它的眼睛看不见，会受惊。我将脸贴近它的脸，蹭到了粗糙而柔软的鬃毛，看到了长睫毛下它的瞳孔里浮现祖先们奔驰在辽阔草原上的画面，听到了它的耳蜗里响彻金戈铁马之声。公元前121年，霍去病在此创建了山丹皇家军马场，两千年来，这里见证了一个东方古国的沧桑巨变。

九月的焉支山下，大马营草原上万马奔腾，一道道马脊如一望无垠的麦浪起起伏伏，传递着李白的朗声吟诵："虽居燕支山，不道朔雪寒。妇女马上笑，颜如赪玉盘。翻飞射鸟兽，花月醉雕鞍……名将古谁是，疲兵良可叹。何时天狼灭？父子得闲安。"群山偃旗息鼓，人们放马归山，解甲归田，马和诗歌的耳语里有一个相同的暗号："回家"。

在离军马场一百多公里的民乐，夕阳斜照进一个酒库，一个个巨大的棕色酒缸上，覆盖着一块块异常鲜亮的红缎子，像盖着红盖头的新娘。一个小勺伸进了酒缸，睡了三十年的酒醒了，叹了一口气，吐出一串咕咚咕咚的耳语，浓郁的香味瞬间弥漫开来。在汉代酿酒古法的基础上，民乐人用高粱、玉米、大麦、小麦、大米、豌豆等九种粮食酿制了独具一方风味的美酒。三十年陈的白酒在玻璃酒壶里，呈现夕阳一样的淡淡金黄。我与金黄对视，看见清澈的酒里凝结着浓稠的历史，是与江南的黄酒截然不同的另一种风骨。我想，从前，它一定是出征酒，万马嘶鸣，尘土飞扬，一碗碗烈酒被仰脖喝尽，一只只酒碗被摔得粉碎；它也是庆功酒，团圆酒，被百战归来的人群痛饮，化作眼泪飙飞，化作一场场思念的雪。此刻，它是一杯民间的酒，沁入了寻常百姓日子的酒，像一个静坐于喜宴主桌的老人，微笑着，眼神安详。

朋友们拎起一壶酒干杯，一位本地学者说，在我们刚刚经过的马蹄乡，他年轻时去探访过，裕固族的朋友们听说来了他这个从来不会醉的年轻人，消息波浪式地传遍了草原，很多人都跑到帐篷里请他喝酒看他喝酒。

我浅尝几口酒便醉了，歪在飞驰的面包车里，半梦半醒间，听两位朋友高一声低一声的对话，像一声声耳语。他们一个来自天津，一个来自西宁，隔着车子的过道，两人从一碗“炒炮仗”开始，讲青海的面，天津的面。车窗外夜色降临，耳蜗里似乎又有别的耳语响起，却是我熟悉的乡音。东海边江南被桂花树覆盖的娘家小院里，想必七旬母亲正双手合十，喃喃祈祷，每一个晨昏，她心中的话总是：国泰民安。

世界安宁，我们才能听得见亲人们的耳语。母亲的耳语是一个涟漪，传给了千万里之外的我，从耳蜗传到心脏，传向四肢，传给车轮，通过车胎与地面的摩擦，传给了我脚下这片古老的土地，并得到了它的回应。于是，我听见整个河西走廊上，响着悠长的声声驼铃。

（摘自《人民日报》2019 年 11 月 16 日）

最美人间烟火气

孙守名

晨光熹微，出门，左转，穿过长长的小巷；右行，然后进入校园；沿楼梯上行四层，右行，再右行，穿过长廊，走到尽头；左转，推门入室。看到孩子们圣洁的笑脸，我从心底升起一种神圣的感觉。微笑着，向所有人问安，祝每一位和我一样热爱生活的朋友，沐浴阳光，幸福安康。

其实，我们每个人都是大自然的宠儿。来到尘世间，享受阳光的温暖，呼吸大自然的气息，游弋于山光水色间。看万千气象，赏花红柳绿，醉风花雪月。游目骋怀天地间，似水流年大自然。看取日升日落，回望夕阳入山。山山水水襟怀内，一酒一茶心陶然。

不知何时起，我们忽然生出悲哀的念头，生活中没有了朝露和夕阳，淡褪了激情和希望，怀揣着忐忑与不安，守候着孤独与寂寞。木然代替了微笑，苦闷代替了欣喜，在浑浑噩噩间，我们难释重负，步履蹒跚。

不是这样的，亲爱的朋友，你我该向这个俗出宣言，纵使泥泞阻碍了脚步，雨水遮蔽了双眼，晨雾挡住了视线，爱情折损了生命，但，你看，星星还在耀亮你我，月光仍在布洒光辉，日影正在依偎陪伴。你我应坚信，世界仍会同心，大地定能回春，阳光布下德泽，万物会重生光辉。

我们不能把所有的目光集中于一个焦点，亲爱的朋友，你说，难道是吗？春来秋又去，花开花又落。容颜娇羞会枯萎，生命盛开又逝去，天天地地，地地天天，一挥手，一投足，世事轮回，天地淡然。纵使时光颓圮了我们的灵魂，岁月逼退了你我的青春，我们仍要在春风中吹响青春的哨音，在凛冽的寒风中挥一挥衣袖，潇潇洒洒作别西天的云彩。

我们生活中的确会失去方向，这不足为奇，因为时时从心底升起的雾霭会遮挡春天的阳光。生活，风云变幻，奇诡莫测，斯生斯息，从这个角度，你我又都是命运的弃儿。我在，也许我不在；我生，也许我已死。江湖日月，如梭人生。穿林打叶，吟啸徐行。与苏轼偕行，穿越人生风雨，大大气气，孤独孑然，向着梦想中的阳光前行。

我们没有办法狂妄到用杠杆撬动地球，但可以用欣赏飞翔的孤鹜与弥散的落霞改变我们的心境。请记住，这个风云变幻的天地，只要我们的心魂如死水一潭，微澜不生，它注定会烟消云散。你在，我在，大家都在；你好，我好，大家都好，这个百变世界必然会灿烂的如星河光耀，熠熠生辉。阳光灿烂明媚，日月星辰闪烁，花好月圆，人心向善，我生故我在。这是生活常态。

对，就是这样。出门右转看到千树万树消失了容颜、唱衰了季节的时候，我会黯然神伤，内心也会充满忧虑。世事无常，淡漠了春夏秋冬；万物随化，消磨了时光岁月。记取匆匆往事，街头一瞥，看尽人间烟火，行色匆匆中，柳树在风花雪月中已然萌动，日落暮至，春水如潮涌涨，大地回春，令人心旌摇荡。骑一辆破旧的单车，缓缓地在流淌的人群中徜徉，做一个心静如水之人，难道不是很好吗？

驼走大漠，鸟栖山林；朝露去日，暮鸦归巢；鱼翔浅底，北雁南飞。万物生长，各得其所。诗意生存，和谐相处，这才是真正的人生态度。你我同在，共享清风明月。岁月静好，时光如梭，让心灵随性自然，化解戾气和矛盾，平平淡淡，从从容容，随遇而安。少些尔虞我诈，钩心斗角；多些宽容大度，气定神闲。当我们走完这一生的时候，回首前尘往事，定不会后悔与懊恼。不辜负日月星辰，淡然于尘世浮华，我们必然会心生欢喜，悟透前世今生。

汪曾祺曾说：四方食事，不过一碗人间烟火。走一走小胡同，吃一碗小南门的热豆腐；转一转大商场，看一眼五颜六色的莲花灯。要不再到乡间去，找个老农，问一问春种夏耕秋收冬藏之事。夕阳在山时，别忘了往回缓缓走，边走边哼唱些沂蒙小调，随性而然，率性而为。亲爱的朋友，做一个凡人，向每一位遇到的人微笑，当然，也向你自己，微笑，做一个平平凡凡的人，去享受人间烟火气吧……

（摘自中国作家网·孙守名的作品集）

草的味道

丁立梅

下班，开着电瓶车，路边新割的草地散发出浓郁的草香。我有种冲动，想停了车，躺在草地上，在那草香里打上几个滚。

怎么形容这香呢？还真说不好。它不似花香，染了脂粉味。它又不似露珠雨水，带着清凉。对，它似乎有种成熟了的谷物的味道，小麦，或是大豆。再闻，却又不是，它香得那么独特，风霜雨露和日月星辰的精华全在里头。你不由得张大嘴，大口大口地猛吸，如饮佳酿。你猛然醒悟过来，它就是草香啊，用什么也比不了的。就像一个独特的人，你怎么看，它都与旁人不一样。它有它特有的气质，别人模仿不来。

这是秋冬的草。牛或羊，整个冬天，都吃着这样的草。牛和羊的身上都是草香。春天的草，则又是另一种味道。那些嫩绿的、柔弱的草，不能碰，一碰就是一汪水啊。它们多像初生婴儿柔软的肌肤，浑身上下散发出奶香。你走过它们身边时，你的心里就有了怜爱。

怜爱真是一种美好的人类情感。你拥有了这种情感，便会对整个世界充满善意。同样，世界回报给你的，也将是美好和善良。

“青青河畔草，绵绵思远道。”我以为写的也是初春的草。这样的画卷，太容易让人沉溺其中。春回大地，小草甜蜜的气息率先扑入人的鼻翼。独坐香闺中的女子，暗自吃了一惊，春天来了吗？推开窗户，屋旁的河畔，早已是蜂蝶纷飞。突然，她悲上心头，远行的人啊，我等你等到草都绿了，你怎么还没有归？一草最担当得起这样的爱情和思念，自然、纯真，绵绵不绝，直叫人柔肠百结。

草也最是宽容，从不计较个人的得失和恩怨，你踩它、割它，甚至放火烧它，它依然生长，散发出特有的清香。雨水越多，它越长得欢。所谓水肥草美，才是大自然最好的盛况。我在呼伦贝尔大草原见识过这种盛况。

在那里，我跟着一棵草走啊走，走到呼伦湖，走到贝尔湖，走到根河去。两个牧羊女坐在草地上，一旁的牛和羊在安详地啃着草。草地上开着或白或紫的花，东一朵西一朵，像淘气的孩子，满地乱滚，有种散漫的天真。我在草地里走，草用牙齿来咬我。咬我的，还有满地乱飞的蚊虫。

她们远远地看着我笑，说：“你应该穿长裤的呀，这儿的虫子多着呢。”她们戴头巾，穿长衫长裤，脚蹬靴子，手握马鞭，坐在草地上，悠闲得像草地上开着的花。她们掐一根草，放在嘴里品咂，告诉我：“我们这里的好多草都是上等的草药，能治好多病呢。”问她们：“那你们嘴里的草是啥味道呢?”她们一齐笑了，答：“就是草味呗，香。”

她们说：“野玫瑰也是一种草，马齿苋也是一种草，格桑花也是一种草。春天开花可好看了，红的、粉的、黄的，一大朵一大朵的。”她们这么说时，唇齿间散发出草的香气，让我很想去拥抱她们。我问她们可不可以让我拍照。她们很乐意，整了整衣冠，端庄地对着我的镜头笑，笑得很像两棵草。

我的老家，也生长着众多的草。每次回家，我都会去看看它们。它们的名字我一个也没有忘记，牛耳朵、苦艾、蒿子、茅、蒲公英、地阴草、一年蓬、乳丁草、婆婆纳……它们各有各的味道，闭起眼睛，我也能闻得出来。故乡的味道，那是烙进一个人的骨骼里的。

我很高兴它们一直在。它们在，我的故乡便在。

（摘自《读者·乡土人文版》2015 年第 12 期）

冬　藏

徐仁河

老人们常说："寒来暑往，秋收冬藏。"其实关于冬藏，说句实话，它并不是发生在冬天的故事，而是在秋天就应该完成的事情。待冬天真正到来时，哪里还来得及。

什么是"冬藏"，意思很好解释，一看字面就懂。但具体做什么农活，需要细细道来。最主要的当然是储藏过冬的食物。最先收贮的自然是谷物，比如稻谷什么的，就应该是农历十月份之前晒干扬尽，然后藏之谷仓。谷仓是一个圆形大瓮，一般是黄土垒就的，外面刷了一层白石灰，讲究的人家还会请老先生在谷仓外写上"颗粒归仓"几个大字。谷仓里除了储存稻谷，也得给芝麻、大豆什么的提供容身之所。大袋小袋的芝麻和大豆堆在谷堆上面，它们在田里做惯了邻居，到了谷仓，也自然是亲兄弟。

稻谷的兄弟不止这么多，都来的话，谷仓里住不下。比如玉米，就住不惯低矮、憋闷的谷仓，它们向往的是那种"高大上"的场地。主人就很了解它们的心意，一般是把它们成捆地绑束好，架在一根木杈上，然后高高地挂在屋檐下。这地方既敞亮又通气，能晒着暖暖的太阳，却又风刮不着雨淋不到，真是舒服。我们当地把玉米叫“玉蜀黍”，听起来就像个漂亮姑娘的名字。千金小姐住闺楼，我们待它也的确是厚爱一分、高看一眼的。

如果说稻谷住的是“一居室”，玉米住的是“小高楼”，那番薯的住处就着实有些寒酸了。准确地说，它是不折不扣的“山顶洞人”。我们老家的房子一般临山就坡而建，附近的山坡就会被我们掘出个三尺见方的小山洞，外面用木板钉牢，这就是番薯冬天的窝。番薯既可当饭，又可以做菜。煨番薯几乎是我们童年必须经历的事情，而番薯稀饭、番薯条，则是我们最为津津乐道的美食。这一切多亏了那个窖藏番薯的小山洞。番薯甚难伺候，既要接地气，以免丧失水分，又要适度干燥，以防腐烂和霉变。有了那个干爽通风的小山洞，什么事情都迎刃而解了。

番薯野性难改，住山洞也是其咎由自取。唯觉可怜的是甘蔗，它住的却是暗无天日的“地下室”。想来悲戚，这冬天唯一不在冬风到来之前进家门的便是甘蔗了，却落得这般待遇。秋天甘蔗成熟的时候，农家一般把它们的大部分削干刨净，送去榨房，榨成蔗汁，熬成黑红色的糖浆，以便将来做甜粿时用。留下的那一部分，就在甘蔗地挖一个土坑，将青碧的甘蔗连皮带秆地横陈在土坑里，然后用土覆盖。

等到家里的糖糕甜粿吃得一干二净，农家就会起出一两捆甘蔗来，用单车或独轮车推回家，供那些小馋嘴们享用。诚然，这亭亭玉立的甘蔗孤守田野荒丘，很觉凄惨可怜。但是静心思量，不如此的话，那些一掐出水的“甜妹子”怎能熬得过凛冽的西北风呢。

当然，冬藏不光是为人准备的，我们还得为辛苦了一年的牲畜们准备过冬之物。瞧啊，每家的院门口都高高竖着个稻草垛。它的好处非常多，一方面冬天来了，老家的人喜欢用干稻草垫床铺，那样睡上去舒服、暖和。再有就是，干稻草是耕牛极为喜欢吃的“口粮”，大雪天里，扯一把干稻草给牛嚼，一整天都不会哞叫。牛是不叫了，如果不拿一捆稻草给旁边的猪圈铺一点，猪又会哼哼唧唧地发起牢骚来。原来，“天蓬元帅”们最喜欢睡在干稻草上，想念当初的那个温柔之乡，不知它们梦中的嫦娥是不是也“一个鼻子两个孔”。

其实，不光是人，其他生灵也是深谙“冬藏”之道的。比如老鼠和蚂蚁，它们忙忙碌碌一个秋天，为的就是把它们的小窝塞得满满当当。还有那些鸟儿，早早地换上了“羽绒服”，还把树上的鸟巢絮得暖暖和和的，估计“小虫干”也晒了不少吧。那些树傻愣愣的，光头秃尾，看起来寒酸可怜，殊不知它们的脚底下早已垫上厚厚的“落叶被”了。还有那些个一睡就是整个冬天的懒货，原来它们才是“冬藏”的真正高手。如同躲猫猫的娃娃，怎么找也找不着它们。嗬，春天刚来那么一会儿，它们就齐刷刷蹦到你面前，吓你一大跳！

（摘自《读者·乡土人文版》2015 年第 12 期）

给树把脉的人

刘去芳

一

鸟们在院子上空不住乱叫，好像在商量如何将太阳从山那边拎出来。

我掀开窗帘的一角，寻找它们的踪迹，但叫得好听的鸟大多是“隐身专家”，我每次都看不到它们，只能看见一些寻常的鸟类。麻雀三三两两落在柴垛上，像枯叶子，与柴火融为一体，不易被发现。喜鹊拖着长尾巴从高处跳下来，扭头看看这里，又看看那里，挑选搭窝用的材料。它们把窝安在一旁的梧桐树上。一棵树上有 3 个窝，是一个大家族分成了几个小家庭。与其他的鸟窝相比，喜鹊的窝毫无美感，只是把一堆凌乱的柴火堆在树上。在冬天，村里很多树上都露出那样一小堆一小堆的柴火来，像是树的脑袋里某种纷乱的思绪。

大路小路连接着村庄，像一棵躺倒的树。爷爷踩在各个分支上，来回转悠。熟悉的老宅大多已经荒芜，找不到可以说话的老人，他只好去察看村子里的树。86 岁的爷爷像只啄木鸟一样，抚摸那些树皮、树干，不时敲击着，像是为这些树诊脉，又像是在叫醒它们。许多个上午，他在腰间别一把斧头就出了门，将那些肯定活不过来的树木砍掉，再拖回家。爷爷说："这棵老梨树已经有 5 年没发芽了，肯定是活不过来了。"

一棵四季都光秃着脑袋挺立的树，不知道藏了多少关于村庄的故事，那故事一定比一个人的记忆、感受更细密。这棵枯死的树如果不被砍倒，风会将它的细枝一点点吹掉，虫蚁会将它的躯壳慢慢吞噬，像一个古老的传说逐渐丧失了细节。这棵树在偶然的一天停留在柴垛前，等着斧头来分解它，树干用来熬粥、做饭，树梢用来引火。斧头是无情的执法官，它轻易就能辨别出树木的种类，数出它的年轮。接着，柴火被整齐码放在柴垛里，此后，在阳光里慢慢修行，让身体里仅有的一丝湿气借着光线攀升。

勤快人家的柴垛码放得格外整齐，高高的，像是一面墙。柴垛是他们精神深处的地图。农闲的时候，总是有人一次次跑进深山老林，也像我爷爷那样，为一棵棵树木把脉，将枯枝带回家。

二

我父亲更愿意与果树亲近，他喜欢看它们开花、结果，然后在冬天里沉默。每年春天，他都会带一把剪刀，察看院子里、田地里那些果树的花朵，开得过密的，要帮忙疏花，像是告诫这棵树"莫要贪心"；开得过稀的，父亲就要在心里对自己说"再等一等"。他牢记上一年秋天许多果实的味道，要对树木施行"魔法"：进行嫁接，让甜果子来救治苦果子。原有的树木必须舍弃一段枝条，在截面上切出小口，再把拿回来的树枝削出合适的角度插进去，用布条牢牢绑住，过不了多久，这截儿树枝便在新树干上没心没肺地长叶、开花、结果。一截儿优质的陌生枝杆就这样被收养到了另一棵果树的身体里。甘甜的味道是有魔力的，很容易就驱散了原来树里的苦涩。大约是两棵树的伤口形成的记忆，让这树有了某种顿悟，味道变得丰富。那是两种基因——甜和涩的较量，而结果多是喜庆的大团圆。

结过苦果子的树枝总是被砍掉，当作柴火。这一棵树苦涩的档案就这样被剔除了。当然，也有失败的时候，它们复制了甜果子的外表，却保留了酸涩的味道。父亲是有耐心的，他说，还有来年。我记得有棵嫁接成功的苹果树，单个苹果能达到七八两重，味道甘甜。每年，我们一看见这树开花，它的果子的味道便会泛上舌尖，馋得我咽口水。但有一年，苹果树只开了一朵花，它被挡在树干的一侧，像是这棵树有了小小心事。我是后来才知道，一棵果树也是会变老的。果实仿佛是它们与这个世界对谈的话语。我看见那些衰老的树冠上这一年只开花，不结果；下一年，不开花了；再后来，连叶子都不长了。这棵树已经悄悄地离去了。但它们还是习惯性地撑着一小片天。父亲总是不忍心下斧头将它砍掉。他感叹柿子树是多么长寿，从山下去往城里的道路两侧，那些柿子树还像 50 年前一样茂盛，它们每年都信守承诺，准时点起橙色的灯笼。父亲说，要是能把柿子树长寿的基因嫁接到别的树上就好了。但最后那些死去的果树还是进了柴垛。当电视里说拿果木当柴火，做的饭会更加香甜的时候，父亲总是一脸质疑地看看我们家的炉子。

三

很小的时候，大人便告知我们："用斧头直接砍伐树木，那不是一个拾柴人应有的良心。"通常，我们要为一棵树把脉，从繁茂的森林里找出枯死的那些树。拾柴的人只要用手轻轻一拽，或者用脚轻轻一踩，那树干便发出干脆的声响。那是柴火对人的回应。

我在山里转悠，吸引我的不是那一根根枯柴，而是山里好看的野花：彼岸花像盛开后忽然停住的烟火，紫色的铃铛花无声地摇摆着，还有很多我叫不上名的药材，它们总是冒出独特的气味来。对于这些药材来说，气味好像是姓氏，让人容易找到它们的位置。我总是借着拾柴的名义，去探望这些隐居在林间的生命。

不光是我，拾柴的大人们也常被山里其他的东西吸引，有时候他们拾着拾着就去撸连翘了，有的挖了一大把粗壮的柴胡，还有的干脆采了一大抱野韭菜。父亲呢，他总是想着把一些又小又涩的野果嫁接成可以食用的水果，让其他拾柴的人忽然得到一阵惊喜，但最终没有去实施。

我总是在太阳快要落下的时候，才急忙去找干柴。先在地上铺上细绳，将柴火码齐，再用绳子捆好。最后，留一根粗枝，横着从绳子中间撬出去，架在肩膀上往回背。

那些一心拾柴的人不到一个下午就把一辆三轮车装满了。

太阳落下，静默的山里走出一群群羊、几头牛，或者几个拾柴人。牛羊的铃铛叮当响着，人们欢笑着说话。机动三轮车不得不慢腾腾地跟在牛羊的后边。

我喜欢采集一些好看的树叶，用来装饰那捆柴。走在盘山的羊肠小道上，我感觉自己正在变成陪伴柴火行走的一朵小花。

从山林里拾取柴火就像为一个人剪去长指甲，这是我们这些山民与大自然之间最简单也最直接的一种交流。第一次进山拾柴，我心里无比兴奋。我以为自己也会成为那种对树木了如指掌的人，像爷爷和父亲那样，知道哪一种柴火在炉子里是沉郁的，慢吞吞冒着小火；哪种是火暴脾气，一见火，马上就噼里啪啦烧个不停……但没过多久，我便迷上了蜗牛、野花和野果。如果不是身边的人一声声叮嘱，我或许会迷路。

我远走他乡多年，每次回来，地里的果树变化并不明显，家里的柴垛也总是整齐地排列着，好像生活是一成不变的。我总是从中挑选一些自己没见过的干柴，猜想它们活着时的样子。一棵在山间成长的树，是如何渐渐干枯的？那些并不算粗的枯树被掩在一片青翠之中，最终被拾柴人发现，带回。它们在炉子里燃烧，生与死在一碗饭的背后拥挤、圆满，最终化成了虚无。

四

在爷爷眼里，给树把脉是门学问，拾柴也是。从拾柴者码放的柴垛里能看出一个人的品性。那些在山里用斧头大开杀戒，不由分说把一片树林砍倒，等着晒干再拉回家当柴火的人是无德的，他们依靠伤害大山来满足生活；而那些胡乱码放柴火的人的心是潦草的、随意的。我不知道这话是对还是错，但爷爷坚信自己的经验。很多年轻人已经不再拾柴了，他们使用电、煤炭或者天然气，根本不愿意让自己如羊群般在山间徜徉，完全不像那些老人，将拾柴当作一种本能。

爷爷有两个儿子，哪个儿子做了饭请他吃，他便早早来到他们的院子劈柴。斧头与柴火碰撞的声音在小院里一声声响起，不急不躁，这特有的节奏，让人心安。

这一年的春天，我从远方回来，特地告诉爷爷，中午给他做饭吃。他在饭前拖了一棵干枯的榆树回来。这让我想到一只鸟衔来一截儿树枝递给它的幼鸟，想着想着，泪流满面。爷爷像往常一样，把这棵树分成一段段柴火，码放整齐。

父亲从医院回来，左半边的身体瘫痪，爷爷却表现得出乎意料的平静，他依旧在阳光下劈柴。在某些夜晚，轻轻抚摸父亲瘫痪的那一侧身体，那样子，像是在给一棵树把脉。之后的日子，爷爷每天来看父亲的手、脚，似乎在推断这棵“树”到底能否再次发芽。

父亲坐在轮椅上，有凉风的日子，忽然抬起头看天，说：“太阳太大了，它要是像果子一样，每年都从不同的树上冒出来，人就能将它摘下取暖了。”

他很长时间里都接受不了自己身体瘫痪的事实，总是用怀疑的眼神盯着母亲，仿佛命运之神将母亲瘫痪的右边身体偷偷嫁接到了他的身上。他也总是望着那些身体康健的人，脸上流露出复杂的神情。

爷爷递给弟弟一把斧头，祖孙俩各坐在柴垛的一侧，小院里顿时响起两种节奏来，仿佛是两段柴火一唱一和。而父亲始终沉默。

那些柴火最后喂养了炉子，炉火奔腾着，似乎在粉碎、吞噬一段不愿被人知晓的秘密。接着，我看到烟囱里冒出的烟在天空上铺设了一条淡蓝色的路。它歪歪斜斜，似有似无，这大概就是灵魂的样子吧。父亲抬起头看着这布满炊烟的天空，想问什么，而烟只是上升，并不作答。他低下头，看看柴垛，没有斧头的时候，柴也是沉默的，只有在接连几天的雨后，它们才显现出自己的不安分，长出一只只黑色的耳朵。

院子里，父亲前一年栽下的两棵石榴树还未发芽，我们都说已经死了，只有他坚持说它们还活着。果真，几天之后，两棵树的根部冒出了红色的嫩芽。他断定这石榴一定是甘甜的。我们告诉自己，耐心等着，等着那甜在未来的某一天慢慢跑到舌头上。

（摘自《读者·原创版》2020 年第 7 期）

胃里藏着乡愁

黄　磊

朋友相聚围坐餐桌旁，常常会有人吃到一道菜，或是喝一盅汤，然后就会意犹未尽地说起故乡的味道。每当这时，我就很羡慕对方，一边听人家讲，一边心里暗想着故乡的味道究竟是什么。

依赖土地生存的状态在变迁中渐渐被改变，除去旧时战乱的影响，经济生活的巨变似乎作用更大，这几十年就更为凸显。人们不断向更为发达的地区迁移，打工、经商、求学、婚嫁，谋求转变。在离开熟悉的家园时，人们都会或多或少带着些熟悉的东西远行，自觉或不自觉，几张照片（现在更多是在手机相册中），用惯的物件，改不彻底或彻底不改的乡音。以前在动荡中颠沛流离，还会有人带上一捧泥土或是几块石子，这在许多文艺作品中似乎不乏表现。他们带上这些去异乡奋斗。在奋斗的过程中，支撑着他们的又是什么呢？梦想，对于未来有美好期待的梦想，甚至只是梦。无论梦或梦想，都只能暂时充当一下抚慰剂，毕竟还是会有太多睁开眼醒过神来的现实围绕在周围。乡音，遇到同乡可以痛快一下，平时还要尽力掩藏起来。照片看久了更想家，装在手机中不如装在心里。至于泥土和小石子，还是留给诗人们吧。

味道，口中的味道，从小到大每天都会遇到的那种味道，不用思索出处与构成，更不用像某些“美食家”东说西指，故弄玄虚地摇头抿嘴、长吁短叹。只需要将熟悉的味道放入口中，说不清是哪种滋味，也不需要说清楚。这时故乡就会出现在口中，浮现在心底。这时你的乡思也好，乡愁也罢，全化成了你味蕾的记忆。或许，他们孤独在外时的那一道家乡菜，甚至连菜都不算，而只是一款调味品，一个茶叶蛋，一包牛肉干，这一切都会是身处他乡的人们最温暖、最贴心的抚慰。

所以，故乡的味道是永远带在身上的，不用刻意而为，不用精心呵护，它就在那里，在记忆中。

我从来没有过故乡的味道这样的感悟，不少人有类似于我的情形，这和家庭的构成与成长的环境有关。我的祖籍在江苏，生在江西，成长在北京，儿时又常常住在湖南的外公外婆家。父母都会做饭，但做法又不一样，而我在每一处的生活又都不算长。北京算久，我 **6** 岁便来了，可说实话因为生活在大院，又在家吃饭，很少出门下馆子，加上父亲又不吃羊肉，所以北京涮羊肉和烤鸭都没给我留下深刻的印象，更别说被北京人津津乐道的北京小吃了—父母极少让我们尝试，所以我们口中的味蕾并没有产生对于某一种菜式的故乡感的记忆。一切对于我都可以算是新鲜，这种新鲜是一件好事情，却也让我少了一份依托。看到四川朋友带回的自制香肠腊肉，江浙朋友拿出的醉蟹虾、黄泥螺，东北朋友炫耀的红肠、干肠，广州朋友离不开的汤料、点心、叉烧包，我总会想，我的那一份特殊的味道在哪儿呢？似乎我是没有的，因为我没有真正意义上的、生于斯长于斯的那一片故土。有几次到国外旅行，倒是体会了这种感觉。吃了几次面包夹牛肉后，冲进一家带洋味的中餐馆，顿时有了一种温暖和安全感。吃完，几个朋友还会一起感叹口味真是永远改不掉啊，可这样的体验又有些少，而且体验的范围也太宽泛。其实还真是有些遗憾，在饭桌上少了谈资，更在路途中缺了支点。

前一阵，我妈打电话说她算错了日期，所以提前一个月准备了端午节的饭菜，叫我们回去吃。那天父亲照例做了个扣肉，母亲包了碱水粽。我吃着吃着忽然想起了儿时有一次的端午节，父母出差不在，外公从湖南来北京带我们姐弟俩，他没有包粽子，也没买到，我哭闹着说："全世界都吃粽子，就我没有吃到。"后来这成为家人聚会时的笑谈。还有扣肉，儿时吃肉的次数还可以，但扣肉这种整块五花肉的消费还是有一定难度的，每次父母提前预告说今晚有扣肉，我们就会很兴奋。写完作业就跑到院子里玩，爬树、上房、恶作剧是我的强项，然后就听见妈妈在门口喊吃饭啦。平日三次五次都不应，有扣肉的日子，喊一声便下树往家跑。

也许对我来说，小小家里的肉香、米香、炭火味、菜油味，以及父母年轻的身影，就是我的故乡的味道。

（摘自《读者·乡土人文版》2015 年第 6 期）

那些温暖灵魂的味道

徐 培

一

每当清晨和傍晚，闻着城市角落飘香的豆汁，总忍不住想起儿时母亲为我磨的豆汁，缕缕往事，如今回忆起来，是那么温馨。

小时候，我的身体特别单薄，虽然比妹妹大了3岁，个子却没她高，姐妹俩一起出去，我常常被别人误认为是妹妹。因为家里经济困难，母亲为如何给我增加营养，很是为难了一段时间。后来，母亲终于想到了一个好办法，开春的时候，她在我们家的房前屋后，满满地点上了黄豆。经过一个夏天的忙碌，秋天时，我们收获了一麻袋颗粒饱满的黄豆。

母亲从隔壁阿婆那里借来了一盘小小的石磨，于是，每天晚上，母亲忙完琐碎的家务活，便开始磨豆汁。俗话说："世上三苦，撑船、打铁、磨豆腐。”磨豆汁虽然稍好于磨豆腐，却依然是一件枯燥、繁重的体力活。即使在寒冷的夜晚，母亲的额头也时常密密地挂满汗珠。

可我极其厌恶豆汁那股馊泔水的味道。母亲并不要求妹妹一定要喝豆汁，但却命令我必须喝。在几次无效的反抗之后，有一段时间，我不得不捏着鼻子，痛苦如吃药一般，喝完每天早晨必有的那碗热豆汁。一次，我不小心把碗里的豆汁全都洒在了下水道里，却幸运地没有被母亲发现。于是，我自作聪明地想，如果天天如此，不就可以不用喝豆汁了吗？这件事情要想瞒过母亲很容易，因为每天早上她总是有忙不完的活。事情后来还是败露了，我以为这下逃脱不了母亲的一顿好打了，谁知母亲只是虚脱一般坐在她惯常磨豆汁的凳子上，一滴一滴流着眼泪。

前段时间，我在医院陪护患老年痴呆症的母亲，用豆浆机给她磨了豆汁，结果她却像孩子般怎么也不愿意喝，还想趁我不注意，偷偷把豆汁藏起来。我虎着脸，盯着母亲将豆汁喝完。思维不是很清晰的母亲，拉住我断断续续地说：“豆汁……香……有营养……你喝！”顿时，我泪如雨下—原来母亲是想把豆汁藏起来留给我喝！

二

记忆中，母亲的身上总散发着一种特殊的味道，那是别的母亲身上不会有的炒熟的绿豆香味。

母亲因为乳腺恶性肿瘤，切除了左乳房。年轻时的母亲是个爱美的女人，为了替代被切掉的乳房，她用一个小布袋缝进一些米，挂在胸前来维持两边的对称。当时的生活比较艰难，母亲每天要干很繁重的体力活，身上流的汗水很容易使米受潮霉变。于是，母亲便改用绿豆作为填充物，效果好多了。

然而，布袋长期经受汗水的浸泡，当母亲解下它时，发现里面的绿豆竟然发芽了。母亲却没有发牢骚，而是笑吟吟地对我们说：“快来看，我们有绿豆芽吃了!”那时生活拮据，没有那么多的绿豆来替换，为了防止绿豆发芽，母亲便将绿豆炒熟。从此，母亲的身上就有了一股淡淡的绿豆香。

儿时，我喜欢依偎在母亲的怀里，在那股淡淡的绿豆香里熟睡。常常一觉醒来，母亲还在灯下做鞋子。那时候，我们脚上穿的都是她亲手缝制的布鞋。一次，我听到母亲与父亲在灯下的对话。父亲催促母亲：“快点睡吧，白天已经够累了，你身子也不好……”母亲不急不忙地回答：“不慌，我得给孩子们多做点鞋，我这身体，说走就走，多做点鞋子留着，孩子们才不会光着脚丫子!”或许正是因为母亲对我们的牵挂，她竟奇迹般地摆脱了死神的纠缠。

如今母亲老了，她不再避讳身体的残缺，我再也闻不到她身上那股淡淡的而又令我十分怀念的绿豆香了。

三

小时候母亲常说我长着个狗鼻子。这个鼻子不但用来发现各种美味，更是用来侦察各种我不喜欢的味道。

那时候，我父母长期牛郎织女般两地分居。父亲在城里上班，一个月才回一次家，母亲在农村，家里的农活全落在她一个人身上。有一次，母亲做了很好吃的烙饼，我循着香味欢呼着跑过去，却突然闻到了一股田里的大粪味儿。我沉着脸问母亲：“你今天拉粪了吧?”

母亲点点头。我又问：“那你做饭前洗手了吗?”母亲说：“洗了，不洗手怎么做饭啊?”我说：“那你的衣服没碰着烙饼吧?”母亲忍无可忍，大喝道：“你怎么那么多话? 吃了也毒不死你，你要再不吃，你哥哥就都吃完了!”我这才注意到一张烙饼已经去了“半壁江山”。

现在我也有了孩子，知道了养儿育女的艰辛。母亲身上的那些怪味，穿过悠悠岁月，竟别是一番滋味。

(摘自《读者·乡土人文版》2015 年第 3 期)

这是我的家乡菜吗

张佳玮

暮色四合，晚归者最大的安慰，莫过于一碗热汤；离家千里，游子的思乡之情，具象为“鲈鱼莼菜”；经典纪录片那么多，最深入人心的，当属《舌尖上的中国》；看过一本书，内容早忘了，书名叫《爱，就是一起吃好多好多顿饭》；有人开玩笑说，每一个老祖宗留下来的节日，最重要的，就是大家聚在一起“吃什么”。

我们对食物的追求由来已久，深深刻在骨子里。

这追求是江南无锡的一碗面，浇头丰俭由己，浓汤“鲜掉眉毛”；是热腾腾、火辣辣、油腻腻的路边摊；是总想吃到各地“原汁原味”美食的执念；是飞了几千公里，只为一顿正宗英式下午茶。

无论如何，在这个季节，食物对我们而言，是最温暖的治愈。

一

我当年初到重庆，满街找“重庆鸡公煲”的店面，找不到——那会儿，上海满大街都是卖重庆鸡公煲的：将鸡块下入麻辣锅，加大量的芹菜、洋葱等炖了当作锅底，再加其他料。

女友说：“重庆就没有鸡公煲！”

我大学时去过一次兰州，停留甚短，也不太找得见“兰州拉面”的招牌。问朋友：“你们吃的这是什么面?”“牛肉面!”

我陪一个北京朋友在上海徐汇通宵唱完歌，摸着晨光去吃早点——经历过的都知道，通宵之后，一碗甜豆浆最惬意不过了。然而他看见“老北京豆浆油条”的招牌，眼睛瞪直了说：“你们吃油条就豆浆?”“是啊。难道你们就豆汁儿?”“才不是！豆汁儿应该就咸菜丝儿!”

十几年前，李碧华写过一篇文章，里面说港式茶餐厅里所谓的扬州炒饭，原产地并不是扬州。我细想也是：扬州人吃的炒饭并不是这风格。后来一查旧书明白了：扬州炒饭是伊秉绶发明的，他老人家是福建人，四处做官，除了扬州炒饭，还发明过伊面。真厉害……

这些温暖了人们肠胃的饮食，都有一个被改头换面甚至虚构的故乡，为它们的滋味提供一点儿依据、一点儿来历。

当然，这并不奇怪，因为全世界都是这样啊！

二

北美和欧洲的许多寿司店，会卖一种叫“加州卷”的寿司，粗大威武，米饭和紫菜反卷两层，外层蘸蟹子，内层有黄瓜、蟹柳、牛油果，加上蛋黄酱。味道醇浓，姿态威猛，而且是少见的不用讲究“泪”（山葵）和“紫”

（酱油）也好吃的寿司。

这个东西，去日本的老牌寿司店，师傅不太会做。加州卷寿司是 20 世纪 70 年代洛杉矶的东京会馆餐厅想出来，是哄美国大肚汉们的玩意儿。那时，美国人觉得日本的刺身文化新鲜有趣。加州卷里加了牛油果和加州蟹肉，美国人就觉得可以放心吃了；至于紫菜反卷在中间，是怕美国人嚼不惯紫菜……

当然，现在横滨或东京的罗森超市里，还是有加州卷寿司卖的：世界很大，日本人也知道该迁就一下外国人的口味。

美国人最熟悉的中国菜之一，乃是“左将军的鸡”，也叫“左公鸡”。美国人当然不熟悉左将军是何许人也，实际上，左宗棠生前都未必知道这道菜——关于左公鸡的起源，最靠谱的说法，是出自大厨彭长贵之手。

当年他老人家以鸡腿肉切丁，炸熟，用辣椒酱、油、醋、姜、蒜炒罢，勾芡淋麻油，说这是左宗棠家吃的菜——结果彭师傅没留名，左将军倒成了这道菜的发明者！

最古怪的是，按说左公鸡最初是湘菜，但欧美人现在做起来，口味越来越酸甜。要知道左宗棠是湖南人，在前线爱吃的是胡雪岩给他寄的莼菜，没听说他爱吃酸甜味儿的菜啊。

晚清名臣中，左宗棠有左公鸡，丁宝桢有宫保鸡丁，徽菜馆子里还会卖李鸿章杂烩。真是人人不落空，个个上酒席。

三

动画片《忍者神龟》里，四位神龟背着文艺复兴时四大宗匠的名号：达·芬奇、米开朗琪罗、拉斐尔和多纳泰罗，他们都爱吃馅料丰足花哨，布满蘑菇、三文鱼、萨拉米腊肠、青椒的比萨。

然而稍微了解点儿比萨的，就知道这中间有些矛盾：一个标准的意大利人，并不爱吃美国那种大如桌面、厚如椅垫、馅料琳琅满目的比萨。在意大利，你能吃到的意大利比萨通常薄而简洁：只有萨拉米腊肠、奶酪和番茄酱，烤得极快。端上来，你能一口吃到脆香的比萨面饼，而不是华丽的馅料。

美国人热爱比萨上面的馅料，他们还搞出过一种芝加哥大比萨。比萨的皮做成盘子状，中间填上一层馅料，再填第二层，顶上用番茄酱和芝士封住。

如果说传统意大利比萨是略加点染的薄面饼，美式比萨是托着大量馅儿的厚面饼，那么芝加哥比萨就是面盒子，里面装满了馅料。再能吃的大肚汉，吃几口也能饱——好吃，但实在是腻人。

横滨中华街的馆子里，有一种叫“天津饭”的吃食。做法是在蟹肉、蟹黄里加入鸡蛋，加上豆芽、虾仁，放上米饭，再勾芡出浓稠口感。乍一看，像是豪华版的蛋包饭，而且还可以配汤。

端上桌来，味道挺好，但绝对不是天津风格——吃惯天津的煎饼馃子、嘎巴菜、贴饽饽熬鱼的，都会这么觉得。

日本人说这道菜之所以叫作“天津饭”，是因为最初做这饭用的是著名的天津小站米。至于其他乱七八糟的配料，应该是日本人自己的发挥。

四

所以，别太抱怨“吃不到正宗本地菜”了，全世界人民都不太吃得到所谓“最正宗的食物”。

话说回来，这也不一定是坏事。

食物嘛，总是得因地制宜，最后本土化。比如肯德基到了中国，菜单里也就有了芙蓉鲜蔬汤；到了法国，就有了奶酪圈；到了荷兰，就有了土豆肉包……

而我们所期望的“原汁原味的美食”，往往并不一定符合我们的饮食习惯，全世界都是如此。

当我们真吃到原汁原味的本地特色菜，反而很可能会适应不了……

就像我当年在上海，吃惯了各色所谓“正宗重庆麻辣火锅”，自觉已经是火锅发烧友。结果到重庆去，看见牛油浓郁、凶猛翻腾的火锅，当场被吓住，只能叹口气，对店家说：“来个鸳鸯锅……”

（摘自《读者·原创版》2020 年第 11 期）

心安即吾乡

查　干

毋庸讳言，在人世间，多数人的生存状态，可以说是属于流浪的。体面的说法，叫做闯荡，或曰：行万里路。譬如探险家、旅行客、移居他乡人、域外求学者、被贬官吏（古代）等。而乞丐、逃荒人、偷渡者等，则属于被逼无奈的流浪人群。我们有一句俗语，叫做“此处不留人，自有留人处”，便是流浪者的无奈独白，是给自己打气儿的自言自语。流浪，这个词汇，就是背井离乡者生存状况的缩写。既流又浪，前途茫茫，不知何处是栖身之地。

体面的流浪者，和被逼无奈去流浪的人的生存状况有所不同，但心灵的苦楚是一样的。背井离乡，总是让人感到，自己的灵魂无处安放。于是出现了“落叶归根”这个词汇。青丝出门，白发归乡，是人生的出发点和终结点。然而，如今的白发人，如我者，几人能够归乡？乡又在哪里？我们有条件归乡吗？现代社会的疾速发展，抹去了归乡人那条荒草没膝的小路。归乡一说，只属于古人，与我们没多大关系了。

我十四岁离开家乡，一步一步地走远，迷迷茫茫地走失。虽然是走出了深山老林，来繁华的都市求知、求学，想争得更好的生存状况，但心中却是空洞无助的。看不见故乡那一缕炊烟，便感到凄楚、恐慌。觉得自己已成为一棵无根之草，四顾茫然，只有随风游荡的份了。但那时，却不知自己是在——流浪，因为心中没有流浪这个词汇和概念。

后来，大概是1957年吧，观看印度影片《流浪者》，听到电影插曲《拉兹之歌》之后，才恍然大悟。为此，伤感顿生，暗自流泪，又怕同学们看见，赶快用衣袖擦去，装作无事的样子。后来学唱《拉兹之歌》，唱得像模像样，休闲之时，总是“阿巴拉古，阿巴拉古”地哼哼，以此来发泄背井离乡的那一腔离情别绪。

《拉兹之歌》歌词如下：

到处流浪　到处流浪
命运伴我奔向远方
到处流浪　到处流浪
命运伴我奔向远方
到处流浪
孤苦伶仃　露宿街巷
我看这世界像沙漠
四处空旷没人烟
我和任何人没有来往　都没来往……

后来，同学们总来打趣，叫我阿巴拉古。阿巴拉古系印地语，意为到处流浪。对这个称呼，我一点也不反感。甚或，把自己当作了拉兹。这属于青涩年华之人，流浪中的浪漫情怀，和苦涩中的自乐行为吧。因为，家境贫寒，没有多少经济来源，全凭学校提供的助学金维持生活。两双胶鞋穿了三年，后来鞋帮和鞋底分离，只好用麻绳连接起来接着穿。刚开始，有些难为情，尤其在女同学面前。后来，心中有了拉兹，就有了敢于露穷的勇气。甚至，穿着破胶鞋去参加学校组织的舞会，也不觉得多么寒碜。现在想来，人的一生，的确充满了戏剧性，那是无法选择的生存方式。

然而，假使一个人，把流浪生活看得太过沉重，无望，就没有了坚定走完人生全程的勇气。其实，流浪也是一种改变命运的生存方式，有不少人，会流浪出情趣和精彩来。譬如，唐代大诗人李白。他的一生，可以说，是流浪加浪漫的一生。他从蛮荒之地，流浪到了皇城长安。甚至，醉态中的他，得到高力士为他脱靴，杨玉环为他研墨的待遇。你说他，狂也不狂？他流浪中的豪放吐纳，的确像杜甫所说："笔落惊风雨，诗成泣鬼神。"现代诗家余光中，在他的诗作《寻李白》中，也由衷地赞叹："酒入豪肠/七分酿成了月光/余下的三分啸成剑气/绣口一吐/就是半个盛唐。"这一赞美，不算太夸张。因为他流浪的过程，就是体验人生苦乐的过程，就是壮怀山水的过程。我觉得，他的一腔豪气，一定是来自大山大水的。再者，在漫长的流浪途中，他总是把信义之地，当作了故乡。譬如他在七绝《客中行》中就写：

兰陵美酒郁金香，玉碗盛来琥珀光。

但使主人能醉客，不知何处是他乡。

是啊，身处一方温馨之地，又可以与挚友同酌而酩酊，何来流浪之苦？这就是李白，以四海为家的李白。豪饮之下，竟"不知何处是他乡"了。

而宋代词家苏轼，也曾留下一首《定风波·南海归赠王定国侍人寓娘》的词作，与之颇有异曲同工之妙：

常羡人间琢玉郎，天应乞与点酥娘。自作清歌传皓齿，风起，雪飞炎海变清凉。

万里归来颜愈少，微笑，笑时犹带岭梅香。试问岭南应不好，却道，此心安处是吾乡。

王定国乃苏轼的好友，因苏轼之事受到牵连，被贬谪到地处岭南荒僻之地的宾州。后北归，苏轼在酒席间，带有自责地问寓娘，岭南之地荒蛮艰涩，日子应该是不好过的吧？寓娘则微笑答曰："此心安处是吾乡。"这使苏轼很是感动，作此词以赞。这里的点睛之笔就是：“此心安处是吾乡。”

的确，一个人流浪至何处，是由不得自己的。生存环境和条件如何，也没有选择的余地。然而，生活的现实，必须面对。悲观对之，会雪上加霜，自我捆绑。乐观对之，则海阔天空，神安心畅。这一位寓娘，虽是一介柔弱女子，但因心理素质刚毅坚韧，对事物常能换位思考，引导自己往健朗的方向走，就有了“此心安处是吾乡”的悟性。何况，她身边有心爱的玉郎陪伴，于是，苦与乐，一样都是好日子了。

与其哀怨，不如欢畅，这便是生存中的辩证法，亦可谓之：硬道理。人，躯体的流浪不可怕，怕的是灵魂的流浪。如斯，可不可以说，安顿好自己的灵魂，尽量不叫它去流浪，便是最佳人生状态？犹如寓娘所说——心安即吾乡。

（摘自《文汇报》2020 年 6 月 17 日）

人生如点灯

王继怀

父亲指着煤油灯对我们兄妹说，其实做人跟点煤油灯就是一个道理，只要煤油不尽，灯光就不会熄灭，做人也是这样。居住在繁华的都市，每当白昼已尽，城市里华灯璀璨，凭窗遥望浩瀚银河里闪烁不定的星辰，我就会情不自禁地想起儿时乡下的老家，想起老家散发着桐油清香味的木板房，想起木板房里的煤油灯，想起煤油灯伴我走过的那段难忘的岁月，想起那个遥远的年代。

我出生在一个山旮旯里。童年时，老家不通电，人们照明用的是一盏盏大大小小、样式大同小异的煤油灯。那时，每当夜幕降临，村里家家户户就会陆陆续续点起煤油灯，闪闪的灯光星星点点散落在村子里的各个角落，如夏夜里飞舞的萤火虫，绘就了一幅幅美丽的山村夜景。

我家的那盏煤油灯是父亲用一个罐头瓶、几根小铁丝和一块小铁皮制成的：一根小铁丝在罐头瓶盖处围成一个圈绑在瓶上，另一根铁丝折弯后，两头钩在围圈的铁丝上做成提手，棉花搓成的灯芯被铁皮包着，用小铁丝固定在瓶中央。我家的那盏油灯样子虽然难看，但用起来却很方便，可以挂在墙上，也可以摆在桌上。

这盏简易的油灯给我们全家带来了光明，带来了温馨。由于家里穷，我们兄妹要完成老师布置的家庭作业或看借来的《三国演义》《水浒传》《西游记》《红楼梦》《隋唐演义》，或小人书《鸡毛信》《三毛流浪记》《英雄小八路》《烈火金刚》，都只能与父母一起在那盏简易的油灯下进行。有时，全家人各自的事忙完了，我们兄妹几个也会在昏暗的灯光下，听父母讲故事，讲家族的历史，讲生活的艰辛和幸福。

有一个母亲改编过的凿壁偷光的读书励志故事，我现在都印象特别深刻。说古时候有一个叫匡衡的人，家境贫寒，为了借光读书就凿通了邻居家的墙，借着从邻居家传来的光读书，后来终于学有所成。母亲常对我们兄妹说，她之所以常给我们讲这个故事，就是想告诉我们一个道理，那就是要我们兄妹多读书，只有努力读书，才能学到更多知识，将来才能有出息。母亲的故事，那时我似懂非懂，但我读书却十分刻苦，让奖状贴满了我家小木屋茶屋里的那面墙。

记得有一年快期末考试了，我觉得自己功课复习得不太好，于是在父母睡了后，偷偷地把煤油灯拿到房里，挂在我床前的墙壁上，借着微弱的灯光，躺在床上复习。结果看着看着，我睡着了，煤油灯却燃了整整一个晚上。第二天一早起床，我鼻子里黑乎乎的。熬了一夜，灯里煤油也基本上用完了。母亲知道后，却只让我不要再躺在床上看书，说这样对身体有害，更何况睡着了，灯没熄很不安全。然而从母亲的神情中，我也看出母亲因浪费而心痛，只是不忍心责怪我而已，我的心里别样难过。

那时的煤油是很金贵的，记得读小学的时候，到乡供销社买其他东西都不需要票了，但买煤油却是要凭票的。记忆中每家一个月只供应一斤半煤油，如果哪家能多弄几斤煤油，村里人都认为他家有本事。村里人点灯一般能省则省，不干活时，灯芯只露出一点点，有光亮就可，感觉比萤火虫也亮不了多少。有的人家为了省油，如果晚上有月亮，一些事情就在院子里借助月光来完成。

在煤油灯下，父亲也常给我们兄妹讲些为人处世的道理。记得有一次，因为家里穷，我们三兄妹都在上学，家里实在拿不出钱来给我们交学费，我跟父亲说我不读书了，想跟他一起下地干活，然后跟他学木匠活。父亲听后很生气，说他跟母亲省吃节用，辛苦干活，就是希望我们多读点书，没想到我碰到一点困难就说放弃读书了。那天晚上，父亲指着煤油灯对我们兄妹说，其实做人跟点煤油灯同一个道理，只要煤油不尽，灯光就不会熄灭，做人也是这样，只要有坚强的意志，只要精神不垮，就没有克服不了的困难，说再困难也要让我们读书。开学时父母把留着过年的猪卖了，用来给我们交了学费。

油不尽，灯不灭。人生犹如点灯。父亲关于点灯的人生哲学我一直铭记在心，至今让我仍很受益。

为了让我们家的那盏煤油灯不缺油，为了不耽误我们学习，父亲想着各种办法去买煤油。记得那时，因为大山里交通不方便，乡供销社煤油常常缺货，有时一个月一斤半的煤油凭票也买不到，很多次父亲都是走 40 多里地的山路去邻县的润溪街上买煤油。有一次，家里快没煤油了，干了一天农活的父亲竟踏着月色去润溪街上买煤油，父亲跟售货员说了很多好话，才买回煤油。他回到家时，天都快亮了，公鸡已经开始打鸣了。

我读的是一所即便现在的百度地图 APP 上也找不到的小学，学校里有一位既是校长又是唯一任课教师的刘老师，父亲尊称他为先生。小学四年级的时候，我的作文《家乡的小河》被刘老师在班上作为范文宣读，要大家向我学习如何写作文。我清楚地记得这篇作文，他打了 96 分的高分——据说是他任教以来给分最高的一篇作文。下课后，先生要我去他办公室。也许是在课堂上得了表扬，于是我怀着喜悦的心情跟着先生去了他办公室，以为他会再次表扬我一番，甚至还幻想着是不是有作文本或小糖果之类的奖品。想不到他竟板着脸对我说：“文章写得好，字为什么写得这么差，东歪西斜的，像鸡爪一样。你把作文工工整整地给我抄 50 遍，明天交给我。”看着先生严厉的脸，我低下了头。

放学回家后，我在我家那盏简易煤油灯下，把作文工工整整地抄了 50 遍。父亲一边看着我写，一边自言自语地感慨：“刘老师真是一个负责的好先生。”那本在煤油灯下抄了 50 遍作文的本子，至今仍藏在我的箱底，并时常拿出来看看，提醒自己做任何事情都要细心细致、用心用力。

点煤油灯的那段岁月，我懵懵懂懂地体会了生活的艰辛，学会了勤劳节俭，更多地学到一些人生道理，享受了亲情的温暖。

如今，乡下老家已经发生了翻天覆地的变化，乡亲们早已用上了电灯、电视、冰箱、洗衣机、热水器……有的家庭还买了小汽车，用上了 Wi-Fi。煤油灯早已被束之高阁了，但我却始终忘不了老家的煤油灯，忘不了那段点煤油灯的岁月，忘不了煤油灯下的苦涩、快乐和温馨，忘不了人生犹如点煤油灯的人生哲理。

（摘自《南方杂志》2020 年 9 月 3 日）

山河故人

马　德

我从小就没了爷爷。

有一年，在奶奶家的炕上，我问了父亲一个极为严肃的问题。

“大，你大大，我该叫甚了（我该叫什么）？”

我们那边的人，管父亲叫“大”或“大大”。其时，天气开始转暖，父亲正在给我换开裆裤。他顿了一下，然后，一巴掌拍在我的屁股蛋子上，说：“傻！叫爷爷。”

我哭了，“爷爷”两个字没有喊出口。

父亲娶了同村的母亲。然后，在故乡的村庄里，我就有了很多的亲戚：姥姥、姥爷、奶奶、大伯、叔叔、舅舅……但穷人家的亲戚，彼此间好像都不太亲。我放学后没有能去的地方，只好悻悻回家。

穷，会让人孤独。

一

奶奶大约很不喜欢我。有一次，我误闯进她家的西屋，那是一间闲屋，里边放着些杂七杂八的东西。我好奇地看着这一切，她很快就跟进来，厉声呵斥："眼跟鸡屁股似的，想干什么?"

奶奶裹着小脚，形销骨立。她乜斜着眼睛，像防贼一样防着我。于是，我赶紧从屋子里退出来。虽然现在她已经故去，但这句恶毒的话，隔着几十年的烟尘想起，依旧透着阵阵寒意。

那时候，我已经上小学，心中有了爱憎。

打小儿，印象中奶奶家总会坐一屋子人，大抵是些老头和老太太，间或会有一些年轻人。他们围坐在一起，玩一种纸牌。那种纸牌比一指稍宽，细长。我很好奇，他们成年累月地聚在一起，盘着腿，弯着腰，盯着自家的牌，还要偷看几眼别人家的牌。太阳东升西落，日子春夏秋冬，天气阴晴雨雪，他们就这样玩啊玩，居然没有一个人喊累。

那些年，一些硬币和小额的纸币，在他们之间聚聚散散。有一次，奶奶好像赢了两块多钱，这在当时可是一笔巨款，她激动得有些气喘。她把这两块多钱的纸币和硬币，按面额大小紧紧地裹在一起，掖在炕沿的毡条下面，吃饭的时候，也不忘掀起来看看。

奶奶是个刻薄的人。母亲嫁过去，没有得到过多少好脸色，分家的时候，非但没分到什么，反而背上了很多债务。就这样，在离奶奶家不远的土坡上，家里勉强盖起了三间房。后来，母亲生下了我。那会儿，父亲在生产队里做事，没空管我和母亲，母亲在月子里落下了很多病根儿。对于寡居的奶奶来说，玩纸牌就是她生命的全部，她才不管哪个孙子来到了这个世界，又将如何长大。

我小时候身体羸弱，总是走到哪儿睡到哪儿。邻里乡亲觉得我可怜，总会把我背回家。有一次，我睡在了奶奶家对面的坡道上。一起玩牌的人从窗户里看到了，就朝奶奶努嘴，大约是说：“看，你家孙子又睡着了，你不去看看?”奶奶微微抬抬眼皮，朝那个人轻轻扬了一下头，大意是说：“玩你的，别管闲事。”

二

于是，下午放学后，我喜欢去姥姥家。姥姥疼我，总把中午吃剩的窝头或小米饭拿给我吃。姥爷是村里的兽医，会给牛和马看病，是个有能耐的人。姥姥那些年，总是“瞭”着姥爷。姥爷每每出去，她总会站在自家的草垛上或牲口棚顶上，看姥爷要去哪里。有时候，她还会叮嘱我说：“你快去跟着你姥爷，他往河湾地里去了，你看看他干什么呢?”

一个小屁孩，根本不懂大人们的事。姥姥为什么天天要“瞭”着姥爷呢？我当时只是觉得姥姥疑神疑鬼的。

有时候，姥姥和姥爷吵架，姥爷厉害，三句两句就骂得姥姥不作声了。然后，姥爷扔下一句：“我想去哪儿就去哪儿，你们谁也别管!”

其实，哪有“你们”呢，全世界只有姥姥一个人操心姥爷的事。我有时候跟着跟着，就跑去玩了。我把蚂蚁窝口堵上，看匆匆拉着昆虫尸体的两只蚂蚁找不着家门的着急模样；或者，躺在地上，看白云从树叶的缝隙间飘过，一群鸟翅膀一扑棱，从这条沙沟飞向另一条沙沟。

正好，姥爷从沙沟走出来。“大中午的，你在这里干什么?”姥爷很好奇。

“我，我是……”我没敢说这是姥姥交给我的任务，就随便编了一句，“我跟小伙伴们一起出来玩，找不见他们了。”

“这大中午的，赶紧回家吧，小心狼吃了你。”姥爷的大手拉着我的小手，开始往村庄的方向走。姥爷一句话也不说，只是拉着我往前走。姥爷的手上有很多老茧，硬而粗糙，跟着他走在乡间的路上，我觉得很温暖。

我不明白，姥姥为什么要监视姥爷。

三

姥姥病重时，总问母亲我什么时候能回去。其时，我在一所学校读初中，姥姥引以为荣，说她的外孙有出息。一个周末，我从 30 里外的学校回来，姥姥快不行了，母亲跟她说我回来了，她含混地应了一声，眉间舒展一下，大概是表示终于等到了我。

母亲哭得鼻涕一把泪一把，有时候顾不上擦，就直接甩出去。有一次，甩在了窗户纸上。二舅就唠叨母亲："二姐，你看你把鼻涕甩到什么地方了？"母亲依然不管不顾，哭得一塌糊涂。二舅不高兴，一摔门，走了。

就在那个晚上，姥姥去世了。我和母亲第二天早上过去，正赶上姥姥入殓。母亲痛苦万分，紧紧抓着姥姥的小脚不放。我呆立在那里，不知道该如何是好。母亲说："你姥姥那么疼你，你哭呀。"我这才号啕大哭起来。

就在那一天，我又回到了学校。走在山梁上，回望村庄，突然感觉村庄空空的。一个亲人，差不多是祖辈中最疼我的亲人，就这样没了。临走的时候，母亲在我的臂膊上挽了块白布，我几次把那块白布解下来，看了又看。一块白布，居然能够连着人的生和死。

一个生命说没就没了，哪怕是最亲的亲人。

四

父亲后来做了木匠，他会打家具，也会盖房子。父亲是个善动脑子的人，我见他在家具上雕出镂空的花纹，精致、巧妙。家里有一间小屋，专门放他的工具，锛子、刨子、锯子、墨线盒、三角尺，我从小就谙熟这些工具的使用方法。

那时候，父亲出去为别人家干一天活儿，对方除了管饭，给两块钱工钱，还要给一盒“官厅烟”。

但父亲舍不得抽，就把烟一盒一盒地放在柜子里攒着，等到过年时招待亲戚朋友。那几年，家里过得颇为殷实。但所谓殷实，也不过是比起别人家不那么拮据罢了。

父亲聪明，能断事。邻里乡亲有个大事小情，都喜欢找他说说，或者让他帮着出出主意，而结果也常常如父亲所料。于是，更多人来找他，他们进门往往寒暄不了几句，就直奔主题：“三叔，有这么个事，你看看该咋办?”

父亲在家排行老三，上有两个哥哥，一个很小就殇了，下有两个弟弟，还有姐姐和妹妹。按说，这是个大家庭。但是，后来在我家最困难的时候，我们并没有感受到大家庭的温暖，相反，他们还给父亲带来过深深的伤害。

若干年后，我写字、著书，能对人心、人性略知些皮毛，大概得益于父亲。

五

父母持家最大的特点是勤俭。母亲常说，省下的就是挣下的。及至现在，母亲在灶火塘里点火做饭，仍舍不得划燃一根火柴，而是取玉米叶或干柴火先在炉子里引燃，再去点灶火。现在，我每次见母亲做这个动作就笑，她见我在看她，讪讪地说：“这么多年，落下毛病了，改不了。”

有些笑，是无声的哭。

是啊，穷人去哪里挣钱啊，穷人的钱都挣得很艰难。有一年，大队雇人拆洗队部的被褥，那些被褥都不能用脏来形容，只能叫肮脏。一村人，谁也不愿去。然而，母亲去了。

我觉得十分丢人，就和母亲吵了起来。我哭，母亲也哭。母亲说：“家里没钱，怎么办？不供你上学了？不给你大看病了？”我说：“就是穷，也不能去干那么丢人现眼的事。”母亲看着我睁圆着两眼，一副居高临下的样子，只说了一句：“儿啊，这个家你来当试试……”

当时，父亲已经患病，而我还在读高中，家中里里外外就靠母亲一个人操持着。

父亲的病是将家里的五间土坯房翻盖成砖房时得上的，房盖成了，病也重了。到现在，我依旧感恩于我的姐夫，是他带着父亲在各个医院之间辗转，既要伺候父亲，还得受人白眼。即便这样艰难，他也没有撇下父亲，或者到学校把我叫回去。

父亲常说，麻绳尽在细处断。翻盖房子几乎花尽了家里所有的积蓄，就在这时，父亲突然患病，而我在读高中，能否考上大学尚无眉目，家里已是债台高筑。

有一次，母亲到一户人家去借钱。对方见母亲来，不说欢迎也不说不欢迎，只是沉着脸。母亲赔着笑脸，先绕着说了好多不相干的话，临末，才惴惴道出借钱的意思。对方依然是冷面，说：“我家钱也紧，没钱借给你们。话又说回来，真的借给你们，你们拿什么还啊?”

母亲含笑告别。刚出那家的院门，她便失声痛哭。

他们以为，穷人会一辈子穷下去。那些年，母亲是怎么过来的，其中的艰难、挣扎和绝望，也只有天地神明知悉。

我有时候想，如果所有的亲戚都帮我们一点儿，情况也许会好一些。但事实上，有的亲戚生怕母亲找他们帮忙或借钱，甚至连句嘘寒问暖的话都不敢说。亲人就像路人，甚至还不及路人。

最穷的时候，家里真的连买一袋盐、一盒火柴的钱都没有。有一次家里没盐了，没钱买，只好白水煮菜吃了一顿饭。吃饭的时候，一家人强忍着往下咽，谁也没说话。

但，泪都在心里。

六

奶奶去世时，为操办丧事，姑姑们和父亲打了一架。原因是办丧事期间主家的饭菜不好。

父亲患病，这些姐姐妹妹们丝毫不念及父亲的情况，依然闹得不可开交。为此，父亲生了很长一阵子气。

原本因为父亲闹病，亲戚们就走动得不多，这下正好，终于可以正大光明地不来往了。母亲跟姐姐说："不来往也好，省得看见了寒心。"

为了挣钱，母亲到山上去挖药材，然后用卖药材换来的钱给父亲买奶粉喝。父亲则坚持在家里给母亲做饭，那时，他已没了做饭的气力，但依旧挣扎着把饭做熟。而每干一点儿活儿，他都要在炕上休息好一阵子才能缓过来。

父亲还把药瓶上的胶皮盖子一个一个拆下来，有红的，有黑的，一大堆。然后，自己琢磨着拿这些胶皮盖子为母亲做了一个搓衣板。父亲去世之后很久，我才看到那块搓衣板，看到后，号啕大哭。

父亲在那块搓衣板上用不同颜色的盖子拼出了一个大大的"福"字。

当父亲用小钉子把瓶盖一个个钉在木板上的时候，一定满怀深情和希望，他希望他的儿孙后代能有福气。为了这最后的祈祷和祝告，他用尽了生命的全部。

七

父亲还是熬到了我考上大学。

这个喜讯让他的身体奇迹般地好了一阵子，他也有力气到大队部门前站着了。村里人纷纷道贺，说："你看家里这些年也没白辛苦，总算把小子给供出来了。”父亲虽然极谦恭地赔着笑，但能明显感受到他心底扬眉吐气的骄傲。

父亲的饭量也一下子大了起来。母亲一度认为，父亲的病要好了，她也喜不自胜。

家人忙里忙外地为我准备上学的东西。

父亲说：“过两天就到中秋节了，我们一家人可以好好过个节。”我说：“不行，我得去同学家。节后就要开学了，我要跟同学一块儿去学校。”

父亲欢喜的脸一下子暗淡了。

“你晚点儿去找同学不可以吗？哪怕八月十六走也行。”

“不行，我必须提前去。”

那时，我憧憬着大学生活，根本无暇顾及父亲的感受。

父亲送我走的那个上午，脸色黑黑的，一路上一句话也没有说。他原本是要把我送到乡里去的，结果，在前面的一个村庄便喝住了骡子，说：“你在这儿下去吧。”我不知道父亲是怎么了，但看得出来，他的心情很不好。我懵懂地跳下车，父亲吆喝着骡子，拐过路口那个弯，头也不回地走了。

我哪里会想到，父亲是想跟我过最后一个中秋节。然而，年少无知的我，心思都在同学那里，在上学那里，何曾在心底里留意过父亲的意图——他或许预感不妙，想一家人最后团圆一次。

那年冬天，塞北，极冷。父亲最后的日子，我陪在身边。谈话中，又言及此事，父亲长时间地沉默着，没说一句话，一滴清泪，从他瘦削的脸颊滑落。我也没说话，任泪水啪嗒啪嗒地往下落，砸在棉衣上，洇湿大大的一片。

这也成了我人生中永久的悔恨。

（摘自《读者·原创版》2018 年第 5 期）

致 谢

刚刚过去的2020年,必将成为人类历史上非比寻常的一年——一场新冠肺炎疫情在全球蔓延,截至2021年2月底,已造成约1.14亿人感染,252万多人死亡。艰难方显勇毅,磨砺始得玉成。在如此艰难的情况下,中国依然取得了举世瞩目的成就:快速遏制了疫情在国内的蔓延,全面打赢了脱贫攻坚战,“天问一号”“嫦娥五号”“奋斗者”号等科学探测实现重大突破,55颗北斗卫星组网成功,新冠疫苗研发成功,国民经济逆势增长……

时序更替,华章日新。2021年对于全国人民而言无疑是不平凡的一年,这一年我们将迎来中国共产党百年华诞,这一年也是实施“十四五”规划、开启全面建设社会主义现代化国家新征程的第一年。我们坚信,在中国共产党的正确领导下,国家将更加强大,民族将更加团结,人民生活将更加美好,第二个一百年的华丽篇章也将拉开大幕。

这一年,“读者人”也将迎来两件喜事:一是读者出版集团创建70周年——1951年,读者出版集团的前身甘肃人民出版社成立,经过70年的蓬勃发展,现已成为国内知名的文化企业集团;二是《读者》杂志创刊40周年,《读者》自创刊之日起就始终以弘扬人类优秀文化为己任,坚持“博采中外、荟萃精华、启迪思想、开阔眼界”的办刊宗旨和“清新隽永”的办刊风格并将挖掘人性中的真善美作为自己的办刊理念,春风化雨、以文化人,潜移默化地影响了几代人的成长。2019年8月21日,习近平总书记亲临读者出版集团考察调研时对“读者人”殷殷嘱托:“要提倡多读书,建设书香社会,不断提升人民思想境界、增强人民精神力量,中华民族的精神世界就能更加深邃厚重。”如今十几个月过去,总书记的嘱托言犹在耳,“读者人”深感责任重大,深知唯有勠力同心、团结奋进,才能不辜负总书记的厚望和重托。

时值三月,莺飞草长,春意盎然,到处充满了希望和期盼的味道。与往年一样,新一辑“读者丛书”如约而至。时光荏苒,岁月如梭,不知不觉中“读者丛书”已出版了5辑。我们将第5辑“读者丛书”命名为“百年辉煌读本”,意在表达“共庆百年华诞、共创历史伟业”的美好愿望。丛书通过“文化、民生、生态文明、法治、经济、强军建设、国家统一”等10个方面充分展示了中国共产党领导人民进行革命、建设、改革的光辉历程,特别是党的十八大以来党和国家事业取得的伟大成就。我们从《读者》杂志、各类优秀图书及网站精选了600多篇记录和反映中国共产党领导人民取得的辉煌成就,以及与广大人民群众生活密切相关的点点滴滴的改变和进步的美文汇编成10册,试图以《读者》独特的视角,讲好中国共产党的故事。

蒙广大读者厚爱,“读者丛书”已出版5辑,逐渐形成了一定的品牌效应和规模效应,我们将继续秉承“三精(精挑细选、精耕细作、精雕细琢)”理念,为广大读者奉献一道滋养心灵的精神盛宴。

与往年一样,《读者丛书·百年辉煌读本》的策划和编辑出版得到了中共甘肃省委宣传部、甘肃省新闻出版局以及读者出版集团、读者杂志社等各方的指导和帮助,在此深表谢意！与此同时,丛书的编选也得到了绝大多数作者的理解和支持,他们对作品的授权选编和对丛书的一致认可消除了我们的后顾之忧,对此我们表示诚挚的谢意！虽然我们尽力想把工作做得更细致、更扎实,但因为种种原因依然未能联系到部分作者,对此我们深表歉意,也请这些作者见到图书后与我们联系。我们的联系方式是:甘肃人民出版社(甘肃省兰州市读者大道 568 号,730030,联系人:马海亮,13893478059)。

“雄关漫道真如铁,而今迈步从头越。”处在两个一百年奋斗目标的历史交汇点上,甘肃人民出版社编辑出版《读者丛书·百年辉煌读本》,也是冀望与广大读者一道牢记使命、砥砺前行,为全面建设社会主义现代化国家、实现第二个百年奋斗目标而披坚执锐、勇立新功。

读者丛书编辑组

2021 年 3 月